Gebrochene Welt

Eine Geschichtensammlung

Für alle, die ihre Fantasien im Alltag nicht unterdrücken und so ihr Leben etwas bunter gestalten.

Robin Band
Gebrochene Welt
Eine Geschichtensammlung

Covergestaltung von Joshua Saat

Bibliografische Information der Deutschen Nationalbibliothek:
Die Deutsche Nationalbibliothek verzeichnet diese Publikation in
der Deutschen Nationalbibliografie; detaillierte bibliografische Daten sind im Internet über http://dnb.dnb.de abrufbar.

© 2019 Robin Band

Covergestaltung: Joshua Saat

Herstellung und Verlag: BoD – Books on Demand, Norderstedt

ISBN: 9783749451937

Inhaltsverzeichnis

Dämmerung

Ich lehne mich auf meinem Stuhl zurück und schaue verwirrt auf die Akten, die auf dem alten Tisch vor mir liegen. Mein Spezialgebiet waren vergangene Geschehnisse, welche die Welt ein klein wenig verändert hatten. So untersuchte ich, oft allein, manchmal mit einem kleinen Team, viele verlassene Dörfer und gab mich erst zufrieden, wenn ich den Grund für das Verlassen eines Dorfes kannte. Der eiserne Aktenschrank neben mir quillt förmlich über, so voll ist er mit den Aufzeichnungen der verschiedensten Fälle. Noch nie brachte mich ein Fall so an den Rand der Verzweiflung wie mein letzter. Ich begann damals, meine eigene Urteilungsgabe und Vernunft zu hinterfragen. Nachdenklich streiche ich mir über den inzwischen grauen Stoppelbart.

Alles begann, als meine Sekretärin fast schon panisch gegen meine Tür hämmerte, um einen Gast anzukündigen. Kaum hatte ich die Tür geöffnet, huschte jener wie ein Schatten an mir vorbei und nahm auf dem Sessel gegenüber Platz. Ich erinnere mich noch genau, wie sich unsere Blicke begegneten, als ich mich hinsetzte. Während seine aufrechte Haltung und seine Haare darauf schließen ließen, dass mein Gast noch nicht lange seine Volljährigkeit erlangt hatte, so sprach sein Gesicht eine gänzlich andere Sprache. Tiefe Furchen zogen sich über das gesamte Gesicht, seine Augen waren verengt und von den dunkelsten Augenringen untermalt, welche ich je gesehen hatte.

»Danke, dass sie mich so kurzfristig empfangen konnten«, meinte er knapp. Seine Stimme übertrug keinerlei Emotionen.

»Keine Ursache«, erwiderte ich leicht irritiert und blickte fragend zu meiner Sekretärin, welche noch im Türrahmen stand. Sie zuckte bloß mit den Schultern, schloss die Tür und verschwand. Der seltsame Kerl hatte sich selbst eingeladen, soviel war klar. Meine Neugier regte sich.

»Weshalb haben Sie mich aufgesucht?«, wollte ich wissen.

»Nun … Ich habe von einem Bekannten hier in der Stadt gehört, dass Sie ein Spezialist sind, wenn es darum geht, das Geheimnis einer Geisterstadt zu lüften.«

»Ich persönlich bevorzuge den Begriff „Wildstadt", da die Stadt eher verwildert, als dass dort Geister wohnen. Geister gibt es nicht. Aber ich verstehe natürlich, was Sie meinen.«

»Ich bin nicht drei Tage ohne Schlaf in einer Kutsche hierhergereist, nur um mir von Ihnen etwas über Geister erzählen zu lassen.«

Ich wunderte mich, weshalb er eine Kutsche erwähnte, ging jedoch nicht weiter darauf ein.

»Ich komme aus dem kleinen Dorf Flussstein, welches wahrscheinlich ein für Sie unbekannter Name ist.«

Ich nickte.

»Jedenfalls würde ich Sie bitten, eben jenes Dorf zu untersuchen.«

»Ich muss Sie hier leider kurz unterbrechen. Ich werde kein Dorf untersuchen, dass noch bewohnt ist. Einbruch und Hausfriedensbruch sind nicht meine Aufgabengebiete.«

»Es ist nicht bewohnt, es gibt nur noch mich«, sagte der Fremde trocken.

»Es gab nie jemand anderen außer Mama, Papa und mir. Und unsere Tiere natürlich. Des Weiteren besitzen wir kein Auto.«

Das erklärte natürlich die Kutsche und dass er sein Kommen nicht per Telefon angemeldet hatte. Mein Gast meinte, dass er sich schon immer gefragt hatte, weshalb das restliche Dorf leer stand, mich aber wahrscheinlich kaum ausreichend belohnen könnte. Vielleicht war es meine unstillbare Neugier, die er bereits geweckt hatte, welche mich das Angebot, meine Untersuchungen im Austausch für eine Kuh durchzuführen, annehmen ließ. Nachdem wir uns geeinigt und er mir den genauen Ort auf einer Karte gezeigt hatte (über das Internet wollte er es nicht), stutzte ich die braunen Stoppeln an meinem Kinn, bevor ich mit dem Fremden mein Büro verließ. Unmittelbar vor dem Eingang stand eine alte, hölzerne Pferdekutsche mit einem dürren Schimmel davor. Die Beine des Pferdes sahen kaum so aus, als ob es eine Kutsche ziehen könne, wenn es mit den krummen Stelzen überhaupt vorankäme. Als ich den Fremden in mein Auto einlud, lehnte er ab und erklärte, dass er sein Pferd unmöglich alleine lassen konnte. Einen Stall aufsuchen wollte er ebenfalls nicht und auf mein Drängen hin sagte er: »Weder werde ich je mein Pferd alleine lassen, noch werde ich in eines dieser mechanischen Fahrzeuge steigen. Automobile sind mir unheimlich.«

Ich schüttelte den Kopf. Schwer zu glauben, dass so jemand im 21. Jahrhundert überhaupt leben konnte.

Kurze Zeit später fuhr ich auf der Autobahn nach Norden.

»Nehmen Sie die Ausfahrt«, sagte die weibliche Stimme meines Navigationssystems. Es hatte keinen Ort mit dem Namen „Flussstein" gekannt, sodass ich nun nur nach einer Koordinatenangabe fahren musste. Eine Stunde hatte ich bereits hinter mir und das Display des Navis zeigte mir, dass ich noch drei weitere Stunden unterwegs sein würde. Der Fremde würde dann wohl erst in drei Tagen eintreffen, wenn er denn, so übermüdet wie er war, überhaupt jemals ankam. Es störte mich nicht weiter, denn ich arbeitete ohnehin am effizientesten ohne zusätzlichen Ballast. Außerdem hatte mein Client mir erlaubt, alles zu tun und zu lassen. Wahrscheinlich hatte ich schon eine heiße Spur, bevor er überhaupt die Hälfte des Wegs geschafft hatte.

Einige Zeit später verließ ich die letzte Autobahn und fuhr auf einer einspurigen, geteerten Straße durch ein paar kleine, aber moderne Dörfer. Es war bereits später Nachmittag, daher kehrten viele Menschen von ihren Arbeitsplätzen in den Großstädten nach Hause zurück. Als ich den Ort „Schneeberg" verließ, stieß ich auf eine Überraschung. Der Weg endete abrupt vor einem Wald in einem Wendehammer. Die Blätter der Bäume hingen bereits über dem kaum befahrenen Weg.

»Sie haben den nächstmöglichen Punkt zu ihrem Ziel erreicht!«, verkündete das Navi stolz.

Murrend stieg ich aus und atmete die frische, sommerliche Waldluft ein. Ich strich mein blaues Hemd und meine khakifarbene, kurze Hose glatt und ging schnurstracks auf das nächstgelegene Haus zu.

Eine ältere Frau öffnete mir und untersuchte mich prüfend.

»Guten Tag, ich möchte gerne nach Flussstein, doch mein Navigationsgerät scheint diesen Ort nicht zu kennen.«

Ich kratzte mich peinlich berührt am Hinterkopf, denn ich wusste, dass ich nun eine weitere Predigt über „die jungen Leute und ihre Technik" zu hören bekommen würde. Stattdessen weiteten sich ihre Augen.

»Kommen Sie doch herein, wir müssen nicht im Türrahmen darüber reden.«

Ich folgte der Frau in ihr Wohnzimmer, welches rustikal dekoriert war. Dort wurde ich auf ein Sofa platziert und fand mich kurz darauf dort mit einer Tasse Kaffee und ein paar Plätzchen wieder. Während ich gerade am Knabbern war, fragte die Frau: »Woher wissen sie von diesem Ort?«

»Iff bim Effberde -«

Der strafende Blick der Frau traf mich und ich schluckte den Bissen herab, bevor ich erneut ansetzte.

»Ich bin Experte für Wilddörfer und Wildstädte. Der letzte Bewohner von Flussstein hat mich gebeten, sein Dorf unter die Lupe zu nehmen.«

Die Frau sah mich erschrocken an.

»Sagten Sie gerade „Bewohner"?«

Ich hob eine Augenbraue und nahm einen Schluck Kaffee. Dabei verbrühte ich meine Zunge, ließ mir aber nichts anmerken.

Die Frau atmete tief durch, bevor sie langsam und deutlich sagte:»Flussstein gibt es nicht. Es ist ein altes Märchen, dass hier in der Gegend von Generation zu Generation überliefert wird. Daher kann unmöglich ein Bewohner eines Märchendorfs zu ihnen gefunden haben.«

»Naja, er sagte mir, das Dorf sei hier.«

Ich zog die Karte hervor und deutete auf den Ort, den der Fremde mir mit Kohle markiert hatte.

»Dort ist nur Wald«, sagte die Frau. Mir entging das Zittern in ihrer Stimme nicht.

»Sind sie sich sicher?«

»Ich war dort nie selbst, aber es ist doch unmöglich… Das Märchen dient primär nämlich dazu, dass Kinder nicht versuchen, tief in den Wald vorzudringen.«

»Um was geht es in dem Märchen?«

»Flussstein ist ein altes Dorf mitten im Wald. Betritt man es, kann man es nie wieder verlassen. Tagsüber scheint es ein wirklich netter Ort zu sein, doch nachts verschwinden alle Bewohner und die Häuser stürzen ein, denn die Illusion, die die Sonne erzeugt, verblasst. Dann tritt der einzige, wahre Bewohner hervor, ein Mann, der nie schläft und deshalb die dunkelsten Augenringe der Welt besitzt. Er schlurft umher und sammelt alle verzweifelten Kinder ein, welche das Dorf am Tage betreten haben. Dann bindet er sie auf seiner Weide bei seinem Haus fest, wo die armen Kinder sich in Kühe verwandeln. Die, die er nicht verspeist, vertrocknen in der Sonne.«

»Klingt nach keiner schönen Gute-Nacht-Geschichte. Glauben Sie selbst daran?«

Die Frau schüttelte den Kopf.

»Kennen Sie jemanden, der je nachgesehen hat, was sich wirklich im Zentrum des Waldes befindet?«

Abermals Kopfschütteln.

»Dann werde ich dem ganzen Spuk ein Ende setzen – gleich morgen früh werde ich den Wald durchqueren.«

Ich schaffte es, die Frau zu überzeugen, mich bei ihr auf dem Sofa übernachten zu lassen und ging relativ zeitig schlafen.

Eine Stunde nach Sonnenaufgang aß ich den letzten Bissen meines Brötchens, legte der alten Dame einen Fünfziger auf den Tisch, bedankte mich und verließ das Haus. Die Luft war angenehm kühl. Sicherheitshalber nahm ich mir meine Fleecejacke aus dem Auto und zog sie an. Außerdem nahm ich mir meinen Rucksack mit, in dem sich Notizbuch, Taschenlampe, Brecheisen und Behälter für Proben befanden. Unmittelbar danach stapfte ich bereits durch das Unterholz des Waldes. Es musste einen ordentlichen Weg geben, sonst würde der Fremde unmöglich mit seiner Kutsche aus Flussstein herauskommen. Nach einem stundenlangen Kampf gegen Äste, Bäume und Büsche kam mir helleres Licht entgegen. Ich schlug ein paar Äste zur Seite und trat ins Freie. Vor mir erstreckte sich eine vier Fußballfelder große, eiförmige Lichtung. Ich erblickte ein paar alte Holzhäuser, welche allesamt starke Schäden aufwiesen, wenn sie nicht sogar vollends eingestürzt waren. In der Mitte der Lichtung stand ein steinernes Gebäude. Eine alte Kirche, wenn ich mich nicht täuschte. Ihre Spitze war jedoch in sich zusammenfallen und hatte den gesamten Turm zerschmettert, sodass überall kleine oder riesige Steinbrocken herumlagen. Somit war der Turm nicht hoch genug, um von außerhalb gesehen zu werden.

Auf der anderen Seite der Stadt schien ein Haus noch intakt, es musste sich hierbei um das Haus des Fremden handeln. Ich hockte mich kurz hin und schrieb all diese Eindrücke in mein Notizbuch, bevor ich das Dorf betrat. Die Sonne wärmte angenehm meinen Rücken, während ich durch die leeren Gassen schlich. Meine Schritte schreckten ein paar Krähen auf, die es sich scheinbar auf vielen der Häuserdächer gemütlich gemacht hatten. Kurzerhand beschloss ich, das Haus zu untersuchen, von dem die Vögel aufgestoben waren. Es war hölzern (so wie alle Häuser hier), hier und da waren einige der Latten gebrochen oder fehlten, das Dach schien einst aus Stroh bestanden zu haben und die Tür war nach innen eingefallen. Die Fensterscheiben waren seltsamerweise abgesehen von ein paar Kratzern in Ordnung. Als ich das Haus betrat, tippelte etwas kleines hastig davon. Ich konnte mir gut vorstellen, dass Mäuse hier einen optimalen Wohnraum fanden.

Im Zimmer lagen einige Haufen morsches Holz herum. Anhand ihrer Struktur erkannte ich, dass es sich hierbei einst um einen Tisch und vier bis fünf Stühle gehandelt hatte. Ich wollte die Tür zum Nachbarzimmer aufschieben, doch sofort hielt ich nur den Türknauf in der Hand, während der Rest der Tür in sich zusammensackte. Die Sonne brannte inzwischen durch das fehlende Dach auf mich herab.

»Ich hätte meinen Nacken eincremen sollen, jetzt bekomme ich wieder einen Sonnenbrand«, murmelte ich zu mir selbst. Ich bekam bei der Arbeit unter der Sommersonne IMMER einen Sonnenbrand im Nacken, da ich viel mit dem Kopf nach unten gerichtet arbeitete und mich nie eincremte. Nun begutachtete ich die zusammengestürzten Reste zweier Betten, scheinbar ein Doppel- und ein Einzelbett eines Kindes. Vorsichtig schabte ich einige Holzspäne in einen Glasbehälter, um später ein etwaiges Alter bestimmen zu können. Zudem schnitt ich eine Ecke des vermodert riechenden Stoffes auf dem Holz ab und verstaute sie ebenfalls.

„1: Normaler Verfall von Holz hat stattgefunden, keine Flucht- oder Kampfspuren aufgefunden. Keine Anzeichen auf Verstorbene oder Habseligkeiten. Haus scheint geplant verlassen worden zu sein" schrieb ich in meinen Notizblock, nachdem ich jede Ecke durchsucht hatte. Beim Verlassen des Hauses klebte ich einen kleinen Streifen rotes Klebeband an den Türrahmen und schrieb eine große „1" darauf, sodass ich dasselbe Haus nicht doppelt durchsuchen würde.

Eine kurze Wanderschaft später war ich bei einem Gebäude angekommen, dass mir wichtige Hinweise liefern konnte. Der zerstörte Kirchturm. Ich kletterte über einige große Trümmer und gelangte zum Torbogen. Die alte Tür war nach außen gefallen und hatte sich zu einem Großteil zu Erde verwandelt. Der Torbogen selbst war von innen mit einem großen Felsen versperrt, sodass nur eine Handbreit Platz nach rechts war. Kurzerhand legte ich meinen Rucksack ab, holte die Brechstange hervor, ließ die Arme kreisen und setzte an. Nach einigen Minuten des Kraftaktes hatte sich der massive Felsklotz noch immer nicht bewegt und ich war ins Schwitzen geraten. Ich zog meine Jacke aus und warf sie achtlos in den Dreck neben meinen Rucksack. Dann setzte ich erneut an und stemmte mich mit ganzer Kraft gegen den Felsen. Ein Steinchen brach aus dem Türrahmen heraus und einen Augenblick später schob sich der Brocken ein Stück zur Seite, wobei ich den Halt verlor und geradewegs in die morsche Tür fiel. Das, was danach noch davon übrig war, konnte man bestenfalls als „mit Holz dekorierten menschlichen Erdabdruck" bezeichnen. Ich notierte mir das und den Fakt, dass es mein Verdienst war. Daraufhin packte ich mir die Taschenlampe und zog den Bauch ein, um mich so ganz vorsichtig seitlich zwischen Stein und Türrahmen durchzuquetschen. Ganz wie erwartet war es im Inneren der Kirche dunkel, da der Raum größtenteils mit Steinen verstopft war. Was ich jedoch nicht erwartet hatte, war, dass die Steine sich im oberen Teil des Raumes verkantet hatten und somit eine Decke für die nicht zugeschüttete Hälfte erschufen, in der ich mich nun befand. Ich leuchtete mit meiner Taschenlampe an den Wänden entlang und entdeckte schauriges. Tiefe, verzweifelte Kratzspuren menschlichen Ursprungs, verklebte Stellen mit vor Urzeiten getrocknetem Blut und mit jenem Blut gemalte Bilder von Strichmännchen, welche aufgespießt, erhängt und verbrannt wurden. Hier hatte man jemanden mit Sicherheit gefangen gehalten, wenn nicht sogar gefoltert und ermordet. Der Boden unter mir war gespickt mit Knochen. Ich hob ein paar von ihnen nacheinander auf, um sie zu identifizieren. Ein paar waren für mich unbekannt, aber doch schrieb ich „Panische Kratzspuren und Blutzeichnungen an den Wänden, Knochen auf dem Boden. Größtenteils Mensch, ansonsten Hund- und Kuhknochen vorhanden."

Ich zog mein Handy hervor und knipse mit dem Blitzlicht alle erdenklichen Ecken der Kirche. Als ich den umgestürzten Altar fotografieren wollte, bemerkte ich ein in Leder eingebundenes Buch, dass daneben in den Knochen lag. Mit größter Vorsicht hob ich es im Schein der Taschenlampe an. Es fühlte sich stabil an. Ich nahm es auf und schlug die erste Seite auf. Ein Geruch von Balsam strömte in meine Nase. Die Seiten waren vergilbt und wölbten sich ein wenig, jedoch war das Buch erstaunlich gut erhalten, wenn man den Zustand von unbehandeltem Holz in den anderen Häusern bedachte. Da die erste Seite leer war, blätterte ich erneut um. Die geraden Seiten waren unbeschrieben, daher konnte man nur auf der rechten Seite etwas lesen.

„Die Nacht ist dunkler als der Tag" stand dort in großen Buchstaben geschrieben, welche den Eindruck machten, dass sie zitterten.

»Macht Sinn«, flüsterte ich und blätterte immer wieder um.

„Wir sterben jeden Abend erneut, nur um am nächsten Tag aus dem Schlaf zu erwachen. Wir, die in das Antlitz der Toten geblickt haben."

„Nachts ist der Sonnenpriester allein, denn die Toten bleiben tot. Möge er niemals die Kirche bei Nacht verlassen. Tut er dies, wird es nie wieder Tag für die Menschen werden."

„Tags ist der Mondpriester allein, denn die Sonne brenne ihn zu Asche, sollte er sie erblicken. Stirbt er, so nimmt der Sonnenpriester seinen Platz ein, denn die Nacht ist dunkler als der Tag."

Ich kratzte über meinen Bart, während ich die Informationen sortierte. Als ich einen Gedanken gefasst hatte, schrieb ich in mein Notizbuch: „Die Bewohner der Stadt scheinen sich der Totenbeschwörung angenommen zu haben und haben hierfür einen Sonnen- und Mondpriester auserwählt. Doch etwas ging schief und alle Menschen der Stadt lebten bei Tage, doch starben bei Nacht. Der Sonnenpriester war nachts in der Kirche eingesperrt und der Mondpriester bei Tag (Kratzspuren könnten hierbei auf Machtlosigkeit zurückzuführen sein). Nachts war der Mondpriester somit allein im Dorf, sodass es bei Nacht immer weiter zerfiel. Erinnert mich stark an das Märchen der alten Frau."

Ich steckte Stift und Block zurück in meine Hosentasche, bevor ich mit dem Kultbuch unter dem Arm die Kirche verließ. Ich glaubte nicht an den Kram, der in dem Buch geschrieben stand. Sollte es dennoch wahr sein, so schien der Fluch gebrochen oder zumindest beendet. Es war Nachmittag und keine Menschenseele tummelte sich in diesem Dorf. Ich beschloss, das Dorf bei Nacht zu betrachten und begab mich zügig zu dem

Haus, was ich dem Fremden zuordnete. Das Haus sah genauso aus wie all die anderen Häuser, mit dem entscheidenden Unterschied, dass es nicht beschädigt war. Hinter dem Haus befand sich eine kleine, umzäunte Weide mit einem kleinen Stall. Überall auf der Weide grasten Kühe und durch das offene Tor des Stalls sah ich ein Pferd. Schulterzuckend stieß ich die bloß angelehnte Tür zum Haupthaus auf und trat ein. Es war spärlich eingerichtet, nur ein Tisch, drei Stühle und eine Küchentheke mit ein paar Schränkchen waren zu sehen. Im Nachbarzimmer traf ich auf das gleiche Bild wie in dem anderen Haus, nur nicht in morsch. Ein Doppelbett, frisch bezogen und ein kleineres Einzelbett, in dem jemand bis vor nicht allzu langer Zeit geschlafen hatte, waren zu sehen. Ich verließ das Zimmer wieder und begann nach etwas Essbaren im Wohnraum zu stöbern. Die Schränke waren alle leer, sodass ich an diesem Abend nichts aß.

Später, nach Einbruch der Dunkelheit, lief ich draußen herum, nur um zu erkennen, dass sich nichts geändert hatte. Ich sah mir noch ein paar Häuser von innen an und fand die gleiche Zusammenstellung wie in all den anderen Häusern. Beim Zurückkehren fiel mein Blick auf die Weide hinter dem Haus. Als ich meine Taschenlampe darüber schwenkte, sah ich nur noch Kuhgerippe auf der Weide. Ebenso war das Pferd in dem Stall zur Seite gekippt und nichts weiter als ein Geripp. Ein Schauder lief mir über den Rücken. So schnell es ging, verschwand ich wieder im Haus und setzte mich an den Tisch. Was ging hier vor sich? Bildete ich mir das alles bloß ein? Nein, ich war mir sicher, bei Tag Kühe und bei Nacht Gerippe gesehen zu haben. Hieß das etwa, dass der seltsame Fluch auf die Tiere übergesprungen war?

Ein lautes „Muh!" weckte mich am nächsten Morgen. Ich stand aus dem Doppelbett auf und ging nach draußen. Die warme Sonne begrüßte mich. Langsam drehte ich mich zur Weide. Kühe. Ich atmete erleichtert aus. Ich war wohl einfach übermüdet gewesen. Mit knurrendem Magen machte ich mich an die Arbeit, ein paar weitere Häuser zu durchsuchen. Als ich eines verließ, sah ich die Kutsche, die nun vor dem Haus des Fremden parkte. Sofort pausierte ich meine Aufgabe und ging zurück zum Haus. Der Fremde saß auf einem der Stühle am Tisch und starrte nach draußen zu den Kühen. Ich schob den Stuhl in seinem Sichtfeld ein Stück zurück und setzte mich.

»Schon Ergebnisse?«, fragte er mich monoton.

»Ergebnisse nicht, aber ich habe ein paar seltsame Sachen erfahren. Sagt dir „Totenbeschwörung" etwas?«

Er schüttelte den Kopf.

»Sagt dir „Sonnenpriester" etwas?«

Die Augen meines Clients leuchteten auf und er schrie verängstigt: »Mama!«

So schnell dieser Ausbruch stattgefunden hatte, so schnell beruhigte er sich auch wieder. Diesmal warf ich bloß ein Wort ein.

»Mondpriester.«

Abermals dieses Leuchten und ein verzweifelter Schrei.

»Papa!«

Dieser Mann hatte eindeutig traumatische Erlebnisse hinter sich, doch in seinem eigenen Interesse wollte ich ihm Informationen entlocken. Vorsichtig holte ich das Buch hervor und legte es auf den Tisch. Wortlos nahm der Fremde es entgegen und blätterte darin. Plötzlich tropfte eine einzelne, große Träne auf das Papier. Ich fühlte mich unwohl, ihm dabei zuzuschauen, also drehte ich mich um und sah dabei zu, wie eine Kuh Gras hochwürgte, um es erneut zu kauen. Aus irgendeinem Grund verstärkte dies mein Hungergefühl.

»Ich weiß es wieder«, ertönte es hinter mir. Ich wandte mich dem Mann mit den Augenringen zu.

»Wir lebten zu viert auf einem kleinen Hof mitten im Wald. Meine kleine Schwester starb, als sie mit zwei Jahren von einer Kuh überrannt wurde. Voller Zorn und Trauer baute mein Vater eine Kirche, die jedoch keinem Heiligen gewidmet war. Dort opferte er jede Kuh für die Sonne und den Mond, wodurch meine Eltern zu deren Priestern wurden. Tagsüber führten wir unser Leben fort, jedoch ohne Papa, der alleine in der Kirche saß. Von den Nächten fehlt mir jede Erinnerung, außer, dass Papa erzählte, wir seien nachts tot. Er wurde wahnsinnig, begann bei Nacht Kinder der umliegenden Dörfer zu entführen und sie in der Kirche bei Tag zu opfern. Wir alterten nicht, die Jahrhunderte verstrichen. Mama und wir beide bauten uns immer wieder ein neues Haus, wenn das alte nicht mehr gut war. Dann, eines Tages, stürzte der Turm ein und begrub Papa unter sich. Die Sonne verbrannte ihn und Mama wurde zur Priesterin des Mondes, jedoch ohne Kirche. Am darauffolgenden Tag verbrannte auch sie. Meine Schwester floh panisch in den Wald und ich blieb. Ich verdrängte meine Erinnerungen, um mich zu schützen. Hätte ich doch nur nicht um Aufklärung gebeten.«

Verwirrt starrte ich auf den Tisch. Ich verstand das alles nicht. Noch nie hatte die Geschichte eines Dorfes so viele Fragen aufgeworfen und konnte mit irdischen Mitteln erklärt werden. Der Mann verfluchte mich und meine Arbeit. Ich hielt es für das Beste, lautlos zu verschwinden. Schnell hatte ich meinen Rucksack gepackt und war aus dem Haus gestürmt. Schon bald fand ich meinen in das Unterholz geschlagenen Weg und stapfte ihn entlang. Zu viele Fragen schwirrten durch meinen Kopf, immer wieder verlief ich mich. Die Sonne war bereits am Horizont, als ich mein Auto erreichte. Während die Sonne sank, warf ich einen letzten Blick in Richtung Flussstein und entdeckte den Fremden, wie er mit dem Buch wedelte und sich in meine Richtung kämpfte. Hastig drehte ich den Zündschlüssel, raste durch den Wendehammer und fuhr davon. Als der letzte Sonnenstrahl über den Horizont zuckte, sah ich durch meinen Rückspiegel, wie der Schädel eines Menschen auf die Straße und weg von dem verfluchten Buch rollte.

Nun sitze ich hier und habe zum ersten Mal seit meiner Rückkehr damals die Akten wieder hervorgeholt. Der Fall, an dem ich versagte. Ich muss lachen, wenn ich den Mist lese, den ich damals niedergeschrieben habe. Dass mich die Geschichte einer alten Frau so dermaßen aus dem Konzept bringt, hätte ich niemals gedacht. Zwar gibt es die Bilder aus der Kirche und die Proben aus den Häusern (welche alle aus einem anderen Jahrhundert stammen), dennoch glaube ich nicht daran, dass es einen solchen Fluch, das Buch oder die Kühe je in der Form gab, die ich in meinem Wahnsinn beschrieben habe.

Morgengrauen

Zu vollem Verständnis sollte „Dämmerung" zuerst gelesen werden.

Als der erste Sonnenstrahl durch die Blätter des Waldes zuckte, war es, als sei ich aus einem langen Schlaf erwacht. Leider wusste ich, dass es nicht so war. Ich hatte schon ewig nicht mehr geschlafen. Nachdem ich mich aufgerafft und die letzten Blätter von meiner alten Kleidung geklopft hatte, fiel mein Blick auf das in Leder eingebundene Buch, das einen Geruch nach Balsam verströmte. Der Experte war geflohen. Die Erinnerung an sein von Panik verzerrtes Gesicht blitze in meinen Gedanken auf. Mir war klar, dass ich nicht die ansehnlichste Gestalt auf der Erde bin und auch mein Hintergrund verwirrend und angsteinflößend sein kann, aber es sollte einen solch erfahrenen Mann doch nicht derart erschrecken, dass er die Flucht ergreift. Ich packte das Buch und klemmte es mir unter den Arm, bevor ich langsam durch den Wald zurück in mein Dorf schlurfte. Die Pflanzen bogen sich davon, um mir so den Eintritt zu erleichtern.

Hatte mein Verhalten ihn verstört? Aber wer würde denn schon anders reagieren, wenn er gerade die Erinnerung, dass die Familie vom Verderben und einem scheinbar unaufhaltbaren Fluch heimgesucht wurde, wiedererlangt hatte. Letztendlich war ich dem Forscher doch dankbar, denn nun konnte ich vielleicht nach einer Lösung suchen, um es endlich zu beenden.

Ich stapfte durch die Ruinen von Flussstein und trat dann in mein Haus ein. Es war spärlich eingerichtet, nur ein Tisch, drei Stühle und eine Küchentheke mit ein paar Schränkchen waren zu sehen. Im Nachbarzimmer befand sich das alte Doppelbett, in welches ich mich nachts hineinlegte, um zu zerfallen, nur um am nächsten Morgen aufzuwachen, als sei mein bisheriges Leben ein langer Traum gewesen. Nachdem ich jedoch realisierte, dass sich dies so anfühlte, da ich die Nacht über tot war, führte ich das, was andere als Leben bezeichnen würden, Tag für Tag weiter. Was ich hier hatte, war nämlich alles andere als ein

Leben. Abgesehen von einem immerwährenden Brummen in meinem Kopf, einer unendlichen Müdigkeit und der Unfähigkeit zu schlafen, die jeden Tag zu einer Qual machten, war die Unsterblichkeit sehr eintönig. Jeder Tag hier im Dorf fühlte sich nach einer Kopie des vorherigen an. Ich pflegte jeden Tag denselben Garten, ich schlachtete jeden Tag dieselbe Kuh, die am nächsten Tag wieder ihr Fleisch besaß, und aß jeden Tag das gleiche Mahl. Natürlich hatte ich ab und zu eine Reise unternommen, doch nie zu weit. Das Problem dabei war, dass beim Einbruch der Dunkelheit alles Lebendige von meinen Knochen verschwand und nur ein Gerippe zurückließen. Dies schränkte meine Möglichkeiten stark ein. Zudem waren mir die neuen Erfindungen, wie zum Beispiel das Automobil ganz und gar nicht geheuer. Daher reiste ich schon lange nicht mehr, um nicht mit Angst vor der Technik erfüllt zu werden. In die nahegelegenen kleinen Dörfer konnte ich ohnehin nicht gehen, da die abergläubischen Menschen dort denken, ich sei eine Ausgeburt der Hölle. Nein, schön war mein untotes Leben sicherlich nicht.

Seufzend nahm ich auf einem der Stühle an meinem Tisch Platz und legte das Buch vor mich. Ich blätterte ein wenig darin herum, was mir leider wenig brachte, denn ich konnte nicht lesen. Das Buch schien mir so vertraut und doch wusste ich nicht, was dort geschrieben stand. Falls mir dieses Buch helfen sollte, so konnte ich dies nicht ohne Hilfe herausfinden. Ich war mir sicher, dass der Forscher das Talent dazu hatte, das Buch zu verstehen und mir zu helfen, den Fluch zu brechen. So hätten wir nicht nur mich, sondern auch meine Schwester und die armen Kühe auf der Weide erlösen können. Doch ich hatte ihn verschreckt. Vielleicht war es einfach mein Schicksal, dass ich auf ewig eine Schauergestalt bleiben musste. Ich war nichts als dunkle Augenringe und tiefe Furchen. Ich stand auf und schlug mit der Faust auf den Tisch.

»Nein. Ich werde mich dem nicht länger hingeben«, sagte ich zu dem Buch. Doch wer könnte mir helfen, ohne dass die Person in Panik ausbricht oder sonst wen einschaltet? Ich dachte nach und kam zu dem Entschluss, dass kein Mensch mir Glauben schenken würde. Falls sie eindeutig sehen, dass mit mir nichts stimmt, bekommen sie Angst. Es würde genauso ablaufen wie mit dem Forscher, wenn nicht sogar schlimmer. Die Menschen waren zu fixiert auf ihr persönliches Weltbild. Daher musste jemand her, der auch an das unmögliche glaubt. Voller Enthusiasmus verstaute ich das Buch in einem der Küchenschränke und rannte nach draußen zu meinem Pferd, welches ich so schnell es ging an meine Kutsche anband. Schon bald fuhr ich über die Straßen, die an den kleinen Dörfern rund um den Wald vorbeiführten. Die hölzernen Räder klapperten, als sie kurze Zeit später auf den Asphalt trafen. Immer wieder überholten mich blecherne Gefährte mit hoher Geschwindigkeit, doch ich hatte mein Ziel vor Augen. Der bekannte Weg zur Stadt, in der der Forscher lebte, war auch diesmal meine Route. Wieder wollte ich größtenteils kleinere Straßen, aber auch ein paar Landstraßen nutzen. Ich konnte mir denken, dass ich auf einer Autobahn bloß Probleme mit den Ordnungshütern bekommen würde. Später am Tag, als die Sonne schon lange Schatten warf, fuhr ich an der nächsten Möglichkeit von der Landstraße ab, sodass ich zu einer Raststätte kam. Kurzerhand steuerte ich meine Kutsche zwischen zwei große Lastwagen und band den Schimmel an einen Baum an. Ich blickte zur Sonne und stellte fest, dass ich wohl noch eine Stunde Zeit hatte, bevor sich das Leben von mir trennte. Somit schlurfte ich zur Raststätte und trat ein. Auf der einen Seite befand sich ein kleiner Laden und auf der anderen ein Schnellrestaurant. Der Geruch von schmierigem Bratenfett hing in der Luft und eine Horde von Männern schlang das pappige Essen in sich hinein. Ein paar von ihnen sahen so aus, als könnte der ranzige Geruch genauso gut von ihnen stammen. Gut. Hier war also einer der Orte, an denen man mich mit weniger Abscheu oder Furcht ansah. Da ich kein Geld hatte, schlenderte ich durch den Laden und sah mir ein paar Produkte an. Die Frau an der Kasse starrte mich unaufhörlich an. Da ich mich immer unwohler fühlte, ging ich auf die andere Seite des Gebäudes. Große, leuchtende Tafeln warben mit „extrabilligen" Preisen für „nur das beste Fleisch". Ich verzog das Gesicht. Wenn das das beste Fleisch war, dass die auftreiben konnten, dann waren die Leute in dieser Gegend echt verzweifelt. Einer der Trucker bemerkte meinen Gesichtsausdruck und lachte.

»Is' sicherlich kein schönes Steak, aber es is' günstig und macht satt, mein Freund.«

Ich drehte mich zu ihm um und lächelte ihn unbeholfen an. Nachdem der Forscher mir meine Erinnerungen zurückgebracht hatte, wurde ich eine andere Person. Vorher war ich bloß eine lebende, gefühlslose Leiche, doch meine ans Licht gekommene Vergangenheit machte mich zu dem, der ich wirklich war. Ein verlorener, einsamer, uralter und verfluchter Mann.

Der Trucker sah mich verwirrt an.

»Hat's dir die Sprache verschlagen oder was? Wenn du denkst, ich seh' schrecklich aus, dann hast du wohl nich' in den Spiegel geschaut.«

Ich drehte mich einfach um und verließ das Gebäude. Menschen waren nach wie vor eine Qual. Der Forscher hatte etwas an sich gehabt, das Hoffnungen weckte, doch die meisten anderen waren einfach nur noch seltsam.

Nachdem ich meine Kutsche erreicht hatte, band ich mein Pferd los und lief mit den Zügeln in der Hand in den angrenzenden Wald hinein. Hier, in der stillen Tiefe des Waldes konnten wir ungestört zerfallen und wieder zum Leben erwachen. Als ich überzeugt war, dass sich niemand zu mir verirren würde, legte ich mich an den Fuß eines Baumes in das Moos und sah nach oben in den Himmel. Die Wolken färbten sich bereits rot. Einige Minuten lag ich bloß dort und sah mir das Spektakel an, welches meinen erneuten Tod einleiten würde. Ich atmete tief ein und…

Die Sonnenstrahlen erweckten mich erneut. Ich hatte nicht geschlafen. Schnell war mir mein Vorhaben wieder eingefallen und ich führte mein Pferd zurück zur Kutsche.

Am übernächsten Tag rollte meine Kutsche zurück in die große Stadt. Die belustigten Blicke der Menschen fielen mir zwar auf, doch kümmerten mich nicht weiter. Ich hielt an, band das Pferd an einer Laterne fest und setzte meinen Weg zu Fuß fort. Schon bald passierte ich die Tür zum Haus, in dem sich das Büro des Forschers befand. Ich hielt für einen Moment inne und betrachtete die Klingel, die ich vor einer Woche betätigt hatte. Nein, er konnte und wollte mir nicht mehr helfen. Ich würde zulassen, dass er den ganzen Vorfall als sein eigenes Hirnge-spinst abstempeln würde. Was dann aus ihm wurde, war mir egal. Ihm war es scheinbar ebenso gleichgültig, was aus mir wer-den würde. Wenn aus mir je etwas anderes werden könnte. Die Person, zu der ich nun unterwegs war, hatte mir damals auch den Forscher empfohlen. Es war eine junge Fotografin, welche vor etwa einem Jahr in meinem Dorf auftauchte. Durch die Le-genden der umliegenden Dörfer angestachelt, kämpfte sie sich durch den Wald und brauchte nicht lange, um meine Tür bei-nahe einzuschlagen. Nachdem sie mich mit einer enormen Menge an Fragen, die ich allesamt mit „nein" oder „ich weiß es nicht" beantwortete, überhäuft hatte, rannte sie fröhlich umher und machte mit ihrem Fotoapparat Bilder von jedem Winkel von Flussstein, außer dem Inneren der eingestürzten Kirche. Nun, da ich meine Erinnerungen wiedererlangt hatte, wusste ich mehr Antworten auf die von ihr gestellten Fragen. Zwar wusste ich nicht, ob sie mir glauben schenken würde, aber irgendetwas in mir sagte, dass es klappen konnte. Ich zog die Pappkarte mit dem Knick aus meiner Kleidung hervor und betrachtete Namen und Adresse. Sie arbeitete für eine kleine Zeitschrift, die okkulte Spuren untersuchten und Beiträge darüber schrieben. Des Weiteren hielten sie einen engen Kontakt mit dem Forscher, da dieser bei seinen Untersuchungen oft auf seltsame Gegenstände stieß.

Eine Weile irrte ich in den Straßen herum, da ich mich weigerte, irgendjemanden anzusprechen. Schließlich stand ich gegen Mittag vor dem Schild „Okkultes & Co. – Die Zeitschrift". Auf mein Klingeln ertönte eine männliche Stimme aus der Sprechanlange.

»Hallo, wer ist da?«

Ich schwieg.

»Hallo?«

Ein Klicken verriet, dass der Mann aufgegeben hatte. Ich klingelte erneut.

»Hallo, wer ist denn da? Bitte sagen sie etwas!«

Was wäre denn, wenn ich stumm wäre? Würde man mich irgendwo hineinlassen? Es klickte wieder. Mein Finger drückte den Knopf erneut ein. Diesmal meldete sich eine bekannte, helle Frauenstimme.

»Ja hallo?«

»Ich bin's. Aus dem Dorf.«

Eine kurze Pause trat ein, bevor sie flüsternd entgegnete: »Der aus Flussstein? Kommen Sie rein.«

Ich wurde hineingelassen und stieg zwei Stockwerke nach oben. Die Tür war geöffnet und die Frau lehnte im Türrahmen.

Sie hatte ihr rotes Haar mit einer Nadel hochgesteckt und trug eine große, eckige Brille, die nicht groß genug war, um ihre Sommersprossen zu verdecken. Ihre Kleidung bestand aus einer Jeans und einem weiten Pullover. Hinter ihr guckte ein schwarzhaariger Mann aus seinem Büro heraus.

»Tatsächlich. Er ist's. Siehst du, ihn gibt es wirklich!«, rief die Frau dem Mann zu, welcher eine Grimasse zog.

Sie machte Platz, sodass ich eintreten konnte. Während wir nebeneinander zu ihrem Büro gingen, meinte sie: »Haben sie den Wildstadt-Forscher eigentlich aufgesucht, den ich ihnen bei unserem letzten Treffen empfohlen hatte? Er antwortet unseren Mails seit ein paar Tagen nicht mehr.«

»Liegt wohl daran, was er in meinem Dorf ans Licht gebracht hat.«

Sofort blieb sie stehen, wirbelte herum und packte mich an den Schultern.

»Was ist es?«, rief sie vollkommen übereifrig. Langsam drückte ich ihre Hände von mir und ging weiter in das Zimmer, an dem ihr Name stand. Sie kam hinterhergestürzt und setzte sich hin. Ich erzählte ihr von dem Schicksal meiner Schwester, der Verzweiflung meiner Eltern, wie sie zu Sonnenpriester und Mondpriester wurden, nur um meine Schwester zurück ins Leben zu rufen, von der Spaltung meiner Familie, der Einsamkeit meines Vaters bei Nacht und dem Einsturz der Kirche, was meine Eltern letztendlich beide vernichtete. Dann erläuterte ich kurz mein dahinvegetieren und wie ich diese Erinnerungen scheinbar verdrängt hatte, bevor ich ihr von dem Buch erzählte, dass der Forscher in der eingestürzten Kirche gefunden hatte.

Es war bereits Nachmittag, als ich beendete. Die ganze Zeit über hatte die Rothaarige kein Wort gesagt, sondern mich nur mit großen Augen angesehen und immer wieder ein paar Notizen auf einen kleinen Block gemacht. Nun erwartete ich, dass sie meine Geschichte als Lüge bezeichnen oder einfach in lautes Gelächter ausbrechen würde. Stattdessen nickte sie bloß und lehnte sich in ihrem Stuhl zurück. Nach einigen Minuten der Stille fragte sie dann: »Wie alt sind Sie?«

»Ich weiß es nicht. Mein Geburtsjahr ist mir unbekannt.«

»Jede Nacht sterben Sie erneut?«

»Ja.«

»Wie ist es zu sterben?«

»Es ist leer. Einen passenderen Begriff gibt es wohl nicht.«

Sie machte ein nachdenkliches Gesicht.

»Das hört sich unglaublich an. Ich muss dem einfach auf den Grund gehen. Wenn ich Ihnen helfe, darf ich aber im Gegenzug Ihre Geschichte in unserer Zeitschrift drucken. Außerdem werde ich unsere Schritte dokumentieren. Das wird spannend!«

»Sie können die Geschichte gerne drucken, denn wenn alles vorbei ist, wird es mich hoffentlich nicht mehr geben.«

Freudig hielt sie mir ihre Hand hin. Verrückt, durch und durch, diese Frau. Genau so jemanden brauchte ich. Ich griff die Hand und schüttelte sie langsam ein Mal.

»Ich hätte gerne die Stadt verlassen, bevor es dunkel wird. Abgesehen von meinem Gerippe sollte auch das meines Pferdes nicht auf offener Straße herumliegen.«

»Oh ja, natürlich. Ich werde mich dann morgen aufmachen, um ebenfalls in Ihr Dorf zu fahren.«

Alleine verließ ich das Gebäude und trat auf die Straße. Die Wolken hatten sich verdichtet und verdunkelten den Himmel. Es sah nach Regen aus, was mich aber nicht weiter störte. Das einzige, was mir überhaupt nicht recht war, war die Tatsache, dass ich nun nur noch schwer einschätzen konnte, wann die Sonne untergehen würde. Ich begann zu sprinten und schlängelte mich durch die Leute auf dem Bürgersteig. Eine Gruppe Jugendlicher latschte langsam vor mir entlang, versperrten den gesamten Weg. Auf die Straße auszuweichen war keine Lösung, denn dort herrschte reger Verkehr. Also rannte ich kurzerhand auf die Gruppe zu und rammte zwei von ihnen mit der Schulter. Die beiden stolperten einige Schritte vorwärts und der eine fiel sogar der Länge nach hin. Jemand schrie hinter mir auf und die Gruppe begann, mir wütend hinterherzurennen. Immer wieder bekam ich wüste Beleidigungen an den Kopf geworfen, doch es ließ mich kalt.

»Eigentlich müssten wir dich umbringen, wenn du uns so behandelst«, brüllte einer von ihnen.

»Nichts lieber als das, Junge«, dachte ich. Nachdem der Anführer die Zustimmung seiner Mitläufer erhalten hatte, fügte er keuchend hinzu: »Aber diesmal kommst du mit einer Verwarnung davon.«

Scheinbar hatte ich sie abgehängt. Die ersten Regentropfen fielen herab und der Himmel färbte sich in einem bedrohlichen Grau. Ich hatte wirklich keine Zeit mehr. Ich erreichte meine Kutsche und riss am Seil, dass sich nicht schnell genug lösen wollte. Ohne mich umzudrehen verließ ich die Stadt und fuhr an der nächsten Möglichkeit von der Landstraße in den Wald hinein. Es kümmerte mich nicht, dass es an dieser Stelle keine Raststätte, nicht einmal einen Weg, gab.

Ich erhob mich aus dem Schlamm des Waldes. Allem Anschein nach hatte ich die Kutsche nicht mehr rechtzeitig zum Stehen bringen können. Sie lag einige Meter weiter an einem Baum. Daneben richtete sich mein Schimmel auf und schüttelte sich. Ich stapfte hinüber und begutachtete die Kutsche. Fluchend musste ich feststellen, dass sie direkt mit der Achse gegen den Baum geknallt war, was dazu führte, dass eines der vorderen Räder abbrach. Ich strich noch kurz mit einer Hand über das alte Holz, bevor ich mich auf mein Pferd schwang und zurück zur Straße ritt. Es würde ein unbequemer Weg werden.

Am Nachmittag des nächsten Tages kam ich durchnässt und schlammig an meinem Dorf an. Als ich die Tür zu meinem Haus aufstieß, begrüßte die Fotografin mich fröhlich. Auf dem Tisch stand eine große, quietschgelbe Kühltruhe und daneben lag ein Fertigsandwich aus dem Supermarkt, in das jemand bereits ein paar Mal hineingebissen hatte. Die Frau legte ihre Spielekonsole zur Seite und griff das Brot.

»Auch eins? Ich hatte schon befürchtet, Sie kommen nicht durch das Unwetter hindurch.«

»Nein danke«, erwiderte ich.

»Mich kann so etwas leider nicht zur Strecke bringen.«

Sie legte den Kopf schief.

»Was passiert, wenn Sie tagsüber sterben sollten?«

»Ich wache am nächsten Morgen auf, als sei nichts gewesen. Alle Körperteile sind wieder dort, wo sie hingehören.«

»Die Kühe faszinieren mich. Ich frage mich, wie sie sich dabei fühlen, jede Nacht ein Gerippe zu sein. Hier, ich habe ihnen heute auf der Weide diese Bilder gezeigt.«

Sie zog ihren Fotoapparat hervor und zeigte mir auf dem Bildschirm Bilder von Kuhskeletten, die sie bei Nacht aus nächster Nähe fotografiert hatte.

»Wahnsinn, nicht wahr? Die Story wird ein Knüller!«

Freudig grinste sie mich an. Ich zog leicht irritiert einen Mundwinkel nach oben.

»Sagen Sie, dieses ganze Dorf gehört ganz allein Ihnen?«

»Ja.«

»Was wird aus ihm, wenn Sie nicht mehr sind?«

»Mir egal. Ich schenke es Ihnen.«

Ihre Augen weiteten sich und sie rief überglücklich: »Echt jetzt?! Kann ich das schriftlich haben?«

Ich zuckte mit den Achseln.

»Wofür? Offiziell gibt es weder das Dorf noch mich. Was bringt dann ein Testament einer fiktiven Gestalt über einen fiktiven Ort?«

Sie schnitt eine Grimasse und verschränkte die Arme, wobei sie ihr Sandwich zerquetschte. Ich seufzte, winkte ihr kurz und verschwand im Nachbarzimmer, wo ich mich in mein viel zu kleines Bett legte und auf meinen Tod wartete. Doch plötzlich platzte die Frau in das Zimmer.

»Wann geht's los?«

»Morgen«, erwiderte ich knapp und schloss die Augen. Ein Lächeln umspielte meine Lippen. Diese hyperaktive Frau nervte mich allmählich, aber trotzdem mochte ich sie.

»Echt krass, wie Sie von einen auf den anderen Moment zu einem Skelett wurden. Voll unheimlich«, schnatterte die Rothaarige, während sie mir ihr Kameradisplay am Tisch vor die Nase hielt. Jeder, der bei Sinnen war, wäre spätestens dann wohl panisch davongerannt. Obwohl ich es spannend fand, mich selbst als Gerippe zu sehen, schob ich die Kamera beiseite und deutete auf das Buch, dass nun mitten auf dem Tisch lag. Ich sagte ihr noch knapp, dass sie mir keinesfalls alles aus dem Buch verraten solle, sondern nur die Informationen über die Aufhebung. Irgendetwas in mir sagte, dass es so besser war, als alles zu wissen. Während sie in dem Buch las, begnügte ich mich damit, ihr dabei zuzuschauen. Es war faszinierend, wie sie etwa auf der Hälfte des Buches ihre Beine zunehmend näher an ihren Körper zog und anfing zu zittern. Als nur noch ein Viertel übrig war, stieß sie das Buch von sich.

»Ich lese keine Seite mehr in diesem verfluchten Buch«, sagte sie und sah mich an, als wäre ich ein Monster.

»Das Ritual, dass deine Eltern durchgeführt haben, ist so grauenhaft. Welcher Mensch würde so etwas mit sich, Kühen und Kindern aus dem Umfeld tun?«

Jedoch konnte sie nicht verbergen, dass hinter all der Angst eine große Begeisterung steckte. Ich sagte einfach nichts und starrte sie eine ganze Weile einfach nur an, bis sie das Buch wieder näher zog.

Nachdem sie zu Ende gelesen hatte, faltete sie ihre Hände und starrte auf den Tisch.

»Gibt es einen Weg?«, fragte ich vorsichtig.

»Ja. Wir müssen das Ritual der Sonne und des Mondes erneut durchführen, sodass Sie der neue Mondpriester werden. Ohne eine Kirche wird die Sonne Sie verbrennen. Außerdem werden sich alle, die unter dem alten Fluch leiden, auflösen.«

»Alten Fluch?«

»In dem Moment, in dem wir das Ritual vollführen und den Fluch erneut auslösen, wird der alte Fluch gebrochen und alle in einem kleinen Umkreis werden mit dem neuen Fluch belegt. Wenn jedoch niemand anwesend ist, sollte das kein Problem sein.«

Sie las aus verschiedenen Stellen des Buches vor:

»Tags ist der Mondpriester allein, denn die Sonne brenne ihn zu Asche, sollte er sie erblicken. Stirbt er, so nimmt der Sonnenpriester seinen Platz ein, denn die Nacht ist dunkler als der Tag.

Wird ein neues Priesterpaar erwählt, so sei das alte vernichtet und so auch deren Gläubige.

Der Fluch binde die Gläubigen in der Nähe daran, bei Tage zu leben und bei Nacht zu sterben. Einzig der Sonnenpriester in der Kirche und der Mondpriester unter freiem Himmel seien erlaubt zu leben, wenn der Mond am Himmel stehe.«

Ich blickte herab auf das Buch.

»Das heißt«, murmelte ich, »dass wir aber einen Sonnenpriester brauchen.«

»Ich mach's!«, rief die Fotografin entschlossen.

»Sicher nicht. Sie würden am Tag nach meinem endgültigen Tod ebenfalls sterben. Es muss einen anderen Weg geben. Wenn doch nur meine Schwester hier wäre ...«

»Es gibt eine andere Methode den Fluch für eine einzelne Person zu brechen«, flüsterte sie leise. Ich forderte sie auf, die Möglichkeit zu erklären.

»Nun, es funktioniert nach dem System „Auge um Auge". Trinkt ein normales Lebewesen „einen Schädel voll" des Bluts eines Verfluchten, so tauschen sie ihren Platz.«

Sie zog die Beine an und umarmte sie.

»Wäre es seltsam, wenn ich frage, ob ich Ihr Blut trinken darf?«

Ich stand auf und stemmte mich auf den Tisch.

»Niemand soll mein Schicksal erleiden müssen!«, schrie ich. Eingeschüchtert sagte sie langsam: »So weit ich die Sache verstehe, kann man die Rollen beliebig oft tauschen. Daher hätte ich eine Idee. Ich trinke ihr Blut, sie werden wieder menschlich und ziehen los, um ihre Schwester zu finden. Während sie das tun, bereite ich hier das Ritual vor. Kühe finden sich hier genug, es fehlen nur noch die Gebeine von Kindern. Wenn das alles zu Ende ist, sind Sie und Ihre Schwester mitsamt ihren Tieren frei und ich kann eine Hammer Story schreiben. Ich kann aber bestimmt keine Kinder töten, um ihre Knochen zu erhalten ...«

»Liegen in der Kirche genug herum, wenn man dem Forscher glauben kann«, meinte ich trocken. Die Augen der Frau leuchteten auf.

»Es könnte also klappen? Ich bin so aufgeregt!«

Ich schlug die Augen nieder.

»Es kann aber einiges schieflaufen. Erstes Problem: Wenn wir die „Rollen tauschen", könnte ich zu Staub zerfallen, da ich zu alt für einen Menschen bin. Zweites Problem: Meine Schwester ist unauffindbar. Drittes Problem: Sie sind zu nah, wenn wir das Ritual durchführen und werden verflucht.«

»Ich könnte es mir nie verzeihen, wenn wir es nicht wenigstens versucht haben«, konterte sie schnippisch.

»Na gut. Wollen wir also sofort loslegen?«, sagte ich, obwohl ich langsam überfordert war. Ich schnappte mir ein altes Beil und schlurfte hinaus zu den Kühen. Sie würden ohnehin nicht sterben, auch wenn ich einen Kopf abtrennte.

Kurze Zeit später hielt ich meinen Arm über die ausgeschabten, halben Kuhschädel, setzte das rostige Schlachtbeil an und schnitt meinen Unterarm der Länge nach auf. Der Schmerz kümmerte mich nicht und ich sah zu, wie das rote Blut in den Plastikbehälter tropfte. Als genug Blut zusammengekommen war, band ich meinen Arm provisorisch mit einem Stück Bettlaken ab. Die Fotografin nickte mir noch einmal entschlossen zu, bevor sie zitternd den blutigen Schädel anhob und zu ihrem Mund führte. Mir kam etwas Galle hoch bei dem Gedanken, so viel Blut eines anderen Menschen trinken zu müssen. Während sie trank nahm der Schmerz in meinem Arm immer weiter zu und ich spürte ein unbekanntes Gefühl: Müdigkeit. Sie setzte ab und biss die Zähne zusammen, um sich nicht zu übergeben. Das letzte, an das ich mich erinnerte, war, dass Hunger und Durst sich in mir breitmachten, bevor ich nach hinten umkippte.

Ich schlug die Augen auf. Es war dunkel. Beim Verlassen meines Bettes fiel mir etwas auf. Im großen Bett lag ein Skelett, bei dem alle Gliedmaßen weggestreckt waren. In der einen Hand hielt es noch immer eine Kamera umklammert, die auf den Schädel zeigte. Eine Videoaufnahme lief noch immer.

»Danke dir«, sagte ich leise, als wollte ich sie nicht wecken. Zügig durchquerte ich den Raum und verließ das Haus. Der Mond begrüßte mich und Nachtluft füllte meine Lungen. Ein mir längst unbekanntes Gefühl. Für einen kurzen Moment kam mir der Gedanke einfach abzuhauen und ein normales Leben zu führen. Sofort verwarf ich ihn. Der Fluch musste beseitigt werden und außerdem wollte ich das mir entgegengebrachte Vertrauen nicht ausnutzen.

»Ich werde dich finden, Schwester!«, rief ich in die Nacht hinaus

Schattenlinie

Zu vollem Verständnis sollten „Dämmerung" und „Morgengrauen" vorher gelesen werden!

Unsterblichkeit. Dies hatte ich aufgegeben. Ein solches Leben wollte ich nicht führen. Ich war in mein altes Haus zurückgekehrt und betrachtete die blanken Knochen der zurzeit toten Fotografin. Sie hatte den Fluch auf sich genommen, damit ich losziehen konnte, um meine Schwester zu finden. Doch die Zeit für diese Suche war kurz. Ich spürte bereits nach ein paar Stunden, wie mein Körper begann, an der wiedererlangten Sterblichkeit zu zerfallen. Mein hohes Alter machte sich bemerkbar. Bewegungen, welche vorher keine Kraft gekostet hatten, schienen nun schwerfällig. Mein Körper passte sich meinem alten, faltigen Gesicht an. Wahrlich seltsam.

Ich wusste nicht, wie viel Zeit mir blieb, bis ich sterben würde. Was würde dann aus der Fotografin werden? Sie würde genau wie ich eine lange Zeit unter dem Fluch leiden. Mein Blick wanderte zu dem Schlachtbeil auf dem Tisch. Wenn ich es in meinen Hals rammen würde, wäre diese ganze Qual für mich endlich für immer vorbei. Für einen kurzen Moment zuckte meine Hand in Richtung der Waffe. Das konnte ich nicht. Dieser Fluch ging niemanden außer meine Schwester und mich etwas an. Diese Frau, die dort lag, sollte nicht noch weiter einbezogen werden, als sie es ohnehin schon war. Ich bewunderte ihren Heldenmut, aber verfluchte gleichzeitig ihre Dummheit. Wieso tat sie das?

Sofort schüttelte ich den Kopf. Keine Zeit für solche Gedanken. Ich musste los. Zwar hatte ich keinen Anhaltspunkt, wo ich meine Suche beginnen sollte, doch ich musste zur Tat schreiten. Als Bewegungsmittel fiel das Auto weg, da ich absolut keine Ahnung hatte, wie man die Mechanik des Gerätes bediente. Mein treues Pferd unterlag noch immer dem Fluch des Dorfes, daher würde es mich nachts nirgendwohin bringen. Der Tag musste zunächst genügen.

Mein Magen knurrte. Langsam griff ich nach dem übriggebliebenen Fertigsandwich und zog es aus der Plastikverpackung heraus. Der etwas matte Geruch regte meinen Hunger noch weiter an. Herzhaft biss ich hinein. Welch eine Sinnesexplosion! Gierig schlang ich das Sandwich herunter. Nachdem ich ebenso schnell etwa einen Liter Wasser trank, machte sich ein wohliges Gefühl in mir breit. Es flickte ein Stück der ewigen Leere in mir. Außerdem machte es mich müde. Ich musste mich ... doch ... vorbereiten... Mein Kopf sank langsam auf den Tisch.

»Das war krass!«, ertönte die helle Stimme der Fotografin. Ich öffnete die Augen, blinzelte ein paar Mal in die Morgensonne, die direkt durch das Fenster in mein Gesicht schien.

»Schauen Sie mal«, sagte sie und hielt mir den Videorekorder vor die Nase. Ich schreckte ein Stück zurück und sah dann ein Video, auf dem man eigentlich nur ein Standbild des Skelettes der Frau sah.

»Ja, ganz toll. Ich habe keine Zeit. Muss los«, knurrte ich.

»Wo wollen Sie denn anfangen?«

»Das weiß ich nicht. Aber mein Körper wird zunehmend schwächer. Ich kann nicht zulassen, dass er versagt, bevor die Aufgabe erfüllt ist.«

Ihre Augen verengten sich zu Schlitzen.

»Hm, das ist blöd. Dann brauchen wir dringend einen Anhaltspunkt. Ich kann Ihnen schonmal sagen – wollen wir das „Sie" nicht langsam weglassen? Ich habe immerhin von Ihrem Blut getrunken.«

Ich nickte knapp und sagte: »Weiter.«

»Also, wie gesagt, ich kann dir sagen, dass die Medien – das heißt Fernsehen, Radio, Zeitungen und das Internet – keine Story über eine untote Frau verbreitet haben. Sowas geschieht in der heutigen Zeit in Windeseile. Gerade so etwas ist mein

Fachgebiet, da wäre es doch echt traurig, wenn mir eine solche Hammernachricht durch die Lappen ginge. Das Ganze lässt uns schonmal den Fakt ausschließen, dass deine Schwester ein normales Leben unter Menschen führt. Wahrscheinlich lebt sie genau wie du ganz allein. Vielleicht hat sie ein paar wenige, die ihr Geheimnis kennen. Der Forscher und ich kennen deines ja auch. Außerdem finde ich auch, dass der Fluch verhindert, dass sie sehr weit gereist sein könnte. Denn auch hier: wie soll sie nicht auffallen? Sie war doch zu Fuß in den Wald geflohen. Ehrlich gesagt wundert es mich, dass sie nicht längst zurückgekehrt ist. Denkst du, sie hat alleine einen Weg gefunden, ihren Fluch aufzulösen?«

»Ausgeschlossen.«

»Dann solltest du deine Suche vielleicht sogar in den umliegenden Dörfern beginnen. Irgendwo dort muss sie durchgekommen sein.«

»Ihre Flucht ist wer weiß wie viele Jahre her, da kann sich doch keiner an sie erinnern.«

»Das wirst du merken, wenn du es versucht hast. Probier's einfach! Hier, das wird etwas helfen, in eine Großstadt zu kommen.«

Sie kramte aus einer ihrer Taschen einen Geldbeutel hervor und überreichte ihn mir. Ich überprüfte kurz den Inhalt. Eine erstaunlich hohe Menge an Bargeld war darin enthalten.

»Meine Kreditkarte ist auch etwas tiefer darin versteckt. Damit kannst du in den Banken noch mehr Geld abheben. Bitte verschwende nicht alles.«

»Danke«, erwiderte ich und versprach ihr, mich zu beeilen. Für sie. Für mich. Für meine Schwester. Für alle Tiere, die unter dem Fluch litten.

Es dauerte nicht lange, da erreichte ich das nächstgelegene Dorf. Hier hatte ich den Forscher zum letzten Mal gesehen, als er panisch in seinem Auto davonraste und der aufgehende Mond mir den Garaus machte. Nach einem kurzen Zögern klingelte ich beim ersten Haus. Ein Moment verstrich, dann öffnete eine alte Frau die Tür.

»Kann ich helfen?«, fragte sie misstrauisch.

»Ich bin auf der Suche nach jemanden. Wir haben uns leider schon lange nicht mehr gesehen und mein einziger Anhaltspunkt ist diese Gegend hier«, formulierte ich meine vorbereiteten Sätze.

»Handelt es sich hierbei um einen Forscher für Geisterstädte?«

Ich hob die Augenbrauen.

»Nein.«

»Sie kennen ihn aber. Ihre Reaktion hat Sie verraten. Kommen Sie rein«, meinte die Frau mit einem wissenden Lächeln.

»Nein danke, ich habe nicht so viel Zeit«

Kurze Zeit später fand ich mich in einem leicht staubig riechenden Wohnzimmer und knabberte an einem Keks.

»Sie wirken erschöpft«, sagte die Frau, während Sie mir ein Glas Milch dazustellte.

»Das kommt von der Eile, in der ich mich befinde. Ich suche meine Schwester. Sie kann nicht weit sein.«

Sie stemmte ihre Arme in die Hüften.

»Ihre Schwester? Kommen Sie denn hier aus der Gegend?«

Ich überlegte kurz. Nein, ich konnte ihr nicht die Wahrheit sagen. Die umliegenden Dörfer erzählten sich Geistergeschichten über den Wald und das „angebliche" Dorf darin. Die Reaktion der Dame vor mir wäre unberechenbar.

»Nein, aber hier hatte ich sie zum letzten Mal gesehen. Wir waren gemeinsam dort im Wald.«

Ihre Augen weiteten sich.

»Ihre Schwester ist im Wald verloren gegangen? Wann ist es denn passiert?«

Vor ein paar Hundert Jahren.

»Das war vor drei Jahren«, log ich.

»Große Güte! Sie haben noch nicht die Polizei verständigt? Die arme Schwester ist doch längst tot, wenn Sie so lange damit warten!«

Sie keuchte wie verrückt. Ich hob abwehrend die Hände.

»Nein, Sie verstehen mich falsch. Wir zerstritten uns im Wald und sie rannte davon. Zu Fuß kann sie nicht weit gekommen sein. Ihr geht es sicher gut, aber ich habe jeglichen Kontakt seitdem verloren.«

Die Frau schüttelte den Kopf.

»Sie sind ein Tor. So finden Sie sie nie. Schonmal auf die Idee gekommen, ins Telefonbuch zu gucken, oder ihren Namen bei der Polizei suchen zu lassen? Jeder Anwohner muss gemeldet sein. Einen Moment!«

Schnell drehte sie sich um und zog aus dem Regal hinter ihr ein dickes, gelbes Buch.

»Trägt ihre Schwester denselben Nachnamen wie Sie? Wie heißen Sie denn?«

Ich wusste es nicht. Mein Name war mir unbekannt. Die Trance, in die ich mich über hunderte von Jahren setzte, hatte alles gelöscht. Nur meine Vergangenheit war zurückgebracht worden.

»Ich habe keinen Namen«, meinte ich. Ein Fehler. Die Dame zog die Augenbrauen zusammen. Sie wurde misstrauisch.

»Wie … alt sind Sie? Kommen Sie aus dem Dorf im Wald?«

Ich schwieg.

»Bitte verlassen Sie mein Haus. Falls sie wirklich nach jemandem suchen, hier ist diese Person nicht. Schönen Tag«, knurrte sie.

Ich setzte mich auf den Bürgersteig draußen vor dem Wald. So kam ich zu nichts. Ich musste einen anderen Weg finden. Vielleicht wusste man in den anderen Dörfern ja mehr? Kurzerhand stand ich auf und wanderte zu einem blauen Schild mit einem „H" darauf. Eine Bushaltestelle.

Der Bus brachte mich von Dorf zu Dorf. Doch keines der Gespräche in den Dörfern führte zu einem Ergebnis. Die Menschen schienen nach einer Weile in meiner Gegenwart ein gewisses Unwohlsein zu empfinden, weshalb das Gespräch dann schnell beendet wurde.

Erschöpft ließ ich mich auf eine Bank neben einem Spielplatz nieder. Die Sonne färbte den Horizont bereits rot. Super. Ein Tag vergangen und absolut keine Erfolge zu verzeichnen. Die Kinder verschwanden lachend vom Spielplatz. Es wurde still in dem kleinen Dorf. Der Vollmond nahm langsam den Platz der Sonne am Himmel ein und tauchte die Welt um mich herum in ein fahles, graues Licht.

»Nachts ist der Sonnenpriester allein, denn die Toten bleiben tot. Möge er niemals die Kirche bei Nacht verlassen. Tut er dies, wird es nie wieder Tag für die Menschen werden«, hallte die Stimme der Fotografin durch meinen Kopf. Welchen grausamen Pakt haben meine Eltern nur besiegelt?

»Nun, es funktioniert nach dem System „Auge um Auge". Trinkt ein normales Lebewesen „einen Schädel voll" des Bluts eines Verfluchten, so tauschen sie ihren Platz.«

Ja, das hatte sie zu mir gesagt.

»Entflieht dem Fluche derjenige, der an ihm gebunden war, indem er den Fluch durch sein Blute überträgt, so soll sein Körper langsam zerfallen, sollte er das Ritual nicht erneut durchführen und so sich oder eine andere Person zum Mondpriester ernennen. Ein Sonnenpriester folgte dem Mondpriester, denn die Nacht ist dunkler als der Tag. Der geflohene sei mit brennenden Wunden bestraft.«

Diese Passage, welche mir nun mit der Stimme der Fotografin im Kopf nachhallte, war mir gänzlich unbekannt. Ich war mir sicher, dass sie mir dies nicht vorgelesen hatte. Ausgeschlossen.

Plötzlich schoss ein brennender Schmerz durch meinen linken Arm, dort, wo ich den Schnitt mit dem Schlachtbeil vollführt hatte. Es brannte tief in meinem Knochen, zog mich weg von diesem Ort, zwang mich förmlich in den Wald hinein. Die Pein war zu gewaltig, mir blieb nichts anderes übrig, als den Arm abzuhacken … oder dem Sog des Schmerzes zu folgen. Ich entschied mich für letzteres, da mein Körper nun sterblich war, und ich nicht am nächsten Tag mit intaktem Arm erwachen würde. Wie sich die Herangehensweise doch änderte.

Je tiefer ich in den Wald stolperte, desto mehr ließ der Schmerz nach. Die Pflanzen machten mir schwerfälliger den Weg frei als zu der Zeit, in der ich den Fluch des Mondes noch in mir trug, aber sie bewegten sich dennoch raschelnd aus dem Weg. Manche Dinge änderten sich nie. Ich trat auf die Lichtung meines Dorfes. Der Schmerz war nur noch ein schwaches Pochen. Selbst als ich vor den schemenhaften Umrissen meines Hauses stand, hörte es nicht auf. Ich hatte mein Ziel scheinbar noch nicht erreicht. Ängstlich folgte ich dem Sog zurück in den Wald auf der anderen Seite des Dorfes. Der Schmerz wurde wieder stärker, doch die Richtung blieb gleich. Ich biss die Zähne zusammen.

Das fahle Mondlicht drang kaum durch die Nadeln und Blätter der uralten Bäume, doch an einer Stelle brach das Licht durch das Dickicht und umhüllte einen Baum in das graue Licht. Dieser Baum lag genau auf meinem Pfad. Ich kam immer näher. Der Schmerz wuchs. Aus dem Baum drang das heulen des Windes in dieser windstillen Nacht. Blätter trug er keine und ein großer, verwinkelter Ast hing nur noch an ein paar Holzfasern still am Stamm herab. Wieso fürchtete ich mich? Weil ich nun ein Leben hatte, an dem ich festhalten wollte?

Nun stand ich direkt vor dem alten Baum. Der Wind, der gar nicht vorhanden war, heulte durch den halbhohlen, löchrigen Stamm. Ein Wunder, dass der Baum noch stand. Er musste einer der ältesten Pflanzen in diesem Wald sein. Mein Arm brannte vor Schmerzen, doch der Sog war verschwunden. Hier? Was war denn mit diesem Baum?

Der Wind heulte, der Boden krachte und dann gab er nach. Ich verlor den Halt unter den Füßen und stürzte einen steinigen und sandigen Tunnel herab. Mehrfach prallte ich gegen die Wände, stieß mir alle Gliedmaßen, bis ich nach dem Aufprall ein paar Male über den Boden rollte. Alles schmerzte nun. Mein Atem rasselte und das Herz schlug so laut, dass es den Atem fast übertönte. Wo war ich gelandet? Warum hatte mich die Wunde an meinem Arm hierhergeführt?

Entgegen meiner Erwartungen war es nicht stockfinster hier unten. Mehrere Mondlichtstrahlen drangen durch Löcher in der Decke hinein und schufen so Säulen aus Licht, die den Raum in ein dunkles Dämmerlicht hüllten. Da mir der Anblick der Decke, die so löchrig wie ein Sieb war, nicht gefiel, stemmte ich mich stöhnend auf und sah mich um. Ich entdeckte auf dem Boden hier und da schattenhafte Objekte, die mich an Äste oder Knochen erinnerten und weit hinten im Raum eine große, zylinderförmige Silhouette. Vorsichtig schlich ich voran, schob die

Knochen auf dem Boden zur Seite. Noch immer keuchte ich laut, obwohl der Schmerz langsam nachließ. Mein Arm schmerzte gar nicht mehr. Ich sah hier und da ein paar Schädel von menschlicher oder von tierischer Natur. Je näher ich dem Zylinder kam, desto besser erkannte ich, was es wirklich war. Es war ein Baumstamm, welcher in den Boden aus dem Boden hervorragte. Er hatte einen Auswuchs an der Vorderseite. Nein. Kein Auswuchs. Dort war ein Mensch am Stamm festgemacht.

»Hallo?«, wisperte ich kaum hörbar. Keine Antwort. War das ein gutes Omen? Ich näherte mich noch langsamer, als ich es ohnehin schon tat. Das Mondlicht reflektierte sich am blanken Schädel des aufgespießten Skelettes. Hier fehlte jedes Leben. Ich stand nun knapp vor der hölzernen, alten Säule, die bereits an einigen Stellen faulte und betrachtete das Skelett. Im Vergleich zum Holz waren die Knochen in einem einwandfreien Zustand. Geradezu brandneu. Ich sah die stählernen, handlangen Keile, welche durch die Oberschenkel und die Kehle getrieben worden waren. Sie hielten das Gerippe am Stamm fest. Die Arme hielten sich seltsamerweise in den Schultern, auch wenn sie schweigend herabhingen.

Plötzlich dämmerte es mir. Ich stolperte einen Schritt zurück, rutschte auf einem Schädel aus und fiel auf den Rücken. Mein gerade ruhig gewordener Atem beschleunigte sich wieder. Es gab keine andere Erklärung für derart saubere Knochen in einer sonst so schmutzigen Höhle. Diese Person war erst vor kurzem gestorben. Unzählige Male. Jede Nacht erneut.

»Denn die Nacht ist dunkler als der Tag«, murmelte ich. Wieso hatte meine kleine Schwester sich selbst hierher verbannt? Vermutlich hatte sie versucht, sich das Leben zu nehmen, doch nachdem sie bemerkte, dass es nicht ging, nagelte sie sich selbst an diesen unterirdischen Baumstamm fest. Die Nadeln in ihren Beinen hielten sie am Stamm, die dritte in ihrer

Kehle tötete sie kurz nachdem sie am Tag zu neuem Leben erwachte.

Enttäuscht blickte ich zu Boden. Im Gegensatz zu mir hatte sie es nicht geschafft, alles zu verdrängen. Sie verbrachte ihr Leben dem Tod so nahe wie möglich. Wer konnte schon sagen, in welch tiefe Trance sie sich versetzt hatte, indem sie jeden Tag nur ein paar Sekunden lebte?

Obwohl ich den Gedanken im Hinterkopf behielt, dass sie ausrasten könnte, richtete ich mich auf und ergriff die Stahlkeile nacheinander und zog sie aus den Knochen heraus.

»Kehre zurück, Schwester«, flüsterte ich, als ihr Gerippe in meine Arme fiel. Sanft legte ich sie auf den Boden und ließ mich selbst daneben nieder. Ich beobachtete sie, bis mein Kopf irgendwann auf meine Brust sackte.

Sonnenstrahlen weckten mich. Ich schüttelte kurz den Kopf und griff mir an die Stirn. Verdammt, ich war so müde. Als mein Gehirn sich einschaltete, riss ich meinen Kopf herum und sah herab auf meine Schwester. Sie war wieder da. Dürres Fleisch und Haut bedeckten nun die Knochen. Sie trug ein braunes Kleid, das an einen Kartoffelsack erinnerte. Ihre blauen Augen waren weit aufgerissen und ihre Hände bedeckten beide ihre Kehle. Das braune, ungepflegte Haar verteilte sich in alle Richtungen. Tiefe Augenringe und eingefallene Wangen verdunkelten das Gesicht. Langsam hob und senkte sich ihr Brustkorb.

»Schwester?«, fragte ich vorsichtig. Ich kannte ihren Namen nicht mehr. Sie reagierte nicht. Eine Träne lief über meine Wange.

»Sag etwas.«

Doch sie schwieg und starrte die Decke an. Ich atmete tief ein und wieder aus. Durch die ewig lange Tortur an diesem Pfahl hatte sie sich zerstört. Der Körper lebte, doch ihr Geist war längst tot.

Sanft berührte ich ihre Wange. Keine Reaktion. Ich schloss die Augen und murmelte eine Entschuldigung, bevor ich meine Arme unter sie schob und dann mit ihr in meinen Armen aufstand. Sie war erschreckend leicht. Sofort kippte ihr Kopf nach hinten, die Arme und Beine sackten ab.

Als die Sonne bereits wieder in Richtung des Horizonts wanderte, erreichte ich schwer atmend mein Heimatdorf. Irgendwie hatte ich mich nach einer unmöglich erscheinenden Kletterpartie von der unterirdischen Grotte entfernt, war durch den Wald gestapft und hatte mich vor lauter Gefühlschaos verlaufen.

Ich entdeckte die Fotografin, welche wankend auf dem alten Zaun der Kuhweide stand und Bilder von den Kühen schoss, während sie selbst Kuhgeräusche von sich gab. Ihr rotes Haar wurde vom leichten Wind ein wenig umhergewirbelt.

Noch bevor ich nach ihr rufen konnte, wandte sie sich um und blickte mich an. Flink verließ sie den Zaun und eilte herbei. Ihre Augen glänzten hinter der Brille. Neugierig betrachtete sie die Frau in meinen Armen.

»Ist sie das? Du musst mir alles erzählen!«, schoss es aus ihr heraus.

Wortlos legte ich den Körper meiner Schwester zu Boden, richtete mich auf und begann dann zu erzählen. Vom Schmerz in meiner Hand, dem alten Baum, der Grotte und dem Pfahl, an dem ich meine Schwester fand.

Die Fotografin nickte betroffen, als ich meine Vermutung über den Zustand meiner Schwester äußerte.

»Ja. So wird es wohl sein. Ob ihr das Ritual so erneut durchführen könnt?«

Ich schnalzte mit der Zunge.

»Das hängt davon ab, wie man denn zum Sonnen-, beziehungsweise Mondpriester, wird. Ich weiß es ja nicht. Du hast in dem verdammten Buch gelesen.«

Sie grinste verlegen.

»Man braucht menschliches Blut, einen menschlichen Schädel und frisches Fleisch – es wird aber nicht gesagt ob von einem Tier oder ebenfalls menschlich. Der einzige Mensch bist im Moment du. Damit wir die Rollen wieder tauschen, muss ich bluten, aber wieso lässt du dann nicht auch dein Blut ab, solange du ein Mensch bist? Die Umwandlung in einen Untoten rettet dir dann quasi das Leben, bevor du verblutest.«

»Machen wir so. Menschliche Schädel liegen in der zerfallenen Kirche und Fleisch eines Tieres bekommen wir von den Kühen. Ich hoffe bloß, es spielt keine Rolle, ob sie verflucht sind oder nicht.«

»Gut. Jedenfalls dreht man den Schädel um, füllt ihn mit Fleisch und Blut, bevor man einen Ort als Kirche festlegt und den Schädel dort entzündet. Dann liest man eine Passage aus dem Buch – sorry, die kenne ich nicht auswendig, wodurch eine Person dem Mond, die andere Person der Sonne die Treue schwört. Was dann passiert, kennst du ja. Alles im näheren Umkreis wird vom Fluch erfasst, der Mondpriester muss tagsüber in der „Kirche" bleiben, sonst verbrennt er und der Sonnenpriester wird der neue Mondpriester. Das heißt, du musst lediglich die neuernannte Kirche zerstören, sodass Sonnenlicht eindringt.«

Ich verschränkte die Arme vor der Brust. Das würde nicht klappen.

»Ich kann nicht lesen.«

»Ich kann dir den Text aus der Ferne ins Ohr flüstern. Hiermit.«

Sie legte ein kastenförmiges Gerät mit einer Antenne auf den Tisch. Ein anderes gleichartiges Gerät hielt sie in die Höhe.

»Damit kannst du aus der Ferne mit mir reden.«

Neuartige Technik also. Sie hatte viel zu viel davon dabei. Nun gut. Stumm deutete ich auf meine Schwester.

»Sie redet aber überhaupt nicht. So schwört sie niemandem die Treue.«

»Du könntest versuchen, es an ihrer Stelle zu schwören. Ihr doch seid Blutsverwandte und so.«

»Meinst du das klappt?«, überlegte ich.

»Sicher. Es wird nicht gesagt, dass man es selbst schwören muss …«

Lächelnd zuckte sie mit den Schultern. Ich grinste und bedankte mich für ihren Einsatz. Dann legte ich meine Hand auf ihre Schulter und sprach: »Es wird Zeit, dass ich dich erlöse. Deine Aufgabe ist erledigt. Ich gehe in die zerfallene Kirche und hole zwei Menschenschädel. Einen, damit du dein Blut hineinfließen lässt, und einen, damit ich meines für das Ritual einfülle. Du packst schonmal dein Zeug zusammen und verschwindest dann sofort nach deiner Umwandlung zu deinem Automobil und fährst nach Hause.«

Ich legte ihr den Finger auf die Lippen, da sie sonst protestiert hätte.

»Wir hatten einen Deal. Der Fluch muss aus der Welt geschafft werden. Nimm meine Schwester mit. Sie wiegt fast nichts.«

Grummelnd hob sie den schlaffen Körper auf, wunderte sich über das fehlende Gewicht, wendete sie sich ab und ging in Richtung meines Hauses.

Als ich voller Staub aus den düsteren Ruinen der Kirche wiederkehrte, hatte sie all ihr Hab und Gut in der gelben Kühltruhe verstaut. Sie saß am Tisch und hatte ihren Kopf auf beide Fäuste gestützt. Dazwischen stand eine Verbandsrolle. Meine Schwester lag auf dem Boden.

»Kann ich nicht wiederkommen, nachdem der Fluch erneuert wurde? Möchtest du deine letzten Augenblicke wirklich allein verbringen?«

Ich seufzte.

»Du bist doch nur weiter auf deine Sensationsmeldung aus.«

»D-Das mag sein, aber ich möchte dich auch nicht allein lassen. Du bist kein schlechter Mensch. Die Einsamkeit musst du nicht ertragen, außer du willst es.«

Ich schwieg als Antwort. Sie grinste. Nach einer kurzen Verzögerung legte ich die zwei mittelgroßen menschlichen Schädel auf den Tisch, hob das alte Schlachtbeil auf und reichte es der Fotografin.

»Du zuerst.«

Ihr Blick verdunkelte sich und sie biss die zitternden Zähne aufeinander. Die Hand, in der sie das Beil hielt, hörte ebenfalls auf zu zittern und sie führte es an ihren Unterarm, wo es mühelos in die Haut drang. Sofort lief das Blut heraus, während sie den Arm der Länge nach aufschnitt. Schwer atmend ließ sie das Beil fallen und machte sich daran, mit dem Verband die Wunde abzudichten. Noch machte ihr der Schmerz nicht so viel aus.

Ohne lange nachzudenken setzte auch ich das Beil an, drückte es mit aller Kraft in meine Armbeuge hinein und zog ein dann ruppig durch den Unterarm. Ein stechender Schmerz schoss durch meinen Körper, als die kaum verheilte Wunde erneut aufgerissen wurde. Kurz schliff die Klinge über einen Knochen, bevor sie abrutschte und sich in meinem Daumen versenkte. Mir wurde schwindelig und mit größter Mühe versuchte ich, das Blut in den sich füllenden Schädel zu träufeln. Ich spürte kaum, wie die Fotografin sich hinter mich stellte, meinen Arm stabilisierte und mich aufrecht hielt. Schwarze Flecken tanzten vor meinen Augen. Für einen Moment sackte mein Körper zusammen und drohte, von der Bank zu fallen, doch die Frau stemmte mich erneut hoch. Unter hohem Kraftaufwand klappte sie meinen Kopf nach hinten, schnappte sich den ersten Schädel und kippte den Inhalt in meinen offenstehenden Rachen.

Langsam stabilisierte sich mein Körper, der Schmerz wurde gehemmt und die Müdigkeit entschwand. Ich konnte sehen, wie die Fotografin wiederum die Fäuste vor Schmerzen ballte. Die Knöchel traten weiß hervor. Doch kein Laut kam über ihre Lippen.

Als sich auch mein Blickfeld wieder normalisiert hatte, griff ich mir das Beil erneut.

»Du musst gehen. Es wird schon bald dunkel werden und ich möchte das Ritual vollendet haben, bevor es soweit ist.«

Sie nickte und zupfte an ihrem Verband herum.

»Denk dran, du musst alles wiederholen, was ich aus dem Buch vorlese! Wenn du diesen Knopf drückst, kannst du sprechen, hören tust du mich immer. Nur so kannst du dann dein Haus in die neue Kirche verwandeln. Die Stärke des Fluchs wird schwächer sein als wenn es ein richtiges Gebäude wäre, aber das klappt schon. Wir sehen uns dann später wieder. Viel Erfolg!«

Mit gesenktem Kopf verließ ich das Haus und schlurfte zur Weide. Mein Körper fühlte sich so viel stärker an als noch vor ein paar Minuten.

»Töte sie! Töte die Frau! Willst du alles kaputtmachen, was unsere Eltern geschaffen haben?«, hallte es in meinem Kopf.

»Sei leise«, knurrte ich dem letzten Aufbäumen des Fluchs entgegen.

Mit einer schnellen Armbewegung Schnitt ich einer Kuh ein großes Stück Fleisch von der Hüfte. Sie schrie auf, fiel zu Boden und trat wie wild um sich. Ein weiterer Hieb mit dem Beil zertrümmerte einen Teil des Schädels. Das Tier musste sich nicht quälen.

Das Fleisch im Arm ging ich zügig zurück zum Haus. Über dem alten Strohdach färbte sich der Himmel bereits rötlich.

Ich trat in das Haus, stellte fest, dass die Fotografin verschwunden war und warf nochmals einen Blick auf meine stumm starrende Schwester. Je länger ich sie ansah, desto hässlicher schien sie zu werden. Ein Schatten ihrer Selbst. Auf dem Tisch hackte ich das Hüftfleisch in viele kleine Teile, bevor ich die Streifen in den mit Blut gefüllten Schädel gleiten ließ. Ein paar Blutstropfen schwappten heraus und bekleckerten den Tisch. Die letzten Vorbereitungen waren schnell getroffen: Ich hievte meine Schwester auf die Bank dicht am Tisch, zog das Sprachgerät heran und entzündete ein Streichholz.

»Geht es los?«, keuchte die Fotografin durch das Gerät auf dem Tisch. Sie schien aufgeregter als ich.

Ich zögerte. Wollte ich mein Leben wirklich endlich zu Ende gehen lassen?

Ich dachte an den Forscher, welcher mit einer festen Entschlossenheit kam und als gebrochener Mann ging.

Ich dachte an die Fotografin, welche kaum eine Mühe gescheut hatte, um mir zu helfen, meinen Frieden zu finden.

Ich betrachtete meine Schwester, die in ihrem Zustand ohnehin kaum noch lebte.

Die Flamme brannte mir fast auf die Finger, als ich das Streichholz gezielt in den Schädel schnickte. Entgegen jeglicher Chemie entzündete sich das darin enthaltene Blut als wäre es Öl. Hastig griff ich nach dem Sprachgerät und hielt es vor mein Gesicht. Ich traf den Knopf aufgrund meiner zittrigen Finger kaum, doch irgendwann konnte ich ihn herunterdrücken.

»Das Feuer brennt. Ich brauche den Text.«

Wie aus der Pistole geschossen begann sie damit, die entsprechende Passage vorzulesen. Wo sie sich jetzt wohl befand? Ich presste das Gerät an mein Ohr und wiederholte alles genauestens.

»Bei der Kraft der Schattenlinie der Welt, dem Wechsel von Sonne und Mond, wünschen wir uns im Austausch für die ewige Treue das ewige Leben. Auf dass man im Tode vor dem Mond niederknie und vor der Sonne sich erhaben präsentiere, führe ich diese neue Gemeinschaft als Sonnenpriester an. Die stärkere Seite übernimmt meine Schwester, ebenfalls anwesend. Möge sie über den Tod wachen, denn die Nacht ist dunkler als der Tag. Der Sonnenpriester opfere seine Rolle für den Mond, wenn dieser nicht mehr gepredigt bekommt, denn die Nacht ist dunkler als der Tag. All unser Volk möge auf ewig Dienen und bei Nacht erneut sterben. Erhört uns, ihr Mächte, in unserer erbärmlichen Lage und unwürdigen Kirche!«

Die letzten Worte brüllte ich förmlich hinaus, bevor ich die Hand meiner Schwester ergriff. Die Flammen aus dem Schädel schlugen höher und plötzlich wurden wir beide von den Flammen eingeschlossen. Sie waren nicht heiß. Trommeln erklangen in meinen Ohren, der Wind heulte wie im Sturm. Dann verließen mich die Flammen. Machtlos sackte ich zu Boden. Schwärze empfing mich.

Staub rieselte auf mein Gesicht, als ich erwachte. Es war ein heller Tag. Über mir klaffte ein großes Loch in der Strohdecke. Immer wieder fiel weiteres Stroh hinab. Vorsichtig stemmte ich meinen steifen Körper hoch und klopfte das Stroh von mir, nur um dann einen neuen Klotz von oben auf den Kopf zu bekommen.

»Was treibst du da?«, knurrte ich. Die roten Haare erschienen über mir. Die Fotografin rückte ihre Brille zurecht und grinste.

»Lief doch gut, oder? Ich zerstöre eure Kirche, damit ihr beide euren Frieden finden könnt. Nachdem du gestern Abend nicht mehr reagiert hast, bin ich hierhergeeilt. Ihr wart beide nur noch Skelette.«

»Wer sagt denn, dass es deshalb geklappt hat? Könnte doch alles wie vorher sein.«

Mit einem großen Satz ließ sich die Frau von oben herunterfallen. Sie landete ohne viel zu schwanken in der Hocke.

»Schau dich mal um. Deine Schwester – sie ist bereits erlöst.«

Schnell drehte ich mich um die eigene Achse. Auf der Bank, auf der ich sie zuletzt gesehen habe, war nichts mehr. Gleißendes Sonnenlicht umhüllte den Tisch. Nervös kratzte die Fotografin sich am Kopf.

»Eigentlich wollte ich ja nur alles vorbereiten, damit du dabei sein kannst, wenn deine Schwester diese Welt verlässt, aber dann ist mir ein großes Stück aus dem Dach gebrochen. Es hat keine zehn Sekunden gedauert, da war sie einfach zerfallen und verglüht. Wie Papier, das man anzündet. Abgefahren. Nur leider war ich zu langsam für eine Aufnahme.«

Ihre Augen strahlten, als sie erzählte. Die Kamera baumelte um ihren Hals. Ich zuckte stumm mit den Achseln. Was solls. Ich kannte dieses halbtote Wesen namens Schwester ohnehin nicht.

»Morgen bin ich an der Reihe, oder?«

»Genau. Du wirst in der Nacht zum Mondpriester und dann wirst du morgen früh ohne Kirche ebenfalls ...«

Sie ließ den Kopf sinken. Schweigen trat ein. Dann hob sie den Kopf wieder und wischte eine Träne von ihrem Auge.

»Wenn ich so darüber nachdenke, ist es doch schon traurig, dich als einen Kumpel zu verlieren. War auf jeden Fall ein cooles Abenteuer mit dir.«

»Ich schätze, du hast recht. Machen wir noch einen Spaziergang?«

Sie stimmte zu.

Gemeinsam schlenderten wir durch das Dorf, gingen in ein paar der alten Häuser hinein, betraten den Wald. Sanft berührte ich die Blätter und Äste der Pflanzen. Das hatte ich alles nie so sehr beachtet, wie ich es zu diesem Zeitpunkt tat. Ich genoss die Sonne, ich genoss den Wind und den Boden unter meinen Füßen.

Als die Sonne sich an den Horizont schmiegte, lag ich auf dem Rücken im Gras der Kuhweide. Die Kuh, welche ich noch am Vortag getötet hatte, graste friedlich neben mir.

»Kommst du?«, rief sie mir von meinem Haus aus zu. Ich stand gemütlich auf, streichelte die Kuh ein Mal und ging dann auf sie zu. Inzwischen hatte sie sich im Schneidersitz auf den Boden gesetzt. In ihrer Hand befand sich ihre Kamera, vor ihr das verfluchte Buch. Kaum hatte ich sie erreicht, bat sie mich, Platz zu nehmen. Sie startete eine Aufnahme, lächelte mich traurig an und überreichte mir ein Streichholz.

»Ich weiß ehrlich gesagt nicht mehr, ob ich das alles veröffentlichen möchte, oder als meine private Erinnerung aufbewahre«, flüsterte sie.

Ohne weiteres Zögern entfachte ich das Streichholz an der Schachtel, die sie mir entgegenhielt und drückte es gegen das Buch. Meine Hand verweilte in den Flammen, während sie sich über das Papier verbreiteten. Als der Schmerz des verschmorten Fleischs unerträglich wurde, zog ich die Hand aus den Flammen und löschte sie an der Erde.

Das Buch verwandelte sich vor meinen Augen zu Asche. Schweigend betrachteten wir den Tanz der Flammen. Als das

Feuer sein Werk vollendet hatte, zuckten die letzten Sonnenstrahlen meines Lebens über den Horizont.

»Ich danke dir für alles«, sagte ich.

»Lebwohl«, erwiderte sie mit zitternder Stimme.

Ein Erwachen gab es nicht mehr.

Schritte

Mit leisen Schritten ging ich die Straße entlang. Die Dämmerung war bereits eingetreten, die letzten Sonnenstrahlen schienen noch gerade so über die Häuserdächer. Einige Strecke vor mir ging eine Gestalt langsam ihren Weg. Sie trug eine große Tasche, voll mit Lebensmitteln für das kommende Wochenende. Ich folgte der jungen Frau schon seit sie das Geschäft verlassen hatte. Schon bald würde sie eine Abkürzung durch eine unbeleuchtete, dunkle Gasse zu ihrer Wohnung im dritten Stock nehmen. Die Straßenlaternen beleuchteten die nasse Straße, die das Licht reflektierte. Leise plätschernd floss das Wasser in die Kanalisation. Viele Leute waren in ihren Autos auf der breiten Straße unterwegs, die meisten auf ihrem Weg nach Hause. Feierabendverkehr. Ich zog meine Hand aus der warmen Hosentasche und kratzte mich am Kopf. Bevor die kalte Winterluft meiner Hand etwas anhaben konnte, verschwand sie auch wieder in der Tasche. Nun bog die Frau von der Hauptstraße ab und verschwand aus meinem Blickfeld. Schnell tastete ich meinen Mantel ab, griff hinein und hielt den Gegenstand fest, bevor ich zum Sprint ansetzte. Die Gasse war nicht lang, ich musste schnell sein. Kurz vor Erreichen des schmalen Weges verlangsamte sich mein Schritt wieder und ich verließ die Hauptstraße. Der Abstand zu der Frau war nun nicht länger als 30 Meter. Noch ein paar Meter lief ich in die Gasse hinein, bevor ich stehen blieb und meine Pistole aus dem Mantel herauszog. Mein Opfer ging noch immer langsam ihren Weg. Ich atmete kurz durch, richtete die Waffe auf sie und drückte ab. Mit einem Klicken löste sich die Kugel aus der schallgedämpften Waffe und wenige Sekunden später fiel die schattenhafte Gestalt nach vorne und blieb reglos liegen. Ein Kohlkopf rollte über das Kopfsteinpflaster, gefolgt von einigen Tomaten. Ich ließ die Waffe in meinem Mantel verschwinden und eilte zu der Leiche. Das Blut aus der Eintrittswunde am Kopf vermischte sich mit der Dreckbrühe am Boden. Ich holte eine Kamera hervor und schoss mithilfe der Blitz-Funktion ein Foto von der Leiche. Daraufhin ging ich zügig weiter und verließ den Tatort.

Ich bin ein Auftragsmörder. Es war nie mein Wunsch, dies zu tun und ich wurde mehr oder weniger gezwungen, in diese Rolle einzutreten. Ich war spielsüchtig und war nie in der Lage rechtzeitig aufzuhören. Mein ganzes Geld floss davon und noch schlimmer, ich häufte mir massiv Schulden an. Meine Frau drohte, mich zu verlassen und unsere kleine Tochter mitzunehmen, wenn ich meine Probleme nicht in den Griff bekommen würde. Das Angebot der seltsamen Gestalt eines Nachts am Bahnhof kam genau zu dem Zeitpunkt, als ich am Verzweifeln war. Ich hatte tausende beim Glücksspiel verloren und war zu spät am Bahnhof eingetroffen, um die letzte Bahn noch zu erwischen. Mit dem Wissen, nicht mehr rechtzeitig nach Hause zu kommen, setzte ich mich entmutigt auf eine Bank und vergrub meinen Kopf in den Händen. Er sprach mich von der Seite an, ob ich nicht Interesse an gutem Geld hätte. Er trug eine schwarze Kappe und hatte einen schwarzen Schal um sein Gesicht gewickelt. Jeder klar denkende Mensch hätte niemals ein Angebot einer solch eindeutig kriminellen Gestalt angenommen. Doch ich wusste nicht mehr weiter, also hörte ich ihm zu. Er bat mich, eine mir unbekannte Person unauffällig zu töten. Erschrocken wich ich zurück, doch als ich die gebotene Geldsumme hörte, änderte sich meine Meinung. Was der alte Mann getan hatte, spielte für mich keine Rolle, ich dachte bloß an das Geld. Jemanden zu töten, der sich gerne auf das Geländer eines Hochhauses setzt, um dort die Aussicht zu genießen, war geradezu einfach. Niemand dachte bei dem Vorfall an Mord. Die darauffolgende Nacht traf ich mich wieder mit dem namenlosen Mann, der sich als „Informant" vorstellte. Er führte mich in eine Bar hinter unzähligen verwinkelten Gassen. „Grauer Falke" hieß sie. Der Moment, in dem ich dort eintrat, war meine Eintrittskarte in meine neue Karriere. Es gab die Informanten, die Kontakt mit den Auftraggebern herstellten und Gerüchte streuten, um jene Anzulocken. Sie gaben erhaltene Information an die Mörder weiter, welche dann den Auftrag ausführten. Jemand wie ich hatte nie Kontakt mit dem Klienten. Keiner kannte sich in dieser Bar. Dies diente zum Schutz, falls jemand mal erwischt werden sollte. Ich wollte nie wissen, wen ich umbrachte, ich nutzte bloß Informationen, um den Vorgang möglichst einfach zu gestalten. Ob die Person Familie hatte, wollte ich nie wissen, denn ich tötete nicht aus Spaß, sondern des Geldes wegen. Für mich war es nie mehr als eine Jagd auf Tiere.

Schon bald gab ich meinen Job beim Postamt auf und widmete mich meiner neuen Karriere. Meiner Familie erzählte ich davon nichts, es genügte mir, wenn meine Hände mit Blut befleckt waren. Ich hatte erzählt, dass ich nun auch abends zusätzlich Müll sammelte, um das bessere Einkommen zu rechtfertigen. Zusätzlich zum Auftragsmord betrieb ich noch Schmuggel in der Bar, damit ich ein etwas stabileres Einkommen hatte. Inzwischen hatte ich ausreichend verdient, um meine Schulden zu begleichen, doch ich wollte noch nicht aufhören. Ich träumte schon lange von einem Urlaub mit meiner Familie und hatte angefangen, dafür zu sparen. Dann würde ich aufhören und das schmutzige Geschäft nie wieder anfassen.

Zwei Tage später, nach meinem letzten Mord, bin ich auf dem Nachhauseweg vom Weihnachtseinkauf. Für den Rest des Jahres habe ich mir frei genommen. Ich habe einige Plätzchen und viele schöne Geschenke für meine liebe Tochter gekauft. Auch meine Frau würde Augen machen, wenn sie ihren neuen Schmuck in den Händen halten würde. Glücklich summe ich ein bekanntes Weihnachtslied und wippe mit dem Kopf im Takt mit. Der frische Schnee knarrt unter meinen Schritten. Alle Leute, die mir entgegenkommen, schienen voller Freude und Erwartung für das kommende Weihnachtsfest. Während ich die Einkäufe tätigte, besorgten meine Frau und meine Tochter den Weihnachtsbaum. Meine Schwiegereltern würden uns zum Fest besuchen kommen und einen gemütlichen Abend mit uns verbringen. Ich lächele zufrieden. Nächsten Sommer wird es dann soweit sein, ich werde den Flug auf die Malediven buchen und mich dort schön mit der ganzen Familie entspannen. Da mir kalt wird, beschleunige ich meine Schritte, um schnell nach Hause zu kommen. Die Sonne geht langsam unter und die vielen bunten Lichterketten an den Hochhäusern gehen an. Staunend sehen die Menschen auf, bevor sie ihren Weg fortsetzen. Als der letzte Sonnenstrahl über das Hochhaus zuckt, blitzt mir ein Licht aus dem Augenwinkel vom gegenüberliegenden Hausdach entgegen. Ich richte meinen Blick nach oben und sehe, dass das Licht bloß eine Reflektion war. Eine Reflektion in der Linse eines Scharfschützengewehrs. In diesem Moment weiß ich, dass ich wieder einmal nicht hatte aufhören können. Warum konnte ich nicht rechtzeitig aufhören? Warum hinderte mich niemand am Weitermachen? Warum überhaupt ich? Warum jetzt? Trotzig tue ich noch einen letzten Schritt, bevor die Kugel in meine Brust einschlägt.

Wächter der Zeit

Die aufgehende Sonne blendete mich. Meine Augen wanderten zurück nach unten, auf die blutige Leiche vor meinen Füßen. Die Zeit dieses Menschen war abgelaufen. Die Zeit jedes Menschen war begrenzt durch die unaufhörlich fortschreitende, tödliche Zeit der Welt. Nur sie war ewig. Sie und ich. Solange der Lauf der Zeit neues Leben hervorbringt, werde auch ich nicht aufhören zu existieren. Meine Aufgabe bestand darin, die von den Menschen geliehene Zeit einzusammeln und der Welt zurückzubringen, sodass sie erneut verliehen werden kann. Manche Leute würden mich als den Tod betiteln, doch das war ich nicht. Zwar war ich im Moment des Todes stets zur Stelle, doch ich tötete nicht. Mein Blick schweifte auf meine Hand. Sie bestand bloß aus drei langen Klauen, welche aus meinem dürren Arm sprossen. Auf einer der Klauen steckte ein goldener Ball aus Licht. Die Zeit des Menschen vor mir. Ich war dabei, als die junge Frau mitten in der Nacht von hinten Erschossen wurde. Ein Auftragsmord. Da ich sonst nirgends gebraucht wurde, verbrachte ich die Nacht bei der Frau, genoss ihre Wärme. Die Gesellschaft von Toten hatte etwas Beruhigendes, Schönes. Doch nun war diese Zeit vorbei, ich musste weiterziehen. Ich führte das Licht zu meinem Mund und schnappte zu. Der köstliche, bittere Geschmack war alles, was von der Lebenszeit der Frau übrigblieb. Ich drehte mich um. Wann würden die Menschen wohl diese Leiche finden? Ich zog meine vogelartigen Beine an und schwebte langsam durch die Gasse davon.

Einige Zeit später passierte ich ein Schaufenster und blieb stehen. Die neueste Mode wurde dort mit Schildern in den Himmel gelobt. Ich hatte noch nie verstanden, wieso die Menschen ständig neue Kleidung brauchen. Ein Mann lief dicht an mir vorbei, den Aktenkoffer fest in der Hand. Dann der nächste. Sie waren auf dem Weg zur Arbeit. Eine Frau kam direkt auf mich zugelaufen, blieb jedoch direkt vor mir stehen, bevor sie einen Bogen um mich machte. Lebende Menschen konnten mich nicht sehen. Lediglich im Moment des Todes werde ich für sie sichtbar. Das war wohl auch besser so. Ich betrachtete meine Reflektion im Schaufenster. Eine schwarze, schemenhafte Gestalt blickte mit langgezogenen, weißen Augen ohne Pupillen zurück. Der Kopf war rund und direkt mit dem Körper verschmolzen. Am unteren Ende, dicht an den angezogenen Krallen, wischte ein kurzer Schweif hin und her. Ich öffnete mein Maul und meine spitzen Zähne, die wie Tropfsteine aussahen, kamen zum Vorschein. Ein Anblick zum Fürchten.

Plötzlich wurde ich aus meiner Ruhe gerissen und fand mich in einer anderen Straße wieder. Ein Fahrradfahrer fuhr dicht an mir vorbei und ich heftete mich an seine Fersen. Mühelos hielt ich das hohe Tempo. Dann kreuzte die Straße eine größere Straße. Ich sah, wie sich ein Lastwagen näherte. Der junge Mensch auf dem Rad jedoch nicht. Dann geschah alles innerhalb von Sekundenbruchteilen. Der Fahrer hatte keine Chance, auf das Rad zu reagieren. So raste der tonnenschwere Lastwagen gegen den Radfahrer, der unmittelbar vor ihm auf die Straße gefahren war. Das Rad wurde zermalmt, doch der Besitzer wurde meterweit durch die Luft geschleudert. Nur sein rechtes Bein hatte sich dazu entschieden, bei dem Fahrrad zu bleiben. Der Körper krachte gegen einen Zaun am Straßenrand und die Bremsen des Lasters begannen zu quietschen. Ich flog zu dem Radfahrer. Unmengen von Blut flossen aus dem Stummel, der früher ein Bein dargestellt hatte. Sein Brustkorb war zur Hälfte eingestampft worden. Sein Kopf blutete, Knochensplitter hingen an Hautfetzen heraus. Ich ließ mich neben ihn heruntersinken und lehnte mich ebenfalls an den Zaun. Gemütlich.

Begleitet von panischen Schreien stieg der zittrige Fahrer aus und rannte zu uns.

»Geht es dir gut? Bitte sag, dass es dir gut geht!«

Was für eine Frage. Mir ging es natürlich gut. Ich nickte begeistert.

»Verdammt!«

Als der Mann vor uns stand, fluchte er und sah panisch um sich. So gut es ging zog er sein Handy aus der Tasche. Seine Hand zitterte so stark, dass er kaum die Zahlen traf und schließlich das Handy fallen ließ. Das Display splitterte. Währenddessen griff ich in den toten Körper hinein und bohrte meine Klauen durch den goldglänzenden Ball. Die lange Lebenszeit durch einen einzigen Augenblick beendet. Zeit ist grauenhaft und unberechenbar.

Kaum hatte ich ihn vertilgt, fand ich mich auch schon auf dem Dach eines Hochhauses wieder. Der Mann mit dem Aktenkoffer, den ich am Morgen gesehen habe, stand dort vor dem Geländer. Seine Krawatte hing geöffnet um seinen Hals, die Verzweiflung stand ihm ins Gesicht geschrieben. Vor ihm befand sich der gähnende Abgrund, an dessen Grund sich winzig kleine Autos bewegten. Ich flog um den Mann herum, betrachtete ihn neugierig. In seinen Händen hielt er einen zerrissenen Vertrag und ein Foto von seiner Frau und seinen Söhnen. Der Grund für und gegen seine jetzige Absicht. Eine Träne floss über seine Wange, als er das Foto wegsteckte und den Vertrag losließ, sodass er vom Wind davongetragen wurde. Dann setzte er den ersten Fuß auf das Geländer. Ich stürzte mich schonmal nach unten und landete auf dem Bürgersteig. Meine Beine berührten den Boden und ich stellte mich stabil auf. Oben sah ich den Mann, wie er nun vollständig hinaufgeklettert war. Ich streckte meine Arme erwartungsvoll nach oben, so als ob ich den Mann auffangen wolle. Komm zu mir, in meine Arme! Doch der Mann sprang nicht. Er stieg wieder vom Geländer hinunter und verschwand.

Obwohl ich enttäuscht war, spürte ich eine Freude tief in meinem Inneren. Dieser Mann konnte seine Zeit noch länger nutzen. Er hatte entschieden, dass er mir noch nicht begegnen würde.

Freude empfand ich vor allem immer dann, wenn Menschen mit sich im Einklang sterben. Wenn die Uhr eines Menschen plötzlich, vollkommen unerwartet, anhält, sind sie selten zufrieden. Wenn ein Mensch jedoch merkt, dass das Ticken sich verlangsamt und sein Schicksal akzeptiert, schließt er mit seinem Leben ab und begrüßt mich nicht voller Angst oder Trauer. Diese Leute reden mit mir, wenn sie mich in ihren letzten Minuten zu Gesicht bekommen. Ich mochte es, wenn ich nicht verhasst, sondern liebevoll begrüßt werde. Schließlich bin ich kein Feind, ich bin derjenige, der eine neue Vergabe der Zeit ermöglicht. Es ist ein Kreislauf. Wo ich bin, ist der Tod, aber auch der neue Anfang. Gerade die zufriedenen, alten Menschen, deren Uhr nur noch schwach ist, verstehen das. Sie können mich früher sehen, da sie mich nicht fürchten.

Deshalb erfreute mich die Entscheidung des Mannes. Eine weitere Person, die mich eventuell in vielen Jahren begrüßen wird. Ich werde warten.

Die Zeit verging für mich anders. Sie spielte für meine Existenz keine Rolle, außer, dass ich sie einsammelte. Ehe ich mich versah, hatte ich wieder viel Zeit eingesammelt. Einige Zeit später folgte ich einem Mann auf seinem Weg nach Hause. Nichts ist ewig, außer der Anfang, das Ende und die Zeit selbst.

Traum

Ich schlug die Augen auf. Die Luft war kühl. Mein Kopf dröhnte.

»Das Date gestern schien nicht so gut verlaufen zu sein, wenn ich mich so betrunken habe«, dachte ich wie durch einen geistigen Schleier hindurch. Mein seltsamer Traum schwebte mir noch vor den Augen. Doch plötzlich realisierte ich, dass die Decke, die ich anstarrte, nicht die meines Zimmers war. Schnell rollte ich mich zur Seite, um dann aus dem Bett aufzustehen. Die Matratze war grau, hart und wirkte alt. Die Decke hingegen, die am Fußende des Bettes zusammengeknäult lag, war hell. Beides hatte ein seltsames Fleckenmuster. Ein Kissen war jedoch nicht zu sehen. Das Zimmer war abgesehen vom Bett vollkommen leer. An den Wänden blätterte die Tapete bereits ab. Wo war ich hier nur gelandet? Vorsichtig suchte ich die Wand nach einem Lichtschalter ab und fand ihn. Zunächst dachte ich, es würde nichts geschehen, doch fast eine Minute später flackerte über der Eichentür eine nackte Glühbirne auf. Das Licht war schwach, doch es reichte, um den kleinen Raum etwas zu erleuchten. Als mein Blick wieder auf das Bett fiel, musste ich einen Schrei unterdrücken. Das Fleckenmuster auf dem Bett sah beim genaueren Betrachten mehr aus wie Spritzer. Rote Spritzer. Blut. Zudem war in der Mitte der Matratze eine Vertiefung, welche exakt meine Silhouette wiederspiegelte. Wie lange hatte ich hier gelegen? Ich riss die schwere Eichentür auf und rannte hinaus auf den dunklen Flur. Am hinteren Ende sah ich ein bläuliches Flackern. Ein Fernseher. Doch eine Sache kam mir unheimlich vor. Der Ton. Er fehlte vollkommen. Bloß das kalte, unnatürliche Flackern verriet, dass sich noch jemand in dieser Wohnung befand. Oder auch nicht. Zumindest lief ein Fernseher ohne Ton vor sich hin. Ängstlich, aber doch neugierig schlich ich näher. Fünf Türen befanden sich auf dem Flur, drei seitlich und jeweils eine an jedem Ende. Würde mich eine von ihnen nach draußen führen? Mit dem Gedanken im Hinterkopf passierte ich zwei der Türen. Ich stutzte, als ich eine Bewegung von links wahrnahm. Erschrocken drehte ich mich um die eigene Achse und blickte in einen Spiegel. Das schwache Licht vom Fernseher und der Glühbirne im Zimmer hinter mir reichten nicht aus, um eine gute Reflexion zu sehen. Ich sah nur eine schattenhafte Gestalt, die mich aus dem Spiegel heraus angrinste.

»Warum grinse ich denn? Es gibt doch keinen Grund!«, fragte ich mich leise.

Ich trat einen Schritt näher an den Spiegel und die Gestalt darin tat es mir gleich. Nun bemerkte ich, dass ich einen Verband um die Stirn geschlungen hatte, der meine kurzen Haare nach oben richtete. An meiner rechten Wange entdeckte ich drei lange Kratzspuren. Als ich sie abtastete, spürte ich das getrocknete Blut. Würde die Person beim Fernseher (ich ging davon aus, dass dort jemand war) mir etwas erzählen können, oder war es derjenige, der mir diese Wunden zugefügt hatte? Mein ehemals weißes T-Shirt war nun alles andere als weiß und die Jeans sah ebenfalls mitgenommen aus.

Nervös strich ich mir durch die Haare und spürte, dass auch sie verklebt waren von all dem Blut, das an mir haftete. Die Gestalt im Spiegel grinste mich noch immer dämlich an. Um sicherzugehen, dass ich wirklich auch grinste, fasste ich mir an den Mund. Er war geschlossen.

Auf einmal zerbarst die Glühbirne, die ich eingeschaltet hatte. Der gläserne Ton ließ mich erschaudern. Meine Nerven waren am Ende. Ich würde einfach von hier fliehen und die örtlichen Behörden aufsuchen. Sofort riss ich die mittlere der drei Türen im Gang auf, nur um dahinter ein kleines Fenster zu entdecken.

»Der Architekt sollte sich 'nen neuen Job suchen«, murmelte
ich. Meine Stimme zitterte. Ich versuchte mir einzureden, dass
es keinen Grund zur Panik gab. Es würde sich alles aufklären.
Durch das Fenster sah ich nur tiefschwarze Dunkelheit. Ich
tappte weiter durch die Stille. Es schien mir, als würde mich das
blaue Licht am Ende des Ganges magisch anziehen, so wie eine
Motte dem Licht folgte. In ihren Tod. Im Türrahmen des Zimmers blieb ich stehen. Es war genau wie das andere Zimmer
kaum eingerichtet. Ein einsamer Sessel stand mit der Lehne zu
mir gerichtet mitten im Raum. Dahinter lief der Fernseher. Auf
dem stummen Bildschirm sah man eine Schiffsmannschaft, welche verzweifelt versuchte, den Riesenkranken loszuwerden, der
den Tanker versenken würde. Langsam sank das Schiff immer
tiefer in den dunklen Ozean. Der Fernseher hatte mich für einen
Moment so gebannt, dass ich den kleinen Jungen, der vor dem
Sessel auf dem Boden saß, nicht bemerkt hatte. Ich tat es auch
nur, weil er seine Beine aus dem Schneidersitz ausstreckte. Als
ich ihn dann sah, machte ich einen Satz rückwärts und prallte
mit dem Rücken gegen den Türrahmen und brach um Luft ringend auf die Knie. Der Junge stand auf und kam auf mich zu.
Das schwarze Haar hing ihm über die Augen. Seine Haut wirkte
graublau in dem Licht. Ich schätzte sein alter auf etwa acht Jahre.
   »Du solltest hier keinen Krach machen«, flüsterte er.
   »Du könntest dir noch Ärger einhandeln.«
   Ich wollte ihn fragen, wo ich denn sei, doch meine Kehle war
wie zugeschnürt.
   »Keine Fragen. Ich könnte sie ohnehin nicht beantworten.
Sei einfach still, wenn du leben willst.«
   Fassungslos kniete ich vor ihm auf dem Boden. Ich hatte
vollends den Faden verloren.
   »Mein Name ist Boris«, sprach ich. Es schien mir sinnlos,
aber ich musste etwas sagen.

»Es interessiert mich nicht«, zischte der Junge, bevor er zu seinem Platz vor dem Fernseher zurückkehrte. Das Schiff war bereits mehrere hundert Meter unter Wasser. Ich sah, wie die Seemänner ihren letzten Atemzug taten, bevor das kalte Wasser in ihre Lungen floss.

»Ich denke nicht, dass du so etwas anschauen solltest«, meinte ich laut. Der Junge wirbelte herum. Ich sah zum ersten Mal eine Emotion auf seinem Gesicht. Angst.

»Du bist so tot«, flüsterte er.

Eine Pranke packte mich von hinten und drückte mir den Hals zu. Schmerz zuckte durch meinen Körper, das Bild verschwamm vor meinen Augen. Meine Lunge verkrampfte. Schwärze.

Ich schlug die Augen auf. Die Luft war kühl. Mein Kopf dröhnte.

»Das Date gestern schien nicht so gut verlaufen zu sein, wenn ich mich so betrunken habe«, dachte ich wie durch einen geistigen Schleier hindurch. Mein seltsamer Traum schwebte mir noch vor den Augen. Doch plötzlich realisierte ich, dass die Decke, die ich anstarrte, nicht die meines Zimmers war. Schnell rollte ich mich zur Seite, um dann aus dem Bett aufzustehen. Doch stattdessen fiel ich aus der Hängematte auf die Holzbretter. Benommen richtete ich mich auf. Der Boden unter mir schwankte. Ich hörte ein leises Plätschern von allen Seiten. War ich auf einem Schiff? Mein Hals fühlte sich steif an. Ich musste blöd gelegen haben. In der Kajüte waren noch vier weitere Hängematten, doch sie waren alle verlassen und schwebten nur sanft von der einen auf die andere Seite. Wer nutzte denn heutzutage noch Holzschiffe? Verwirrt öffnete ich die Tür. Eine kalte Brise Seeluft wehte hinein.

»Ich sollte besser aufpassen, was für Kreuzfahrten ich buche, wenn ich betrunken bin«, murmelte ich. Ich trat an Deck. Der Wind war nicht stark, doch er war kalt. Die Wellen gingen sanft gegen den Rumpf des großen Holzschiffs. Das Mondlicht wurde vom Wasser reflektiert und ließ alles in einem silbernen Schein erstrahlen. Ich fühlte mich an Piratenfilme erinnert. Dieses Schiff hätte dort problemlos hineingepasst. Die einzigen Dinge, die mich verstörten, waren, dass zum einen keine Menschenseele zu sehen war und zum anderen auch vom Land jede Spur fehlte. Sie konnten mich doch nicht einfach ausgesetzt haben. Ich kratzte mich am Kopf und bemerkte einen Verband. Seltsam. Genauso einen hatte ich in meinem Traum gehabt. Blut klebte nun an meinen Fingern. Ich betastete ebenfalls meine Wange und fand drei Kratzspuren. Vorsichtig tastete ich hinab zu meinem Hals und ertastete eine harte, schützende Schiene, die meinen Hals umschloss. Es konnte doch nicht ... Mir wurde übel bei dem Gedanken. Ich stürzte mich zur Brüstung und erbrach mich hinab ins Meer. Langsam beruhigte sich mein Magen und ich taumelte langsam zurück, gegen die verschlossene Tür. Ich zog daran und sie öffnete sich langsam. Doch anstatt der Kajüte erblickte ich eine feste Holzwand. In der Wand befand sich ein kleines Fenster, wodurch man nur in eine immerwährende Schwärze blickte. Wütend schmiss ich die Tür zu und lehnte mich an ihr an. Scheißfenster. Langsam ließ ich mich zu Boden gleiten, bis ich mit einem Plumps ins Sitzen kam. Keuchend hörte ich den Wellen zu. Das leise Plätschern beruhigte mich jedoch nicht, sondern verstärke mein Gefühl der Einsamkeit.

»Angenehm hier, nicht wahr«, flüsterte eine Stimme direkt neben mir. Ich brüllte auf und kroch blitzschnell einige Meter davon. Der Junge. Ich musste ihn mir nicht genauer ansehen, um zu begreifen, dass er es war. Er hatte scheinbar die ganze Zeit über dort gesessen, wo die Tür ihn beim Öffnen verdeckte.

»Zur Hölle mit dir! W-«

Meine Fähigkeit zu sprechen hatte sich verabschiedet. Ich konnte ihn nicht fragen, was er von mir wollte.

»Keine Fragen. Das sagte ich dir doch bereits. Stell dich nicht dümmer als du bist.«

»Ich pfeif auf dein Geschwätz. Lass mich einfach in Ruhe!«, schrie ich ihn an.

»Du bist zu laut.«

»Ach so! Ist mir egal!«

Meine Stimme übertönte den Wind. Der Junge zischte warnend. Ich kochte vor Wut, stapfte auf ihn zu und hob ihn am Kragen hoch. Er wehrte sich nicht. Tränen liefen über meine Wangen und brannten in der Wunde.

»Du machst mir Angst! Hör auf damit! Hör auf!«, brüllte ich ihn an und bekam ein weiteres »Brüll nicht so herum« und einen gleichgültigen Gesichtsausdruck als Antwort. Mir reichte es. Ich trug ihn zum Rand des Schiffs und warf ihn soweit ich konnte in das tiefdunkle Wasser. Er versank wie ein Stein. Mit weit aufgerissenen Augen starrte ich hinab. Mein Herz raste. Hatte ich soeben einen kleinen Jungen ertränkt?

Mir blieb keine Zeit zum Überlegen, denn plötzlich schoss ein riesiges Tentakel aus der Tiefe empor und packte mich an der Hüfte. Ehe ich mich versah, tauchte ich schon in das kalte Wasser. In diesem Moment lernte ich, dass Mondlicht nicht besonders tief in das Wasser eindringt, denn nach kurzer Zeit war alles um mich herum stockdunkel. Ich begann zu zappeln, doch das eiskalte Wasser lähmte meine Glieder. Ich stieß etwas Luft aus. Eine letzte Drehung meines Körpers und ich war frei. Für einen Moment. Ein Tentakel packte meinen linken Arm, eine weitere schlang sich um meinen Brustkorb. Sie zogen mich jedoch in unterschiedliche Richtungen. Ich zappelte immer wilder herum. Meine Schulter schmerzte. Ein ekelhaftes Geräusch erklang, als das Gewebe in meinem Arm riss. Der Schmerz übermannte mich. Schwärze.

Ich schlug die Augen auf. Die Luft war kühl. Mein Kopf dröhnte.

»Das Date gestern schien nicht so gut verlaufen zu sein, wenn ich mich so betrunken habe«, dachte ich wie durch einen geistigen Schleier hindurch. Mein seltsamer Traum schwebte mir noch vor den Augen. Doch plötzlich realisierte ich, dass die Decke, die ich anstarrte, nicht die meines Zimmers war. Schnell rollte ich mich zur Seite, um dann aus dem Bett aufzustehen. Ich konnte mich nicht mit meinem linken Arm hochstemmen. Stattdessen spürte ich einen gewaltigen Schmerz in der Schulter.

»Nein! Nein nein nein!«, schrie ich panisch und wuchtete mich mit dem rechten Arm in die Höhe. Ich saß in einer Gefängniszelle. Pritsche, Toilette, Stuhl und Tisch. Mehr nicht. Das helle Licht war ungewohnt. Ich sah links an mir herab und sah … nichts. Der Arm fehlte. An seiner Stelle fand ich einen blutdurchtränkten Verband. Das Blut war zum Glück trocken. Ich würde nicht verbluten. Langsam tastete ich meine anderen Verletzungen ab, nur um enttäuscht festzustellen, dass sie alle noch da waren. Ich stand auf und ging an die Gitterstäbe. Ich musste erfahren, was hier vor sich ging. Ich hämmerte mit meiner Hand gegen die Stäbe. Das Geräusch hallte den engen Korridor entlang.

»Hey! Komm her!«, brüllte ich nach draußen.

»Du machst echt überall nur Krach«, flüsterte eine Stimme hinter mir. Ich fuhr herum und blickte auf den Jungen, der unter der Pritsche kauerte. Ich widerstand dem Verlangen ihn anzubrüllen und ihm den Hals umzudrehen. Stattdessen schloss ich die Augen und atmete tief durch.

»Bist du zur Vernunft gekommen?«, fragte die leise Stimme.

»Wenn man das Vernunft nennen kann, wenn man mit einem gruseligen, grauhäutigen Kind in einem verlassenen Gefängnis in einer Zelle hockt, dann ja. Außerdem wurde mit vor kurzem der Hals umgedreht und mir wurde beim Ertränken ein Arm abgerissen. Aber ja, ansonsten geht es mir gut. Danke der Nachfrage.«

Der Junge sah mich aus seinem Versteck durch seine Haare an und sagte nichts. Ich wollte mich gerade auf dem Stuhl niederlassen, als er unter der Pritsche hervorkam.

»Komm!«

Mühelos stieß er die Zellentür auf und betrat den Gang. Ungläubig glotzte ich ihn an. Ich wollte ihn fragen, doch kein Laut drang aus meinem Mund.

»Keine Fragen, versteh das doch.«

»Langsam wird's langweilig. Immer dasselbe Geschwätz.«

Ich achtete peinlichst darauf, nicht wieder laut zu werden. Um nicht zu viel nachzudenken, begann ich die schlurfenden Bewegungen des Jungen vor mir zu imitieren. So fiel ich in einen tranceartigen Zustand, bis er unerwartet stehen blieb.

»Öffne die Tür.«

Ich verzog den Mund, aber griff trotzdem zu der Klinke der nahestehenden Tür. Nachdem sich die Tür geöffnet hatte, sah ich einen alten Bekannten. Das Fenster. Die Wut stieg in mir auf, doch ich brüllte nicht. Langsam und bedrohlich drehte ich mich um. Ich bekam kein Wort heraus.

»Auch das wäre eine Frage und Fragen sind tabu.«, erwiderte der Junge trocken.

Ich sagte wieder nichts.

»Keine Fragen.«

Ein seufzen drang aus meinem Mund.

»Du hast die Wahl. Öffne das Fenster oder bleibe hier. Ich weiß nicht, welches Schicksal schlimmer ist.«

Ich zögerte nicht. Keine Lust länger diesen Mist mitzumachen und ständig erzählt zu bekommen, wie laut ich doch war. Ich griff das Fenster und zerrte daran. Krachend löste es sich aus der Verankerung und prallte gegen meinen Oberkörper.

Ich schlug die Augen auf. Die Luft war warm. Mein Kopf dröhnte.

»Das Date gestern schien nicht so gut verlaufen zu sein, wenn ich mich so betrunken habe«, dachte ich wie durch einen geistigen Schleier hindurch. Mein seltsamer Traum schwebte mir noch vor den Augen. Doch plötzlich realisierte ich, dass die Decke, die ich anstarrte, nicht die meines Zimmers war. Schnell rollte ich mich zur Seite, um aus dem Bett aufzustehen, doch es gelang mir nicht. Ich war in einem Krankenhaus. Man hatte mich mit einem Band um die Brust an mein Bett gefesselt, sodass ich mich nicht verletzen konnte.

»Er ist wach!«, hörte ich außerhalb des Zimmers. Eine Frauenstimme. Angenehm zu hören.

»Das wars dann wohl«, flüsterte eine bekannte Stimme. Nicht angenehm zu hören. Am Fußende meines Bettes saß der Junge in seiner grauen, verlumpten Kleidung. Selbst in dem hellen Licht konnte ich seine Augen nicht erkennen.

»Auf Wiedersehen«, sagte er und winkte. Ich wollte ihm auch winken, doch mein linker Arm war nicht mehr da, um zu winken. Nach einem kurzen Check hatte ich abermals alle Verletzungen gefunden. Von dem Jungen fehlte jede Spur.

Die Tür zu meinem Zimmer schwang auf und eine hübsche Krankenschwester kam herein. Ihr folgte eine hübschere, junge

Frau. Sie kam mir bekannt vor. Ihr Bein war eingegipst und sie trug einen Verband um den Kopf.

»Gott sei Dank, dir geht es gut! Ich sah dich nach unserem Unfall vorgestern leblos im Auto hängen. Ich dachte schon du wärst tot!«, rief sie glücklich.

Ach ja, stimmt, sie war mein Date gewesen. Leider wusste ich nichts mehr über diesen Abend.

Stille

Ich starrte beim Gehen auf die Pflastersteine des Gehwegs unter meinen Füßen. Ein gleichmäßiges, klopfendes Geräusch ertönte bei jedem meiner Schritte. Es war Freitagnachmittag und die warme Sommersonne strahlte auf meinen Kopf. Zumindest noch. In der Ferne konnte ich bereits sehen, wie eine schwarze Wolkenmasse sich langsam, aber bedrohlich auf mich zubewegte. Aus dem Grillen im Park mit meinen Freunden würde wohl nichts werden, und das, obwohl wir heute den ganzen Schultag mit der Planung für den Abend verbracht hatten. Ich zuckte zusammen, als mich ein Auto laut von der Seite anhupte. In meinen Gedanken hatte ich gar nicht vor dem Überqueren auf die sonst so ruhige Straße geachtet. Peinlich berührt rief ich dem Autofahrer eine Entschuldigung zu und beschleunigte meinen Schritt. Der Fahrer ließ den Motor theatralisch aufheulen, bevor er viel zu schnell davonfuhr. Idiot.

Schon bald erreichte ich mein Zuhause und schloss die Tür auf. Dabei klickte es im Schloss. Na super, wir konnten es also demnächst wieder ölen. Ich trat durch die Tür und riss meinen Ranzen vom Rücken, den ich für das Wochenende in die hinterste Ecke des Flurs verbannte. Als ich ihn von mir warf und er aufprallte, hörte ich zu meiner Überraschung keinen Ton. Musste wohl sanft gelandet sein. Da meine Mutter in dem Moment aus dem Wohnzimmer kam, das ohne Tür mit dem Flur verbunden war, und mir einen vorwurfsvollen Blick zuwarf, erwiderte ich bloß: »Ich hab' doch eh keine Hausaufgaben auf.«

Meine Mutter sah mich bloß an, schüttelte den Kopf und verschwand wieder im Wohnzimmer. Hatte sie mich nicht verstanden? Ich wiederholte meine Worte und bemerkte, dass tatsächlich kein Wort aus meinem Mund kam. Verwundert schlenderte ich in die Küche und wärmte mir das Essen vom Vortag auf. Die Mikrowelle war entweder das neueste Modell oder ich hörte tatsächlich keine Töne mehr. Nachdem ich gegessen hatte, ließ ich demonstrativ meine Gabel auf den Teller fallen, jedoch blieb das unangenehme Klimpern aus. Es konnte doch nicht nur an mir liegen, schließlich hatte meine Mutter mich doch eindeutig auch nicht verstanden. Ängstlich zückte ich mein Handy und wählte die Nummer meines besten Freundes Samuel. Das Freizeichen erklang nicht. Was denn auch sonst. Ohne Geräusche konnte man auch gar nicht telefonieren. Genialer Einfall meinerseits. Ich fasste einen Entschluss und begab mich nach draußen. Inzwischen waren die Wolken bedrohlich nahe und bedeckten die Sonne. Auf halbem Weg zu meinem Kumpel wurde mir dann doch etwas kühl im T-Shirt. Ich hätte es wissen müssen. Als ich an der Hauptstraße entlangging, fuhren immer wieder lautlos Autos und sogar LKWs an mir vorbei. Ich spürte den Wind in meinen Haaren und leider auch an meinem Oberkörper, doch die Blätter der Bäume rauschten nicht. Ich bog gerade in Samuels Straße ein, als die ersten Regentropfen fielen. Rasant wurden es immer mehr. Mehr lautlose Tropfen, die auf den Boden platschten. Ich begann zu rennen, erreichte die Haustür, klingelte und klopfte.

»Komm schon Sam, lass mich ins trockene!«, dachte ich. Doch ohne Geräusche konnte niemand im Haus mich wahrnehmen. Niedergeschlagen setzte ich mich auf den Weg und ließ mich beregnen. Die sommerlich-kühle Luft und der Regen ließen mich zittern. Dann, irgendwann, öffnete Samuel die Tür. Scheinbar hatte er mich durch Zufall aus dem Fenster gesehen. Triefend trat ich in das Haus. Während ich im Bad meine Sachen auswrang, bewegte Samuel aufgeregt seinen Mund. Ich legte einen Finger auf seinen Mund und schüttelte achselzuckend den Kopf. Er zog eine Grimasse und hörte mit seinen fischähnlichen Mundbewegungen auf. Stattdessen kratzte er sich nachdenklich am Kopf und verließ das Bad. Ich nutzte die Gelegenheit, um das Zimmer abzuschließen und auch meine Unterhose auszuquetschen, bevor ich alles wieder anzog. Vor der Tür wartete Samuel mit einem alten Brief in der Hand.

„Hallo mein Sohn, mein lieber Samuel,

Ich werde schon bald wieder nach Hause zurückkehren, unsere Ausgrabungen in Südamerika sind fast abgeschlossen. Ich habe auch schon ein neues Vorhaben. Es liegt ganz in deiner Nähe.

Eine alte Frau betrat gestern das Ausgrabungsgelände. Niemand wusste, wie sie die Absperrung überwunden hatte. Sie erzählte uns in gebrochenem Englisch über ein altes Artefakt ihres Volkes, mit dem sie die Ungläubigen einst straften, indem sie ihnen die Stimme raubten und in diesen Schädel verbannten. Genauer genommen konnten sie jedes erdenkliche Geräusch wegsperren. „Schädel der Stille" nannten sie es. Dieses Objekt wurde ihnen jedoch von einem Besucher aus Deutschland geraubt und die alte Frau behauptet, den Standort im Traum gesehen zu haben. Die „Alte Grotte" im Wald hinter deiner Schule. Du müsstest sie kennen Die Präzision der Aussage einer Frau, die den Ort gar nicht kannte, war erstaunlich. Lass uns gemeinsam die Sache untersuchen.

Dein liebender Vater."

Das Datum, mit dem der Brief unterschrieben wurde, war vor drei Jahren. Samuels Vater war nie zurückgekommen, das hatte er mir erzählt. Einen „Schädel der Stille" zu suchen schien mir absurd, doch unsere aktuelle Situation war nicht weniger seltsam. Wieso sollte jemand jetzt erst mit dem Schädel anfangen, die Geräusche weg zusperren? Was hatte den Räuber drei Jahre lang zurückgehalten?

Indem ich auf den Brief tippte, signalisierte ich Samuel, dass ich mit ihm dorthin gehen würde. Mit einer weiteren Geste zur Tür, sagte ich »jetzt!«

Samuel verschwand kurz nach oben und kehrte überraschend schnell mit einem Rucksack und einem großen Regenschirm zurück. Fragend blickte ich auf seinen Rucksack und bekam als Antwort eine Machete vorgehalten, welche dann sofort wieder im Rucksack verschwand. Die Machete war eines der wenigen Sachen, die Samuel von seinem Vater geblieben waren.

Die „Alte Grotte", wie sie von vielen genannt wurde, war eine bewachsene, kleine Steinhöhle in einem kurzen Waldstück etwa hundert Meter von meiner alten Grundschule entfernt. Die Höhle war nicht tiefer als fünf Meter. Früher hatte ich oft darin gespielt, doch inzwischen durften die Kinder nicht mehr zur Grotte. Übervorsichtige Menschen.

Als wir vor dem einen Meter hohen Eingang der Grotte standen, klappte Samuel den Regenschirm zusammen und drückte ihn mir in die Hand. Er zog seine Machete hervor und ließ den Rucksack in den Schlamm fallen.

»Mir nach«, bedeutete er mit einer Geste. So krochen wir nacheinander durch den Eingang hindurch. Auf der anderen Seite erwartete mich wider Erwarten nicht das fünf-mal-fünf-mal-fünf Meter große Gewölbe, sondern eine dreifach so große Kuppel von unmenschlicher Perfektion. Es war geradezu unmöglich, dass die Grotte so gewachsen war. Außerdem hätten wir diese riesige Änderung doch auch von außen sehen müssen.

Ich bekam das Gefühl, dass wir zwar die Grotte betreten hatten, aber nun nicht mehr in unserer kleinen Stadt waren.

Unsere Handytaschenlampen reichten nicht bis zum anderen Ende der Kuppel. Die schwarze Dunkelheit vor uns schien das Licht zu verzehren. Vorsichtig tasteten wir uns voran, Samuel mit gezückter Waffe voraus. Meine Atmung ging schneller als mir lieb war und ich zitterte am ganzen Körper. Ob das nun an der Kälte oder an der unwirklichen Atmosphäre lag, war mir schleierhaft. Plötzlich streifte mein Lichtstrahl eine Gestalt in der Dunkelheit. Ich hielt inne und schwenkte meinen Strahl zurück. Nichts. Bevor ich wieder losging, erhaschte ich erneut einen Blick auf das Wesen. Vor Schreck schrie ich auf und ließ mein Handy zu Boden fallen. Das Display splitterte. Doch Samuel hörte mich nicht und ging schnurstracks voran. Schnell schnappte ich mir mein Handy und wollte zurückweichen, doch verlor zitternd den Halt und fiel stumm auf meinen Hintern. Das Wesen kroch mit beängstigender Geschwindigkeit auf mich zu. Lautlos. Im Schein meiner Lampe schien seine blasse, weiße und faltige Haut das Licht zu reflektieren, sodass alleine das Ansehen bereits in den Augen schmerzte. Dazu kam noch seine Gestalt. In ersten Moment wirkte es menschlich, doch von Symmetrie fehlte jede Spur. Das eine Bein war einen halben Meter länger und saß weiter hinten als das andere, sodass die Gestalt es hinter sich her schleifte. Ebenso verhielt es sich mit den Armen. Während der eine Arm verstümmelt und kurz von der Schulter abstand, ragte der zweite aus der Brust heraus und wand sich wie ein langer, klauenbesetzter Tentakel. Das Gesicht war nicht anders zu beschreiben, außer dass es eine einzige Masse zu sein schien. Hier und da ein paar Öffnungen, sonst nichts.

Panisch kroch ich immer weiter nach hinten, doch ohne Vorwarnung setzte das Ungetüm zum Sprung an und prallte ohne einen Ton auf mich, was mir das Handy aus der Hand schleuderte. Dunkelheit und der Gestank von Verwesung breiteten sich aus. Ich spürte, wie der lange Arm mit seinen Klauen sich immer näher zu meinem Gesicht vortastete, immer näher, immer näher. Das lange Bein zappelte wie verrückt und schlug immer gegen meines. Bevor die Klauen des Tentakelarms meine Kehle packen konnten, schlug ich mit dem Regenschirm in die Dunkelheit hinein und traf das Wesen scheinbar am Kopf, da der Arm zurückzuckte. Hierbei schlitzte er mein T-Shirt auf Brusthöhe auf, lies mich jedoch unversehrt. Plötzlich schwenkte Samuels Lichtkegel auf uns und bevor das Wesen einen erneuten Angriff startete, rammte Sam sein Messer tief in den Schulterbereich der Kreatur. Diese fiel seitlich von mir herunter und blieb regungslos liegen. Mein Freund starrte noch einen Moment mit weit aufgerissenen Augen auf das Ungetüm, dann half mir auf. Sofort rannte ich einige Meter weg.

Ich zitterte unkontrolliert. Samuel schloss zu mir auf, nachdem er seine Machete wieder an sich genommen hatte. Gemeinsam tasteten wir uns bis zum hinteren Ende des Raums vor, wo wir einen großen Steinsarg mit vielen Gravuren vorfanden. Samuel begann mithilfe seiner Machete den Deckel aufzuhebeln und zur Seite zu schieben. Ich wich sicherheitshalber ein paar Meter zurück und kauerte mich hinter ihm ängstlich zusammen. Die Bedeckung fiel vom Sarg und wirbelte lautlos eine Staubwolke auf. Langsam erhob ich mich und sah, wie Samuel einen schwarzen Menschenschädel aus dem ansonsten leeren Sarg heraushob. Fragend sah er mich an und klopfte mit der Machete gegen den Knochen. Ich nickte ihm entschlossen zu. Er setzte die Spitze an und stieß sie in den Schädel hinein. Lautlos zerbarst nicht der Schädel, sondern die Machete.

Schockiert starrte Sam mich an, ratlos, was er nun tun sollte. Der schwarze Schädel in seiner Hand fing nun an, ein gelbliches Licht zu verströmen. Kurz darauf folgten Rauchschwaden. Sam verzog schmerzerfüllt das Gesicht und ließ den Schädel fallen. Die Rauchentwicklung verstärkte sich immer mehr. Die Atmung fiel mir schwer und nun spürte ich auch die Hitze, die der Schädel verströmte.

Wir mussten weg. Es war gefährlich, hierzubleiben. Ich tippte Samuel an und deutete dorthin, wo der Ausgang der Höhle sein musste. Doch Sam starrte regungslos auf den Schädel vor seinen Füßen. Der aufsteigende Rauch hatte seinen Kopf umhüllt. Mit Gewalt packte ich seinen Oberarm und zerrte an ihm. Mit geradezu unmenschlicher Kraft stemmte er sich mir entgegen. Ich konnte nichts ausrichten. Sollte ich mich in Sicherheit bringen und ihn zurücklassen? Nein. Das konnte ich nicht.

Der Rauch betäubte meine Sinne. Kurzerhand trat ich zornig gegen den Schädel, welcher ein Stück durch den Raum flog und in der Dunkelheit verschwand. Sam schüttelte benommen den Kopf und blickte mich dann im Schein seines Handys fragend an. Ich schwenkte mein eigenes, gebrochenes Gerät in den Raum hinein, als eine gigantische Stichflamme in der Mitte der Höhle bis an die hohe Decke schlug. Lichterloh und mit den höchsten Flammen, die ich je gesehen hatte, brannte das tote Ungeheuer, welches Sam erstochen hatte. Der Schädel lag mitten auf dem glühenden Körper und qualmte noch immer.

Die Flammen erhellten den Raum vollständig, was mich verwunderte. Es schien, als weiche die undurchdringliche Dunkelheit diesem Licht. Ich sah, dass vom Sarg aus entlang am Boden, an den Wänden und an der Decke schwarze Ranken gewachsen waren. Sam starrte in das Feuer. Als ich die Form der Grotte genauer betrachtete, realisierte ich etwas. Der schwarze Schädel dort war nicht der „Schädel der Stille". Wir waren in ihm. Was wir im Sarg gefunden hatten, war lediglich die Saat des Schädels der Stille.

Dies erklärte auch, weshalb die Stille nicht vor drei Jahren, als der Dieb die Saat gestohlen hatte, eintrat. Die Ranken mussten erst wachsen, die Grotte einnehmen und den Schädel der Stille so entstehen lassen. Mit Logik kam man hier nicht weiter.

Das Feuer entfachte schließlich die Ranken, auf welchen es sich verbreitete wie auf einer Zündschnur. Brennende Spuren zogen sich durch die schädelförmige Höhle und verhinderten, dass wir uns bewegten. Eine der Ranken brannte blitzschnell auf uns zu, doch ich konnte Sam packen und ihn zur Seite reißen. Plump klatschte er auf den Boden. Der Sarg unweit von uns wurde nun auch von den Flammen eingenommen. Reinigende Flammen.

Wir würden ohnehin jetzt an einer Rauchvergiftung sterben. Es gab kein Entkommen. Dicke Rauchwolken lagen in der Luft, doch ich konnte den Brandherd noch immer sehen. Von dem Ungetüm war nichts mehr übrig. Als der letzte Fetzen verbrannte, stob ein gewaltiger Lichtblitz durch den Raum und blendete mich für einige Sekunden. Alles war dunkel.

Dann hörte ich das leise Rieseln der Steine auf den Boden. Die Luft war plötzlich so klar wie noch nie. Ich schnaufte angestrengt. Neben mir raschelte es, als Samuel sich erhob und Dreck von seiner Kleidung klopfte.

»Ist es... vorbei?«, sagte er. Seine Stimme erfreute mich. Es war, wie einen guten Freund nach einer langen Zeit wiederzutreffen. Meine Augen beruhigten sich und nahmen ein sanftes, grünliches Dämmerlicht wahr. Wir waren in der alten Grotte hinter der Schule. Sie war nicht groß, daher standen wir nur zehn Meter vom Eingang entfernt.

»Ja«, brachte ich mühevoll hervor.

Sam sah mich an und wir begannen beide zu Lachen. Dieses Lachen verwandelte sich immer mehr in ein Geschrei, da wir beide einfach nur laut sein wollten. Abrupt verstummte Sam.

»Wir sollten gehen. Was auch immer hier geschehen ist, sollte unter uns bleiben. Ich habe das Gefühl, dass wir meinen

Vater gerächt haben, indem wir den Willen in seinem Brief erfüllt haben. Echt seltsam, dass der Brief erst nach drei Jahren bei mir im Briefkasten landete. Es ist, als hätte er oder jemand anderes gewollt, dass wir uns hierum kümmern.«

»Es ist vieles seltsam an der Sache. Ich möchte gar nicht zu viel darüber nachdenken, es würde nur alles schlimmer machen. Am liebsten würde ich das alles vergessen, Sam.«

Auf dem Weg nach draußen entdeckte ich den schwarzen Schädel auf dem Boden. Ängstlich ignorierte ich ihn. Niemand durfte ihn besitzen. Durch ein knappes Schaben und das Öffnen eines Rucksackes bekam ich mit, wie Sam den Schädel hinter meinem Rücken unauffällig verstaute. Trotzdem sagte ich nichts. Es machte mir Sorgen, da er innerhalb des Schädels der Stille geradezu besessen von dem Ding schien. Ich hoffte wirklich, dass Sam wusste was er tat. Bestimmt wollte er ihn nur zerstören. Ja, das musste es sein. Sam war ein guter Kerl.

Gesichtslos

Es war ein Tag wie jeder andere. Ich verließ morgens die kleine, alte Wohnung, die ich mein Zuhause nennen musste, und lief los. Zur nächsten Firma, bei der ich ein Bewerbungsgespräch führen würde. Erneut wusste ich, dass sie mich sofort nach dem Gespräch vergessen würden. Das tat jeder. Nicht, weil ich negativ aufgefallen wäre, sondern weil sich niemand mein Gesicht merken konnte. Es war, als hätte ich kein Gesicht. Ohne Gesicht behielten die Leute auch keine Informationen über mich oder meine Tätigkeiten. Die Personalleiter der Firma würden schon in ein paar Stunden die per E-Mail zugesendeten Unterlagen ansehen und sich fragen: „Wer ist der Typ? Hatten wir den eingeladen?"

Daraufhin würden sie die Zettel weglegen und sie nur dann wieder anfassen, um sie in den Müll zu befördern. Ein persönlicher Kontakt mit mir führte zur unwiderruflichen Löschung aller Informationen über mich aus dem Gehirn des anderen. Selbst mit diesem Wissen gab ich nicht auf – es musste doch irgendwann klappen. Geld vom Staat konnte ich aufgrund der fehlenden Erinnerungen an mich ebenfalls nicht beantragen. Meine unzähligen Versuche endeten wie meine Bewerbungsgespräche: Vergessen und mit Unterlagen, die unter verwunderten Blicken in den Müll wanderten. Zur selben Uhrzeit wie jeden Tag trat ich also aus meiner Wohnung und ging zwei Stockwerke nach unten, wo ich das Mehrfamilienhaus in die schmale Gasse verließ. Da die Morgensonne hier nie hereinschien, stapfte ich im Licht der seit Jahren flackernden Straßenlaterne auf die nächstgrößere Straße zu. Der Boden roch modrig und meine Schuhe schmatzten bei jedem Schritt. Es hatte wohl geregnet. Ruben, der Postbote, hielt mit seinem Fahrrad vor meiner Gasse, sortierte ein paar Briefe und kam mir dann entgegen. Obwohl dies fast jeden Tag geschah, so erkannte er mich auch diesmal nicht.

»Guten Morgen!«, grüßte ich, so freundlich ich konnte. Ruben sah mich für einen Moment an, als versuche er mein Gesicht in seinem Gedächtnis zu finden, doch kam zu dem Schluss, mich nicht zu kennen.

»Morgen«, murmelte er bloß zurück. Das war ich bereits gewohnt. Ich seufzte und bog auf den Gehweg der größeren Straße. Wann würde mich jemand wieder anerkennen? Würde ich je für jemanden existieren, ohne, dass ich direkt vor der Nase stand? Ich mischte mich unter die Menschenmassen.

Die einzigen, die mich damals wiedererkannten, waren meine Eltern. Die Bindung war wohl innig genug oder sowas. In der Schule redeten zwar die Kinder mit mir, aber in den Gesprächen war nichts Persönliches, da ich immer ein Fremder blieb. Jeden Tag aufs Neue. Die Lehrer fragten bei der Anwesenheitskontrolle immer noch einmal nach, ob ich denn wirklich Dave sei. Meine mündlichen Noten waren unterirdisch, da die Lehrer nach Verlassen des Raums vergaßen, dass ich Beiträge geleistet hatte. Aussagen wie „Gehst du auf diese Schule?" oder „Lustig, dass ich dich noch nie gesehen habe!" waren an der Tagesordnung. Als meine Eltern sich dann im Streit trennten, verschwand meine Mutter aus meinem Leben. Wahrscheinlich hatte auch sie mich nach ein paar Tagen vergessen. Mein Vater litt zunehmend immer mehr an Demenz, sodass auch er mit dem Erreichen meines 17. Geburtstags die letzten Erinnerungen an einen vorhandenen Sohn verlor. Ich wollte etwas gegen diese Leere in ihm tun, doch er wollte mich nicht mehr sehen, denn ich sei ein Fremder, der auf sein Erbe aus war. Wochen später verstarb er und hinterließ mir nichts als Schmerzen und Einsamkeit. Die Schule spielte von da an auch keine Rolle mehr. Ich blieb einfach weg, in der nun leeren Wohnung, zu der man mir den Schlüssel nie abgenommen hatte. Keiner fragte, wo ich steckte. Keiner dachte auch nur eine Sekunde an mich. Mich gab es schlicht nicht.

Inzwischen saß ich im Bus und blickte hinaus auf die ganzen Menschen, die zu ihren Arbeitsplätzen unterwegs waren. Zu Kollegen, die sie mehr oder weniger freudig begrüßten und abends zurück zu Familien, die sie liebevoll empfingen. Was hatte ich? Ein paar Kissen und eine Decke, aus denen ich mir ein Bett gebaut habe. Einmal hatte mich der Hausmeister gesehen und rannte hinaus, um die Polizei zu rufen – nichts geschah. Er hatte mich auch vergessen, was sonst.

Wir waren an meiner Haltestelle, ich steig aus. Einige Meter die Straße runter sah ich auch schon das große, leuchtende Schild mit dem Namen der Firma. Meine Schultern hoben sich, als ich tief durchatmete. Los geht's.

Doch weit kam ich nicht. Ich sah, wie in der Ferne ein Auto auf der Straße zu trudeln begann. Ein roter Sportwagen. Er prallte gegen ein paar parkende Autos auf der anderen Seite, bevor es ihn gerade auf mich zuschleuderte. Die Menschen stoben panisch auseinander. Ich realisierte, dass das Auto mich nicht treffen würde und sah mich um. Ja, es würde knapp hinter mir in die Hauswand einschlagen, aber ich war sicher. Jeder war in Sicherheit – außer einer jungen Frau im Rollstuhl, welche von anderen, panisch herumrennenden Menschen umgestoßen worden war. Hilflos drückte sie ihren Rücken gegen den Rollstuhl, doch er stand nicht wieder auf. Ohne zu realisieren, was ich tat, ließ ich meine Tasche fallen, sprintete zu ihr und zog sie an beiden Armen mit ganzer Kraft aus dem Rollstuhl. Ihr Körper prallte gegen meinen und stieß mich zu Boden, sie auf mir. Das braune, gewellte Haar traf meinen Hals. Das rote Auto zerschmetterte ihren Rollstuhl und donnerte krachend in die Wand. Eine Stichflamme stob heraus.

»D-Danke«, stotterte die Frau unter Tränen.

»Wenn Sie nicht -«

Ihre Stimme versagte und sie drückte ihr Gesicht gegen meine Brust. Ich verstand, was ich gerade getan hatte und atmete selbst tief durch. Die Anspannung löste sich.

»Kommt, ich helfe euch hoch!«, sprach eine tiefe Männerstimme hinter mir. Kurz darauf wurde ich unter den Armen gepackt und auf die Beine gezogen. Da die Frau mich nicht losließ, zog ich sie ebenfalls nach oben. Ihre Beine knickten ein, doch ich stand (mit Hilfe des Mannes) und konnte sie ebenfalls aufrecht halten. Er führte uns ein Stück weg und ließ mich sanft auf den Boden sinken. Als mein Rücken an der Hauswand lehnte, ließ ich die Frau ebenfalls vorsichtig von mir heruntergleiten, sodass auch sie an der Wand lehnen konnte. Sitzend versuchte ich meinen Puls zu beruhigen.

»Du bist ein Held, man ey«, sagte der glatzköpfige ältere Mann und klopfte mir auf die Schulter. Er sah aus wie ein Boxer mit seiner platten Nase und breiten Muskeln. Dann verschwand er in Richtung des brennenden Autos. Sirenen ertönten in der Ferne, die Feuerwehr und Polizei waren unterwegs. Die Frau neben mir zitterte am ganzen Leib. Die Tränen wollten nicht aufhören.

»Ich hatte solche Angst.«

Ihre Hände packten meinen Jackenärmel und zogen daran. Ich ließ es geschehen. Meine Uhr sagte mir, dass ich jetzt bei der Firma hätte die Klingel betätigen sollen. Ich sah hinunter auf die Frau. Ihre katzengrünen Augen blickten mich geradewegs dankbar an. Die Polizei traf ein, nahm unsere Personalien auf (unter anderem, um als Zeuge auszusagen und den Rollstuhl von der Versicherung erstattet zu bekommen). „Fiora Himmelsfeld" las ich in ihrem Personalausweis. Noch ein paar kurze Fragen zum Unfall und schon ließen uns die Polizisten auch in Ruhe. Die Krankenpfleger trugen uns zum Wagen, während die Feuerwehr den Brand löschte. Der Insasse des Autos hatte nicht überlebt. Nach einem kurzen Check-Up wurde festgestellt, dass wir beiden zwar leicht unter Schock standen, es jedoch keinerlei Bedenken gab. Fiora war sichtlich erleichtert, als man ihr einen Leihrollstuhl zur Überbrückung anbot und nahm dankend an. Uns wurde empfohlen zunächst nach Hause zurückzugehen und uns den Tag über auszuruhen. Man könne uns gerne bei unseren Arbeitgebern krankmelden. Sie nannte den Namen ihrer Bücherei und ich musste kleinlaut zugeben arbeitslos zu sein. Fiora sah mich aufmunternd an. „Das wird schon" sagte ihr Blick.

»Nun gut, dann trennen sich wohl unsere Wege«, sagte ich leicht betrübt, als wir wieder auf dem Gehweg waren.

»Das möchte ich aber nicht.«

Verwundert wanderte mein Blick zu ihr.

»Häh?«

»Ich bestehe darauf, dass ich dich heute Abend zum Essen einlade, Dave. Kein Aber. Heute Abend, 19 Uhr im Lokal „Zur alten Amsel".«

Ich kannte den Ort. Meine Großeltern hatten direkt nebenan gewohnt, sodass wir jedes Mal, wenn ich zu Besuch war, dort essen gingen. Für meine Großeltern war es immer wieder ein Kennenlerngespräch. „Wie läuft's in der Schule?", „Hast du eine Freundin?", „Wir müssten uns mal öfter sehen, Junge."

Wir sahen uns jede Woche.

»Ja oder ja?«, riss mich Fiora aus den Gedanken. Ich nickte ihr zu und ein Lächeln huschte über mein Gesicht. Sie lächelte ebenfalls.

»Soll ich dich noch nach Hause begleiten?«, schlug ich vor.

»Gerne doch, aber ich wohne echt nicht weit von hier. Da vorne und dann links, dann sind wir auch schon da.«

Ungeschickt stellte ich mich hinter den Rollstuhl und schob ihn sanft an. Sie erzählte mir von ihren Kolleginnen, welche morgen erstaunt sein würden, wenn sie ihnen vom Vorfall berichtete. Sie würden ausflippen, wenn sie von der Heldentat erfuhren. Wir lachten gemeinsam, und sie bedeutete mir anzuhalten. Sie nahm mir nochmals das Versprechen ab, am Abend zu erscheinen, schloss die Tür auf, rollte hindurch, winkte mir und schloss die Tür. Einen Moment lang lächelte ich die Tür an, bevor ich freudestrahlend losging.

Blumen. Ich brauchte Blumen für sie. Ich kramte meine Geldbörse hervor und starrte in die Leere darin. War ja klar. Kurzerhand, wie sonst auch, wenn ich Waren oder Geld brauchte, ging ich trotzdem in den nächsten Blumenladen hinein und ließ mir einen schönen Blumenstrauß aus bunten Rosen zusammenstellen. Die Dame hinter der Theke schmückte ihn in anderen Pflänzchen und legte ihn mir freundlich auf die Theke. Sie nannte den Preis und ... ich schnappte den Strauß und stürmte so schnell es ging davon.

»Stopp, Dieb!«, brüllte die Frau mir hinterher und kramte ihr Handy hervor. Kaum war ich aus dem Laden und um die Ecke, drehte ich wieder um und spazierte wieder zur Ladentür. Die Frau im inneren starrte verwirrt auf ihr Handy, schüttelte den Kopf und steckte es weg. Dann fiel ihr Blick auf mich. Ich winkte ihr mit dem Blumenstrauß und sie nickte und winkte mir ebenfalls freundlich zu.

Ja, ich war ein Dieb. Da ich keinen Job und auch keine staatliche Unterstützung erhielt, blieb mir keine andere Wahl. Hierfür war mein seltsamer Fluch dann doch nützlich. Egal, ob ich eine Handtasche, Waren oder sogar Geld stahl, es galt die Regel „Aus den Augen, aus dem Sinn". Ich besänftigte mein Gewissen immer indem ich mir sagte, dass die Leute es eh nicht bemerken würden – schließlich gab es mich in ihrer Welt nicht.

Beim Warten auf den Bus weiteten sich meine Augen. Fiora. Sie würde mich ebenfalls vergessen. Sie hatte mich bereits vergessen. Ich ließ den Kopf hängen. Süßer Blumenduft stieg in meine Nase. Sie hatte mich bereits vergessen. Warum sollte sie eine Ausnahme darstellen? Es war aussichtslos. Sie hatte mich bereits vergessen. Ich war kurz davor, die Blumen nach dem herannahenden Bus zu werfen, doch kurz davor hielt ich mich zurück. Ich würde es versuchen. Das tat ich immer. Zur Not aß ich eben alleine und verschwand, ohne eine Kerbe in den Erinnerungen der Menschen zu hinterlassen.

Zuhause angelangt legte ich den Blumenstrauß neben meine Ansammlung von gestohlenen Kissen und ließ mich selbst auf eben jene fallen. Ich fiel in eine Art Trance, in der ich mir immer wieder sagte, dass sie mich vergessen hatte und dann wiederum sagte, dass es bestimmt diesmal anders wäre. Als es dämmerte, strich ich mir mit der Hand die Haare zurecht, zupfte ein wenig an meiner Kleidung herum und ließ die Wohnung mit den Blumen in der Hand hinter mir. Einen kurzen Fußmarsch später war ich auch schon am Restaurant angelangt und betrat es durch die Vordertür. Sofort kam ein Kellner auf mich zu.

»Tut mir leid, Sir, wir sind ausgebucht.«

»Himmelsfeld«, brachte ich unter Anspannung hervor. Der Kellner sah auf seine Liste, seine Augen huschten hin und her. Als er den Blick wieder hob, nickte er mir zu und deutete auf einen Tisch im hinteren Bereich.

»Ein Tisch für zwei, bitte sehr. Ich komme dann demnächst mit den Speisekarten vorbei.«

Mir fiel die erste Last vom Herzen. Zumindest eine Reservierung hatte sie getätigt. Nervös stiefelte ich an all den anderen Leuten vorbei und setzte mich auf einen der beiden Stühle an unserem Tisch. 18:52 Uhr. Ich stand wieder auf, ging um den Tisch herum und schob den anderen Stuhl aus dem Weg, um

Platz für den Rollstuhl zu schaffen. 18:53 Uhr. Die Zeit wollte nicht vergehen. Ich schnappte mir das „Reserviert"-Schildchen und drehte es in den Händen. „Fiora Himmelsfeld" stand auf der Rückseite mit Kugelschreiber geschrieben. Immer wieder huschte mein Blick von der Tür auf meine Uhr und zurück. Jedes Mal, wenn die Tür sich öffnete, zuckte ich zusammen, nur um erneut enttäuscht zu werden.

»Kann ich ihnen schon etwas zu trinken bringen?«

Der Kellner blockierte meinen Blick auf die Tür.

»Äh, ja. Einen Orangensaft bitte.«

Der Kellner verschwand. Orangensaft? Ich mochte Orangensaft nicht einmal. Ich schüttelte den Kopf. Ein paar Minuten später nippte ich trotzdem bereits an meinem Saft. Zeit verging, ich bestellte mir ein neues Glas. 19:22 Uhr.

»Kommt ihre Begleitung nicht, werter Herr?«, fragte der junge Kellner. Wieder hatte ich keine Sicht auf die Tür. Ich zuckte bloß mit den Schultern. Schweiß bildete sich auf meiner Stirn.

»Ich wünsche ihnen das Beste«, sagte der Junge. Da ich nicht reagierte, ging er auch wieder davon. Dann, 19:26 Uhr, öffnete sich die Tür und Fiora kam in einem roten Kleid hinein. Ich war so glücklich und überrascht, dass ich mein halbvolles Glas auf den Zuckerstreuer abstellte. Natürlich fiel es herunter und saute den Tisch ein. Erstaunlicherweise hatte mich kein Tropfen getroffen.

»Was machst du denn da?«, lachte Fiora, als sie zum Tisch rollte. Den freigeräumten Platz quittierte sie mit einem »Oh, wie aufmerksam!«

Mir kamen die Tränen vor Freude.

»Du bist tatsächlich gekommen!«

Sie hob die Augenbrauen.

»Natürlich, du bist doch mein Held, Dave.«

Ich konnte meine Tränen nicht mehr zurückhalten und begann zu weinen. Es tat gut, zu wissen, dass zumindest eine Person auf dieser Welt mich wahrnahm. Ein unglaubliches Gefühl.

»Danke«, schluchzte ich. Sorgenvoll blickte sie zurück.

»Alles in Ordnung?«

»Könnte nicht besser sein. Ich bin nur glücklich.«

»Du hast dir doch keine Sorgen gemacht, weil ich erst so spät kam? Du armer.«

Der Kellner kam und bedeckte die Sauerei mit einem Tuch.

»Ich werde gleich die Tischdecke wechseln.«

Fiora lehnte dies ab und meinte, das sei kein Problem für uns.

»Tut mir echt leid, Dave. Der Bus ist ausgefallen, keine Ahnung weshalb. Aber jetzt bin ich ja hier. Außerdem muss es dir nicht peinlich sein, zu weinen. Ich weiß doch, du hast ein großes Herz.«

Langsam beruhigte ich mich. Dann zuckte ich zusammen. Verdammt, ich hatte die Blumen vergessen. Panisch holte ich sie hinter meinem Stuhl hervor und reichte sie quer über den Tisch.

»Aww, wie süß!«, quietschte Fiora und riss mir die Blüten förmlich aus der Hand, um daran zu riechen. Ich musste grinsen.

Schon bald bestellten wir unser Essen – zwei Mal Bratkartoffeln mit Ei und Zwiebeln – und quatschten vergnügt vor uns hin. Sie erzählte mir von einigen seltsamen Begegnungen mit Kunden und ich hörte ihr aufmerksam zu. Dann fragte sie mich nach den Gründen für meine Arbeitslosigkeit. Ich schwieg für einen Moment, doch dann erzählte ich ihr meine Geschichte und wie ich immer vergessen wurde. Mit großen Augen hörte sie mit schweigend zu. Sie vergaß sogar weiter zu essen.

»Ich verstehe nun, weshalb du so emotional wurdest, als ich hier hereinkam. Du dachtest, ich hätte dich vergessen. Aber wie könnte ich einen so lieben Menschen, dem ich das Leben verdanke, vergessen? Ich lass dich nicht allein, versprochen.«

Ihre Worte taten gut. Sie drangen in mein Innerstes vor und strömten eine nie dagewesene Wärme aus. Gemeinsam aßen wir ihre kalten Bratkartoffeln auf. Sie bezahlte, bevor ich auch nur die Chance hatte, etwas zu sagen.

»Schiebst du mich?«, fragte sie danach. Sofort war ich hinter ihr und schob sie aus dem Lokal und raus auf die Straße. Voller Kraft und Mut passierte ich ihre Bushaltestelle und zusammen durchquerten wir die dunkle Stadt. Ich fühlte mich endlich wohl in meiner Haut. Vor ihrem Haus angelangt, sagte sie: »Ich würde dich ja gerne noch nach drinnen einladen, aber es ist schon wirklich spät und ich muss morgen früh zur Arbeit. Komm mich doch besuchen, ja?«

»Ja.«

»Komm her.«

Sie streckte die Arme nach oben aus. Ich brauchte einen Moment, doch dann verstand ich, ging um den Rollstuhl herum und beugte mich hinunter. Sofort schlang sie ihre Arme um meinen Hals und ich umarmte sie auch. Dann gab sie mir plötzlich einen schnellen Kuss auf die Wange, bevor sie ihre Arme zurückzog und verlegen in ihrem Haar spielte.

»Sollte ich dich vergessen, dann musst du meine Erinnerungen wieder wecken. Erzähl mir von diesem Tag. Wie du mich gerettet hast, wie wir essen waren, wie du den Orangensaft verteilt hast. Selbst wenn ich diese Erinnerungen nicht auf dem Schirm habe, hier drin findest du sie.«

Sie tippte auf ihren Brustkorb.

»Danke für den Abend, wir sehen uns ja morgen. Hab' dich lieb, Dave.«

Dank der Dunkelheit konnte sie meine erröteten Wangen nicht sehen.

»I-Ich danke. B-Bis morgen. H-hab d-dich auch l-lieb«, stotterte ich. Sie warf mir noch ein schönes Lächeln zu und betrat das Haus. Die Tür schloss sich. Glücklich sank ich auf die Knie und sah in meine Handflächen. Tränen tropften herunter. Danke.

Da die Busse nicht mehr fuhren, lief ich den ganzen Weg nach Hause. Doch es machte mir nichts, denn ich war voller Freude. Zuhause warf ich mich auf meinen Kissenstapel und wollte sofort schlafen, damit der nächste Tag nicht so lange auf sich warten ließ. Irgendwann übermannte mich der Schlaf.

Am Mittag des darauffolgenden Tages wachte ich noch immer mit einem Lächeln auf dem Gesicht auf. Endlich wieder guten Schlaf gehabt. So schnell es ging machte ich mich fertig und stolzierte aus dem Haus. Der Bus konnte heute nicht schnell genug fahren. Ständig rutschte ich ungeduldig auf dem Sitz hin und her und erntete entnervte Blicke von den anderen Leuten. Dann war ich endlich da. Station „Stadtbücherei". Ich sprang förmlich aus dem Bus und lief zügig los. Die Türen zur Bücherei öffneten sich und sofort entdeckte ich hinten zwischen den Regalen einen vertrauten Rollstuhl.

»Fioraaa!«, rief ich. Die Frau an der Kasse warf mir einen strafenden Blick zu. Fiora sah sich verwundert um, sah mich und rollte langsam auf mich zu. Ihr Blick gefiel mir nicht.

»Entschuldigung, kennen wir uns?«

Vergessen

Wieder einmal sitze ich auf dem alten Dachboden der Nervenheilanstalt und starre auf meinen künstlichen Fuß. Dieselbe Erinnerung schwirrt schon seit Jahren durch meinen Kopf. Die Erinnerung an den Tag, an dem ich hätte sterben sollen. Der Tag, an dem zumindest ein Teil von mir starb. Mit zittriger Hand fahre ich über die raue Narbe an meinem Hals.

Meine Augen waren geschlossen. So sehr ich es versuchte, sie wollten sich einfach nicht öffnen. All meine Muskeln schienen gelähmt zu sein, doch immerhin konnte ich atmen. Ein Geruch von Schwefel lag in der Luft. Was war hier los? Träumte ich? Ich war mir absolut sicher, dass ich mich am vorigen Abend rechtzeitig in mein Bett gelegt hatte, schließlich wollte ich heute nicht zu spät zur Matheklausur in der Schule kommen. Doch wo auch immer ich mich nun befand, es war weder mein Bett, noch mein Zimmer, da war ich mir sicher. Aus der Ferne drangen hallende Schritte zu mir.

»Ist alles für die Ankunft vorbereitet?«, ertönte eine tiefe, mächtige Stimme. Sie hallte von weit entfernten Wänden und einer hohen Decke wider. Wohin hatte man mich verschleppt? Wie? Und wessen Ankunft?

Ein Gemurmel ertönte aus derselben Richtung.

»Gut«, sagte die mächtige Stimme sichtlich zufrieden. Der Mann war eindeutig schon viel näher gekommen. Nein, er stand sogar schon neben mir.

»Komm schon Junge, öffne deine Augen und bewege deinen Hals!«

Plötzlich gelang es mir, wie gewohnt meine Augen zu öffnen und ich blickte direkt in die glasklaren, giftgrünen und mit Falten umringten Augen des Mannes. Viel mehr konnte ich auch nicht erkennen, denn unter der schwarzen Kapuze mit grünen Verzierungen konnte ich nur vereinzelt graues Haar aufblitzen sehen und sein Gesicht war von der Nase abwärts mit einem dreieckigen Halstuch verziert. Das grüne Auge in der Mitte des schwarzen Stoffs erinnerte mich an das typische ägyptische Auge, wie man es von den Hieroglyphen kannte. Ein weiter, schwarzer Umhang verhüllte den Rest des langen Körpers.

Die steinerne Bahre, auf der ich lag, stand etwa drei Meter von einer rauen Felswand entfernt. Ich musste mich in einer Höhle tief unter der Erde befinden, denn außer ein paar Fackeln war es hier zu dunkel, um die Decke oder die anderen Wände zu erkennen.

Neben dem Mann stand eine etwa halb so große, missratene Gestalt. Auch sie trug einen Umhang, doch der Kopf war unbedeckt, sodass ich die vergilbte Haut, das viel zu schmale Gesicht, das mörderisch spitze Kinn und die schiefe Hexennase sah. Die Augen hingegen waren verkümmert und klein. Das Dauergrinsen des rissigen Mundes ohne Zähne verlieh mir den Wunsch, der Kreatur eine zu zimmern.

»Gliep, Verschwinde! Lass mich mit dem Jungen alleine.«

Die Kreatur zuckte zusammen und verschwand hopsend aus meinem Blickfeld. Die Stimme des Mannes schien mir viel zu deutlich, dafür, dass sein Mund verhüllt war. Er blickte nun mit einer Mischung aus Spott und Mitleid auf mich herab.

»Sieh dich nur an, unfähig mit deinem Geist gegen deinen gelähmten Körper anzukommen. Aber keine Sorge, dir wurde kein Gift verabreicht, ich habe lediglich einen Fluch auf deine Nervenbahnen gelegt. Ich entscheide, was du bewegen kannst und was nicht. Jedenfalls wirst du nun die große Ehre bekommen, die Entstehung eines neuen, mächtigen Kultes einzuleiten. Außerhalb unserer Welt gibt es Kräfte, die sterbliche Wesen nicht verstehen können. Aber wir können sie nutzen. So studierte ich die geheime Kraft der Sonne, welche durch den Mond reflektiert und umgekehrt wird. Das ist nun bereits 1000 Jahre her. Nachdem ich unzählige Opfergaben erbracht hatte, kam mir die Erleuchtung. Wie in Trance schrieb ich nieder, was sich für immer in meinen Geist brannte. Die Möglichkeit, über Leben und Tod zu entscheiden. Es ist möglich, den altbekannten Zyklus von Geburt, Leben und Tod zu verändern. Ich erschuf einen neuen, immerwährenden Zyklus von Tod, Leben, Tod, Leben. Mit dem Wissen meines Buches konnte jeder zum Priester der Sonne oder des Mondes werden und ewiges Leben schenken. Doch viele unsterbliche Jahrhunderte später warf ich es von mir, denn ich spürte eine weitere, weitaus stärkere Kraft, die auf ihren Durchbruch wartete. Ich würde nicht länger über Leben und Tod herrschen müssen, wenn ich die Welt nach meinen Vorstellungen formen konnte. Und du – du wirst der Schlüssel zu den Toren der Hölle sein!«

Ängstlich sah ich weg, blickte in die Dunkelheit. Dieser Mann war eindeutig wahnsinnig. Niemand konnte über 1000 Jahre am Leben sein. Es war schlichtweg unmöglich. Ich konnte keine Fragen stellen, da mein Mund nicht reagierte.

»Ich schätze, du weißt schon, welche Rolle du spielst. Du wirst die Opfergabe sein, aber keine Sorge, ich werde dich nicht töten. Sobald dein Blut fließt, öffnet sich die Pforte und eine Inkarnation der Macht wird heraustreten. Während es sich über dich hermacht, werde ich es von hinten verletzen und durch sein Blut das mächtigste Wissen überhaupt erlangen, bevor es sich wieder verkriecht. Die Macht der Hölle sprach zu mir und ich werde den Plan heute umsetzen!«

Lachend entfernte sich der Mann, der Widerhall seines Gelächters schien noch minutenlang anzudauern. Ich versuchte, meine Atmung zu beruhigen, was jedoch dazu führte, dass ich mir meinen Tod nur schlimmer ausmalte. Während die Zeit schleppend voranschritt, wusste ich nicht mehr, wie lange ich schon auf mein Ende wartete.

Als die Fackeln um mich herum nur noch schwach glommen, sodass ich fast gänzlich in Dunkelheit gehüllt war, rissen mich nahende Schritte aus meinem tranceähnlichen Angstzustand.

»Wie sieht's aus, mein Junge? Bereit für deinen großen Moment?«

Er redete hastiger als bei unserem letzten Treffen. War er aufgeregt? Gliep schloss hopsend auf. Es trug eine Fackel. Das vergleichsweise helle Licht blendete mich kurzzeitig, sodass ich blinzeln musste.

»Gliep, die Kohle bitte!«, sprach der Mann ohne den Blick von mir zu lassen und streckte seine Hand unter dem Umhang hervor. Kaum hatte er sie überreicht bekommen, huschte er um meine Steinplatte herum und blieb vor der nahegelegenen Wand stehen. Im schwachen Licht der Flamme kritzelte er fünf Runen so an die Wand, dass sie ein großes Fünfeck formten. Dann griff er in seinen Umhang und zog einen silbernen, gewellten Dolch hervor. Kurzerhand schnitt er sich tief in die linke Handfläche und führte sie nacheinander zu den Runen, sodass er diese mit einer blutigen Spur verband und ein blutroter Stern entstand. Um kein weiteres Blut zu vergießen, ließ er sich seine Hand durch Gliep mit einem Verband verbinden. Nachdem er sich aus der Hocke aufrichtete, meinte er: »Die Vorbereitungen sind abgeschlossen, nun fehlt nur noch der Köder.«

Erneut zückte er seinen Dolch und ging langsam auf mich zu. Panisch drehte ich meinen Kopf hin und her, denn es war die einzige Bewegung, zu der ich fähig war. Schnell reagierte der Mann und ließ mit einer schnellen Bewegung seiner Hand meine gesamte Muskulatur erneut erstarren. Nun sah ich direkt nach links zu den Kohlerunen. Nein, meine Augen konnte ich noch immer öffnen und schließen. Ich entschied mich für letzteres.

Kaum hatte ich dies getan, spürte ich einen stechenden Schmerz am Hals, als die Klinge sich längs durch das Fleisch auf der rechten Seite schnitt. Warmes Blut lief gleichmäßig herab, tränkte mein T-Shirt und sammelte sich letztendlich auf der Bahre aus Stein.

Wie aus dem Nichts wurde es hell um mich herum. Ein Schrei und schnelles Getrappel ertönten. Ich schlug noch rechtzeitig meine Augen auf, um das koboldartige Wesen bei seiner panischen Flucht zu beobachten. Das überaus helle Licht strömte von den Runen aus und schien die gesamte Grotte zu erhellen. Einige Meter von den Runen weg lehnte der verhüllte Mann an der Wand, seinen Dolch kampfbereit haltend. Das gleißende Licht schlich nun langsam über die Blutstriemen an der Wand. Es war wie eine in Brand gesteckte Zündschnur. Mein Herz raste, als das Licht sich vollständig ausgebreitet hatte. Plötzlich brach die Wand zwischen den Runen nach hinten und ein wirbelndes Flammenmeer kam zum Vorschein. Markerschütterndes Gebrüll ertönte. Spätestens jetzt wäre ich ohnehin gelähmt gewesen. Die Jagd war eröffnet. Ich konnte noch immer keinen klaren Gedanken fassen, als die Bestie durch das geöffnete Portal sprang. Zuerst verglich ich es mit einer Raubkatze, doch doppelt so groß wie ein erwachsener Mensch (mir ist es nach wie vor ein Rätsel, wie sie durch das halb so große Portal passte). Andererseits hatte es die Schuppen eines Alligators, bloß in einem bräunlichen Rot und mit schwarzen Ranken überzogen. Sein Schweif war breit und mit Stacheln übersät und aus den Pranken sprossen eiserne Klauen. Auf seinem schuppigen, haarlosen Löwenkopf saß ein leicht gekrümmtes, lilafarbenes Horn. Anstatt Augen besaß die Bestie reihenweise tiefe Löcher an den Seiten seines Kopfes. Aus seinem übergroßen Maul, das bis zum Hals ging, ragten reihenweise spitze, glänzende Zähne, die ein purpurnes Sekret absonderten. Ihre vernarbte Nase zuckte ein paar Mal, bevor das Monster langsam auf mich zu stolzierte. Angsterfüllt schloss ich die Augen und wartete auf mein Ende.

»Vergesst mich nicht, Mama und Papa«, dachte ich. Der Speichel des Monsters tropfte auf meinen Hals und in mein Gesicht und ich spürte den brennend heißen Atem. Dann versank einer der langen Eckzähne in der bereits blutenden Wunde. Mein ganzer Körper brannte von Innen und ich begann, mich trotz Lähmung zu winden wie ein Wurm, der in zwei Hälften geteilt wurde. Meine Atmung stoppte, mein Herz schlug nicht mehr. Im nächsten Moment schlug es wieder, doch langsamer als vorher. Dann ließ die Bestie von mir ab und biss in mein linkes Bein. Mit verschwommenem Blick sah ich, wie ich in die Höhe gehoben wurde. Doch bevor sie mit mir durch das Portal verschwand, zuckte ihre Nase nochmals und sie wandte sich dem verschwommenen Mann zu. Sein schwarzes Gewand grenzte ihn deutlich von dem hell erleuchteten Hintergrund ab. Dieser trug nun etwas Lilafarbenes vor sich. Ich konnte nur erahnen, dass es ein Gefäß mit einem Tropfen Blut der Höllengeburt war. Sie schnaubte nun aufgebracht und knurrte so laut, dass meine Ohren zusätzlich schmerzten. Ich hing nur wie ein toter Fisch im Maul des Ungeheuers. Voller Wut schüttelte es den Kopf, wodurch ich davongeschleudert wurde. Erst jetzt bemerkte ich, dass es dabei meinen Fuß abgebissen hatte. Der Schmerz war immer noch zu groß, daher spürte ich die neue Verletzung kaum. Endlich krachte ich gegen eine Felswand und der Schmerz hörte auf.

Das erste, was ich bemerkte, war, dass mein Brustkorb sich weder hob noch senkte. Doch trotzdem war ich am Leben. Zu meiner Überraschung ging es mir sogar gut. Keine Schmerzen, kein Schwindel, gar nichts. Hastig öffnete ich die Augen. Ein schwaches, orangenes Licht glomm aus den Steinen, die die Überreste des Portals darstellten. Mein Fuß fehlte, doch der Stumpf blutete nicht. In meiner Nähe war generell kein Blut, außer das, was noch immer in meinem Shirt klebte. Hatte die Wunde denn nicht geblutet? Vorsichtig fasste ich mir an den Hals. Die Schnitt- und Bisswunde war verschwunden, stattdessen spürte ich eine unebene, raue Stelle. Es konnte kein Schorf sein, denn es schien zu meiner Haut zu gehören. Es war mehr wie ein Brandmal oder ein Tattoo. So schnell es ging stand ich auf und humpelte auf dem Fußstumpf zurück zu den Portalüberresten. Darauf zu laufen war nicht einfach, aber es schmerzte auch nicht.

Sofort sah ich, dass die große Steinplatte in drei Teile zerbrochen war. Es war glühend heiß und ich hatte das Gefühl, an einem Lagerfeuer zu stehen. Ich schreckte zurück, als mein Blick auf das fiel, was sich an der Wand neben dem Portal befand. Um einen tiefen Krater, welcher eindeutig durch das krumme Horn der Bestie verursacht wurde, klebten Fleisch- und zertrümmerte Knochenreste. Die Arme waren zusammen mit dem Umhang zu Boden gefallen und auch der Kopf hing nur noch knapp am restlichen Körper. Da die Kapuze und die Gesichtsmaske verrutscht waren, konnte ich das ganze Grauen sehen. Aus dem zahnlosen Mund tropfte noch immer Blut, die Nase fehlte vollkommen und die Augen hatten sich schwarz verfärbt. Von Haaren fehlte jede Spur. Schnell wandte ich meinen Blick ab und stolperte in die entgegengesetzte Richtung. Schon bald trat ich in einen Gang, der von noch immer glimmenden Fackeln ausreichend erhellt wurde. Ein paar Kurven später hielt ich inne. Einige Meter vor mit auf dem Boden flackerte ein helles Licht. Direkt daneben lag ein knochiges Wesen, das zur Decke starrte. Vorsichtig schlich ich näher und sah, dass es Gliep war, welches einen panisch verzerrten Gesichtsausdruck hatte. Offensichtlich tot. Doch war es durch bloßen Schreck gestorben? Was hatte es gesehen? Ich wollte gar nicht darüber nachdenken und hob die Fackel vom Boden auf. Sie war erst vor kurzem entzündet worden. Nachdem ich über Glieps starren Körper gesprungen war, setzte ich meinen Weg fort. Bereits nach kurzer Zeit führte der Weg nach oben, dann konnte ich das prasseln des Regens hören und dann …

Ich weiß nicht mehr was dann geschah. Meine nächste Erinnerung beginnt beim Erwachen eine Woche später. Ich legte meine Fußprothese an und ging wie jeden Tag zu Schule. Mir fiel erst Jahre später auf, dass es mich nicht im Geringsten interessierte, dass mir einige Erinnerungen fehlten.

Nach und nach verließen mich meine Freunde, ohne einen Grund zu nennen und ich isolierte mich von den restlichen, mit Hass erfüllten Menschen. Meine Eltern starben eines Nachts unerwartet beide, sodass ich allein zurückblieb. Aufgrund meines seltsamen, traumatischen Verhaltens wurde ich schon bald in eine Nervenheilanstalt gesperrt. Sie schoben alles dem Tod meiner Familie zu, doch ich wusste die Wahrheit. Ich wusste, was mich verstümmelt hatte, was mich nicht tötete, obwohl es mich hätte umbringen müssen.

Ich

Ich taumelte schlaftrunken zu meinem Kaffeeautomaten, zielte und drückte die Taste für einen ganz normalen, langweiligen Kaffee, obwohl diese Maschine wer weiß was für Sorten zubereiten konnte. Es ging mir jedoch keinesfalls um den Geschmack, sondern um die aufweckende Wirkung. Dafür, dass ich bereits um 3:00 Uhr aufstand, ging ich zu spät schlafen, sodass ich an vielen Tagen kaum mehr als drei Stunden schlief. Meistens lag dies einfach daran, dass ich mich zu sehr in meine Videospiele vertiefte. Ich gähnte die Tasse an, während der Kaffee hineintropfte. Nachdem ich ihn hinuntergekippt hatte, ging ich, ohne etwas zu essen, los. Es war noch immer dunkel draußen und mich fröstelte es ein wenig in der kühlen Herbstluft. Ich verschloss die Tür zu meinem Haus, zog den Jackenkragen ein wenig höher und stapfte los. Inzwischen war ich vollends wach, sodass ich zügig vorankam. Logischerweise war außer mir zu dieser frühen (oder späten) Uhrzeit niemand auf den Straßen meiner kleinen Stadt unterwegs. Nachdem ich ein Stück an der Hauptstraße, die quer durch den Ort führte, entlanggelaufen war, bog ich ab und erreichte die Fußgängerzone. Geschäft reihte sich an Geschäft, egal wohin ich blickte. Dies mochte auf den ersten Blick viel für eine Stadt dieser Größe wirken, doch letztendlich war es auch der einzige Ort, an dem man etwas kaufen konnte. All die Läden waren geschlossen und die Schaufenster durch Rollläden verdeckt. Vor einem dieser Geschäfte blieb ich nun stehen. Hier hatte man bereits den Rollladen nach oben gezogen, sodass ich einen freien Blick auf das schwache Licht der Ladentheke der „Bäckerei Häuser & Mann" hatte. Mein bester Freund und Ladenbesitzer Manuel Mann war nicht zu sehen. Er war wie üblich im hinteren Bereich am Backen. Ich kramte meinen Schlüssel hervor und schloss die Tür auf. Nachdem ich eingetreten war, ertönte die Glocke oberhalb des Eingangs.

»'n Morgen Manu!«, rief ich, während ich die Tür wieder verriegelte.

»'n Morgen Ralf!«, ertönte meine Stimme von hinten. Äffte er mich etwa nach? Ich streifte die Jacke ab und ging mit aufgesetzt genervter Miene nach hinten. Manuel stand mit dem Rücken zu mir und knetete den Teig für frische Brötchen. Ich schüttelte den Kopf. Kam es mir nur so vor oder hatte er von einem auf den anderen Tag seinen kräftigen Bauch abtrainiert?

»Bist ganz schön schlank geworden«, meinte ich überrascht.

»Ich sah doch schon immer so aus«, sagte meine Stimme aus Manuels Richtung. Dann drehte er sich um und ich blickte ihm ins Gesicht. Mir ins Gesicht? In mein Gesicht? Es war, als stände ich vor einem Spiegel. Nicht nur seine Statur glich meiner, sondern auch sein Gesicht, die Augenringe, die Stimme und die Körperhaltung stimmten mit meiner überein. Das einzige, was uns unterschied, war die Reaktion. Einen Angstschrei ausstoßend sprang ich einen Schritt rückwärts, stieß mir meine Schulter und fluchte.

»Was zur- wie kann- du siehst ja aus wie ich!«, schrie ich.

»Ist doch nichts Neues, brauchst dich nicht so zu erschrecken, alter Freund«, sagte Manuel besorgt und hob die Schultern.

»Hilf mir doch grad mal!«, sagte er dann und warf mir einen Klumpen Teig zu. Er klatschte gegen meine Brust und fiel zu Boden.

»Was soll denn das? Du bist heute irgendwie nicht der Ralf, den ich kenne.«

Langsam schwang meine Angst in Wut um.

»Das müsste ich wohl fragen. Willst du mich verarschen, oder wie? Wo ist hier die versteckte Kamera? Wer bist du und wo ist Manuel?«

»Beruhig dich. Ich bin Manuel Mann und es gibt keine versteckte Kamera. Du hattest bestimmt einen Albtraum und schläfst immer noch so halb.«

Langsam kam er auf mich zu und umarmte mich unerwartet. Es fühlte sich komisch an, fast so, als schlang ich meine eigenen Arme um mich. Ich atmete tief ein und seufzte. Meine Schulter pochte noch immer. Nein, ich träumte nicht. Ich löste den Ralf-Manuel von mir, schüttelte den Kopf, hob den Teig vom Boden auf und warf ihn in die Mülltonne. Dann legte ich meine Schürze an und nahm mir selbst etwas neuen Teig. Normalerweise redeten Manuel und ich viel bevor der Laden öffnete, denn wir wussten, dass wir uns alles anvertrauen konnten. Doch diesmal schwiegen wir einfach. Stunden vergingen.

Plötzlich meldete sich mein Freund zu Wort: »Hey, ist alles gut bei dir? Du wirkst so angespannt, als sei eine Welt für dich zusammengebrochen.«

Ich seufzte.

»Okay, hör mir mal zu. Stell dir vor, du kommst in die Bäckerei an einem ganz normalen Tag und plötzlich sieht dein bester Kumpel genauso aus wie du, hört sich an wie du und trägt deine Kleidung. Ich weiß doch auch nicht, was hier oder mit mir los ist, aber das ganze macht mir Angst. Wo ist mein kräftiger, gutmütiger Manu hin, der immer nur meinte, er hätte bloß schwere Knochen?«

Meine Augen starrten mich verwirrt an.

»Ralf, hey, ich war nie kräftig. Wir sahen schon immer exakt gleich aus.«

»Nein.«

»Doch. Es ist alles ganz normal, abgesehen von deinem Verhalten. Komm mal ein wenig runter, wir machen bald auf.«

Er klopfte mir auf die Schulter und machte sich dann daran, die letzte Ladung Brötchen aus dem Ofen zu holen. Ich half ihm sie nach vorne in den Verkauf zu tragen, bis wir eine volle Auslage hatten.

»Gerade so pünktlich«, meinte Manuel.

»Ja«, sagte ich leise.

»Wieder alles gut bei dir soweit?«

»Nein, das ist alles so komisch. Es wirkt einfach unecht.«

Nun packte er mich an beiden Schultern und sah mich direkt an.

»Ralf, geh doch ein wenig nach hinten und ruh dich eine halbe Stunde aus. Solange komme ich alleine zurecht. Es wird dir gut tun.«

Ich sagte nichts, drehte mich auf dem Absatz um, verließ den Raum und setzte mich kurzerhand auf die Bank, die nicht weit vom Ofen entfernt stand. Nun rieb ich mit den Händen über mein Gesicht. Das war zu viel für mich. Ich wusste nicht, weshalb er aussah wie ich oder weshalb es ihn nicht zu stören schien. Leise hörte ich, wie er die Ladentür entsperrte. Wir hatten geöffnet.

Je länger ich tatenlos herumsaß, desto schlimmer wurden die Vorstellungen von möglichen Ursachen. Dämonen, Geister oder gar Aliens kamen darin vor. Ich musste etwas tun. Gerade als ich aufstand, kam Manuel zu mir. Er sah mich besorgt aus meinem Gesicht an.

»Denkst du, du kannst arbeiten?«

»Jaja«, meinte ich und blickte an ihm vorbei.

»Na gut, du kannst sofort die Frau Kircher bedienen, sie ist soeben hergekommen. Du weißt ja, wie sie ist, sagt immer „ich schau noch", wenn sie am Ende doch ihr Vollkornbrot nimmt.«

Wie könnte ich meine alte Nachbarin vergessen, wo sie doch immer so fröhlich hereinspaziert? Mit einer leicht gebesserten Laune schob ich mich an Ralf-Manuel vorbei und trat hinter die Theke. Mir gegenüber stand ich und bestellte ein Vollkornbrot.

Panisch ruderte ich mit den Armen und rannte wieder zurück, wobei ich jedoch mit mir zusammenstieß. Manuel hielt mich fest und half mir wieder einen festen Stand zu erlangen.

»Hey, hey! Ralf, komm runter! Es ist doch nur deine Nachbarin!«

Doch ich war nicht ruhig zu bekommen. Die Panik stieg in mir auf.

»Was denn für eine Nachbarin bitte?«, brüllte ich, »Das bin schon wieder ich! Soweit ich weiß, bin ich männlich! Frau Kircher trägt außerdem immer ein Kleid und nicht MEIN Hemd und MEINE Hose!«

»Frechheit!«, ertönte meine Stimme hinter mir und auch Manuel meinte: »Sie darf sich doch so kleiden wie sie möchte. Also wirklich, Ralf.«

»Hallo? Sie sieht aus wie ich! Kapierst du es denn nicht?«, schrie ich erneut.

»Na und? Ich tue es doch auch«, sagte mein Freund, als sei es das normalste auf der Welt.

»Dann sehen der Bürgermeister und die Kindergartenkinder bestimmt auch aus wie ich?«

»Ja klar.«

»Was „ja klar"? Ich finde das jetzt nicht normal! Wieso sehen denn hier alle gleich aus?«

»So war es doch schon immer.«

»Wie jetzt? Warum denn?«

»Du kannst doch nicht fragen, weshalb jemand so aussieht.«

»Es macht keinen Sinn, wenn alle gleich aussehen!«

»So ist es aber.«

Es war, als ob ich mit einer Wand sprach.

»Gut, akzeptiert.«

Ich drehte mich um und beendete somit das Gespräch. Dann packte ich das Vollkornbrot ein und legte es auf die Theke. Ich erlebte nun zum ersten Mal, wie ich schnippisch mir selbst Geld auf den Tresen legte und hüftschwingend verschwand. Langsam wurde mir das echt zu blöd.

»Hier wird man doch wahnsinnig«, zischte ich.

»Hm?«, kam aus Manuels Richtung.

»Ach, nichts.«

Nach und nach kamen immer mehr Kunden, die ich namentlich kannte. Doch ihr Aussehen und auch das Geschlecht war verschwunden und stattdessen bediente ich reihenweise mich selbst. Ich hatte aufgehört darüber nachzudenken, aber trotzdem spürte ich, wie sich Verzweiflung in mir ausbreitete.

Schließlich wurde es Mittag und ich fragte Manuel: »Ich weiß, ich wäre heute mit dem Nachmittagsdienst dran, aber könntest du ihn bitte für mich übernehmen?«

Nachmittags blieb immer einer von uns beiden da und wurde von einer Aushilfe unterstützt. Schon bald würde eine der beiden Aushilfen, die Studentin Lea, eintreffen.

»Ich verstehe schon, du bist ganz schön neben der Spur. Ruh dich aus, damit du morgen wieder loslegen kannst.«

Ich bedankte mich und widmete mich wieder meiner Arbeit.

Eine weitere Kopie meiner selbst trat in den Laden.

»Hallo!«

»Hallo, wie kann ich helfen?«, fragte ich zurück.

Mein anderes Ich zog eine Grimasse.

»Ich bins doch, Lea.«

Ja super. Woher sollte ich das wissen, wo doch jeder einzelne Kunde vom Aussehen her exakt dieselbe Person war? Ich hielt mich zurück, sodass ich sie nicht anbrüllte, sondern übergab ihr (oder mir) wortlos meine Schürze.

»Bist du nicht heute dran, Ralf?«

Ich ignorierte ihre Frage, schnappte meine Jacke und ging stumm aus dem Laden. Auf meinem Heimweg sah ich nur mich, überall und in jedem Laden. Ich führte ein Restaurant, ich schnitt die Haare und ich spielte mit Kindern. Grausam. Ich senkte meinen Blick und beschleunigte meinen Schritt, sodass ich schnell nach Hause kam. Als sich die Tür hinter mir schloss, hörte ich meine Stimme aus dem Wohnzimmer.

»Schatz, schon fertig für heute?«

Ich hatte ganz vergessen, dass meine Freundin heute von ihrer Geschäftsreise zurückkehrte.

»Oh Gott nein!«, fluchte ich und wollte gerade wieder verschwinden, als sie in den Flur kam. Abermals sah ich bloß mich. Sie sprang mir um den Hals und schürzte die Lippen. Ich drehte meinen Kopf weg, sodass sie bloß meine Wange küsste.

»Was ist los?«, meinte sie.

»I-Ich will jetzt n-nicht«, stotterte ich.

»Ach komm.«

Sie knöpfte langsam das Männerhemd auf und meine Brust kam zum Vorschein.

»Gefällt dir was du siehst?«

Nun fuhr sie mit ihren Armen langsam an meiner Brust herunter. Das war zu viel für mich. So toll fand ich mich selbst dann doch nicht. Mit ganzer Kraft stieß ich mein anderes Ich von mir.

»Du bist nicht, für wen du dich ausgibst!«, brüllte ich und rannte aus dem Haus.

Panisch stürmte ich die Straßen entlang und mied jeglichen Blickkontakt mit mir selbst. Dieser Wahnsinn musste doch irgendwann enden. Am besten so plötzlich, wie er angefangen hat.

Bereits nach kurzer Zeit erreichte ich eine ruhige Stelle am Flussufer. Früher hatte ich mich gerne hier aufgehalten, es war so etwas wie ein Geheimversteck von mir und Manu gewesen. Erschöpft ließ ich mich auf einem Stein direkt am Wasser nieder. Wäre es nicht so kalt gewesen, hätte ich liebend gerne meine

Schuhe und Socken ausgezogen und meine Füße in das Wasser hängen lassen. Da dies jedoch nicht ging, zog ich meine Beine stattdessen an und hielt sie mit meinen Armen fest. Auf der anderen Seite des Ufers konnte ich zwei Gestalten im Schatten der Bäume ausmachen. Von der Statur her ähnelten sie mir. Ach, was dachte ich, natürlich waren sie sogar genaustens ich. Ich wandte meinen Blick ab und starrte auf das dahinplätschernde Wasser. Wenigstens die Natur spielte nicht verrückt.

Als die Sonne den Himmel bereits rot färbte, richtete ich mich auf. Meine Glieder schmerzten schon lange vor Kälte und ich zitterte unkontrolliert. Doch es war mir egal, solange ich nicht in mein Gesicht sehen musste, egal wohin ich blickte. Ich streckte mich, um etwas Leben in meine Beine zurückzubekommen und kehrte dem Fluss den Rücken zu. Keinen Meter vor meiner Nase befand sich meine Nase. Und der dazugehörige Körper. Mit einem Schrei machte ich einen Satz zurück, rutschte auf den Steinen weg und fiel in das seichte Wasser des Flusses. Das kalte Wasser drang in meine Hose. Noch immer im Wasser sitzend brüllte ich: »Was soll das? Wieso bist du hier? Verschwinde!«

Wie lange stand dieses Ich stumm hinter mir? Wer war das überhaupt?

»Was ist denn los mit dir? Du bist irgendwie nicht du selbst. Ist irgendwas vorgefallen?«, sagte meine Kopie mit besorgter Stimme.

»Alle hier sehen aus wie ich und reden mit meiner Stimme!«

»Was ist daran denn schlimm? Weißt du es denn nicht mehr?«

Mein nasser Sitz wurde mir zu blöd und ich entschied mich, aufzustehen. Mit triefnasser Hose trat ich ans Ufer.

»Was … Was weiß ich nicht mehr?«, wunderte ich mich.

Sie legte ihre Arme auf meine Schultern und sah mir tief in die Augen. Es war, als klebte ich mit dem Gesicht am Spiegel, ein Kindheitsspaß, aber der Ärger der Eltern, die den Fleck vom Spiegel bekommen mussten. Diese Spiegelgestalt atmete nun sanft aus und öffnete den Mund.

»Wir sind du, Ralf.«

Ich zog eine Grimasse.

»Wirklich jetzt? Dein Ernst?«

»Diese Welt entspringt dir ganz allein. Erinnerst du dich daran, als du dich nach einem sehr anstrengenden Tag auf offener Straße lautstark darüber beschwert hast, dass die Welt eine bessere wäre, wenn alle so wären wie du? Dieses egoistische Denken scheint jemand mitbekommen zu haben und dies ist nun deine Strafe dafür.«

Ich hob die Augenbrauen.

»Ist das nicht eher eine Strafe für euch alle?«

»Nun ja, für sie alle ist das, als sei es schon immer so gewesen. Daher-«

»Warte«, unterbrach ich sie, »SIE? Heißt das, du steckst hinter dem ganzen? Wer bist du überhaupt?«

»Ich bin du.«

Ich musste mir auf die Unterlippe beißen, um nicht loszubrüllen. Stattdessen stieß ich heiße Luft aus der Nase und öffnete den Mund, nur um ihn wieder zu schließen. Dann fragte ich erneut: »Wer bist du? Sag jetzt bloß nicht, du seiest ich. Das geht nicht. Ich bin ich und niemand anders.«

»Ich ... bin du.«

Wortlos stapfte ich an mir vorbei und lief immer weiter Richtung Straße. Dieses Gespräch brachte nichts, daher beendete ich es lieber, bevor ich die Beherrschung verlor.

»Lauf doch nicht weg, das ist unfreundlich.«

Der andere Ralf hatte zu mir aufgeschlossen.

»Unfreundlich ist es, mich hier zu verarschen. Meine Nerven sind am Ende, da brauch ich das echt nicht. Und jetzt kusch, weg mit dir.«

Er dachte nicht daran, sondern meinte stattdessen: »Mein Name ist Ralf Häuser.«

»Schön«, antwortete ich gleichgültig.

»Ich wohne schon mein ganzes Leben hier im Ort.«

»Supertoll.«

»Mein bester Freund ist Manuel Mann.«

»Ok.«

»Ich arbeite in einer Bäckerei und der Nachmittagsdienst macht am meisten Spaß, wenn die motivierte Lea anwesend ist.«

»Jaja.«

»Ich schaue noch immer vor dem Schlafengehen unter mein Bett, falls sich dort ein Monster befindet.«

Ich hielt inne und blieb stehen. Meine Augen weiteten sich.

»Woher …«

Niemand kannte diese Angewohnheit von mir, nicht einmal Manuel oder meine Freundin. Ich wusste, wie kindisch dies war, doch ich konnte unmöglich einschlafen, ohne nachgesehen zu haben.

»Glaubst du mir jetzt, dass ich wirklich du bin?«

Seltsamer Satz. Ich nickte vorsichtig.

»Aber wie kann es denn sein, dass-«

Ralf legte mir einen Finger auf den Mund, sodass ich verstummte.

»Ich bin hier, um dich zurückzuholen.«

»Zurück?«

»In die Realität. Deine Realität.«

»Wie du meinst.«

»Du bist in einer Welt in deinem Kopf, du wurdest verflucht.«

»Weil ich mich über andere beschwert habe?«

»Genau.«

»Äh … und wie komme ich hier wieder heraus?«

»Töte mich«, sagte Ralf und zog ein Messer hervor.

Verwirrt wich wich einen Schritt zurück.

»Ich bin die Tür aus dem Fluch heraus. Du musst dich gegen dich selbst stellen, um zu entkommen. Nicht immer nur so egoistisch sein.«

»Und dann?«, fragte ich und packte zögernd das Messer am Griff.

»Wirst du wieder aufwachen und dein Leben wie zuvor weiterleben.«

»Wer … Wer hat mich denn verflucht?«

Ich sah mich doof an.

»Woher soll ich das wissen, ich bin doch nur du.«

Aha. Aber die ganze Story mit dem Entkommen kannte er? Er konnte mich wirklich zur Weißglut treiben.

»Mach's!«, rief Ralf. Ich ließ mein Handgelenk kreisen und stieß dann zu. Als das Blut über meine Hand floss, lachte der andere Ralf mich an.

»Siehst du? Du musst auch nur mal selbst etwas opfern, nicht immer nur verlangen. War doch nicht so schwer!«

Dann sackte er zusammen, sodass ich ihn stützen musste. Langsam löste er sich auf. Nie wieder würde ich mich selbst herumlaufen sehen. Der andere Ralf hatte recht gehabt. Mit allem. Schleunigst und mit gesenktem Blick begab ich mich nach Hause, wo ich mich kommentarlos an meiner nun wieder weiblichen Freundin vorbeischob und mich schlafen legte.

Als ich am nächsten Tag den Spiegel passierte, zuckte ich kurz zusammen. Im Ärger über meinen Schreck erkannte ich, wie gut es doch war, dass alle Menschen so unterschiedlich waren.

Zu Besuch

»Warum befinden Sie sich in meiner Küche?«, kreischte ich, kaum dass ich meine Wohnung betreten hatte. Meine Wohnung war nicht besonders groß, da ich erst vor zwei Jahren aus meinem Elternhaus ausgezogen bin. Ich hatte eine Arbeitsstelle und konnte davon leben. So baute ich mir langsam mein eigenes Leben auf. Ich war nicht mehr die kleine Tochter meiner Eltern, die sie noch oft in mir sahen. Nur der passende Partner suchte scheinbar noch das Weite.

Es war ansonsten ein ganz normaler Tag gewesen bis … nun ja … er dort saß. Der Mann hatte graues Haar, das in schmierigen Strähnen herabhing, seine Haut war faltig und seine spitze Nase hob sich eindeutig von den dunklen Augenhöhlen ab. Die Augen selbst konnte ich kaum sehen. Besonders fiel mir auch seine schiere Größe auf. Selbst sitzend auf einem meiner beiden Stühle am Esstisch, befand er sich auf Augenhöhe mit mir. Zugegeben, ich war mit meinem 1,64 m großen Körper kein Riese, aber er war es sehr wohl. Er musste über 2 Meter groß sein. Seine Kleidung beschränkte sich auf ein schwarzes Hemd und eine schwarze Hose. Seine Füße lagen blank.

An diesem Nachmittag stand ich nun dort mit geballten Fäusten und schrie ihn panisch an. Meine Einkaufstaschen voll mit Lebensmitteln lagen auf dem Boden zu meinen Seiten, Tomaten rollten herum.

Er reagierte nicht, nicht mal blinzeln tat er. Meine Angst wandelte sich zu Wut.

»Hallo? Sind Sie schwerhörig? Das hier ist MEINE Wohnung, also verschwinden Sie!«

Wieder nichts. Er saß einfach kerzengerade da, die Arme artig auf den Tisch gelegt und sah mich an.

»Wie sind Sie überhaupt hier hereingekommen?«

Ich war mir sicher, beim Verlassen meiner Wohnung immer gründlich die Tür abzuschließen und nochmals sicherer, dass ich sie vor etwa einer Minute aufschließen musste. Durch ein Fenster konnte er schlecht kommen, denn ich wohnte im 4. Stock eines Mehrfamilienhauses.

»Ich rufe die Polizei!«, drohte ich und zückte mein Smartphone. Keine Reaktion. Ich wählte zum ersten Mal in meinem Leben die 110 und … mein Finger schwebte über dem grünen Hörersymbol. Einige Sekunden verstrichen, in denen ich, ohne selbst zu atmen, dem leisen und gleichmäßigen Atem des Mannes lauschte. Ich spürte, wie sein Blick auf mir ruhte. Während ich die Luft ausstieß, drückte ich auf „löschen" und schob das Handy zurück in meine Hose. Ich hatte keine Ahnung, weshalb ich so entschied. Vielleicht war es die Neugier, vielleicht auch der Stolz? Ich tippte auf eine übermenschliche Macht.

Entschlossen ging ich einige Schritte auf den Mann zu. Vergebens wartete ich eine Weile auf eine Reaktion. Nun streckte ich meine rechte Hand aus und fuchtelte vor seiner Nase herum.

»Hallo? Jemand zuhause? Sag doch mal was, anstatt so hässlich zu glotzen!«, spottete ich. Konnte dieser Mann überhaupt blinzeln? Einige Zeit fuchtelte ich vor ihm rum, bevor ich einige Grimassen schnitt und mich dann wieder meinem Einkauf widmete. Als ich am Tisch vorbeiging, um alles in der Küche abzuladen, wanderten zunächst seine Augen mit, dann sein ganzer Kopf. Er bewegte sich ja doch! Während ich einen Meter hinter ihm den Kühlschrank öffnete, hatte er den Schädel bis zum Anschlag gedreht. Ich wusste, dass ich mich in seinem toten Winkel befand. Kurz darauf verließ ich Küche und Esszimmer, um ins Bad zu gehen. Zu meiner Enttäuschung war er bei meiner Rückkehr noch immer da.

»Hatte gehofft, du wärst verschwunden.«

Er sah mich einfach weiter stumm und regungslos an. Ich holte ein Tiefkühlgericht aus der Kühltruhe und steckte es in die Mikrowelle.

»Gibt es einen Grund für deinen Besuch?«, fragte ich, während das Gerät hinter mir durchgehend brummelte.

»Du bist kein Mensch, oder?«

Keine Antwort, was auch sonst. Ich setzte mich kurzerhand mit meinem Essen ihm gegenüber an den Tisch und begann die Suppe zu löffeln. Schmatzend deutete ich mit dem Löffel in seine Richtung.

»Was zu Essen bekommst du übrigens nicht, wenn du nicht den Mund aufmachst.«

Plötzlich fiel mir ein, vor lauter Gedanken die Hände nicht gewaschen zu haben und eilte zurück ins Bad. Als ich wiederkam, war die Plastikschale der Suppe leer. Und zwar so leer, als wäre sie nie mit Suppe gefüllt gewesen. Blitzeblank. Verwirrt sah ich in die gähnende Leere. Niemand konnte so schnell die Schale leerschlingen und sie auch noch auswaschen.

»Warst du das, alter Mann?«

…

»Ich weiß, dass du es warst.«

Genervt stellte ich die nächste Suppe in die Mikrowelle und erwärmte sie. Ich nahm Platz und legte einen frischen Löffel in die Suppe.

»Wenn du das warst, mach es nochmal!«, forderte ich ihn auf. Nichts geschah. Ich löffelte meine Suppe in mich hinein und entsorgte danach beide Schalen. Ich drehte meinen Stuhl in Richtung des Wandfernsehers, sodass ich nun mit dem Rücken zum Mann saß. Mit der Fernbedienung in der Hand drehte ich mich um und meinte: »Was wollen wir denn schauen? Worauf hast du Lust?«

Lust auf gar nichts, was ein Wunder. Somit schaltete ich eine X-beliebige Quizshow ein, in welcher immer wechselnde Kandidaten ins Wasser fielen, sollten sie eine falsche Antwort geben. Es wurde dunkel draußen und der letzte Kandidat kam an die

Reihe. Eine Werbepause wurde eingeschoben. Müde schaltete ich den Fernseher aus und streckte mich.

»Zeit zu schlafen, was? Komm ja nicht auf die Idee, dich zu bewegen und schon gar nicht, in mein Zimmer zu kommen.«

Ich machte mich bettfertig und schloss mich in meinem Zimmer ein. Zur Sicherheit schob ich noch eine kleine Kommode vor die Tür, sodass ich meine Ruhe haben konnte. Beim Einschlafen hörte ich, wie der Fernseher wieder anging und der letzte Kandidat seine Frage falsch beantwortete.

Als ich früh am nächsten Morgen in die Küche ging, schmierte ich mir mein Frühstücksbrot und legte auch dem Mann eine Scheibe vor die Nase. Nachdem ich gegessen hatte, verließ ich das Zimmer, nur um sofort wieder hineinzuspringen. Der Mann hatte sich ebenso viel bewegt wie das Brot. Ich hatte jedoch keine Zeit, ewig hier herum zu kaspern, daher zog ich meine Jacke an und trat an die Wohnungstür. Auf einmal hatte ich einen Einfall und stürmte zurück in mein Schlafzimmer, wo ich hinter einem Schrank einen relativ großen Aufstellspiegel hervorzog. Ich schleppte ihn unter dem Arm in die Küche und ersetzte das nun fehlende Brot mit dem Spiegel.

»Damit du nicht zu einsam bist. Hier kannst du sehen, wie hässlich du bist.«

Kichernd über meinen genialen Einfall verließ ich die Wohnung.

Abends, nach dem Eintreten in meine Wohnung sah ich zunächst nach, ob mein seltsamer Gast noch immer anwesend war. Ängstlich blieb ich stehen und schlug mir die Hand vor den Mund. Ja, der Spiegel stand noch und der Mann war auch noch anwesend. Zumindest das, was von ihm übrig war. Seine linke Körperhälfte hatte sich braun verfärbt und hing schlaff herab, so als wäre sie geschmolzen. Das Auge hing auf seiner Wange und der Mundwinkel küsste die Schulter. Die Kleidung auf dieser Körperhälfte war löchrig und zerrissen. Ein Gestank der Verwesung erfüllte meine Küche. Abermals holte ich mein Handy hervor. Mit zitternden Händen wählte ich die Notrufnummer und hielt wieder inne. Was sollte ich den Leuten am anderen Ende erzählen? „Hallo, hier sitzt seit gestern ein Mann in meiner Küche und jetzt fällt er auseinander. Könnt ihr den wegholen oder so?"

Das Handy fiel aus meiner Hand und blieb scheppernd auf dem Boden liegen. Ratlos rannte ich in mein Zimmer, wo ich mich verbarrikadierte und den restlichen Tag darin verbrachte, bis ich irgendwann spät zusammengekauert einschlief.

Am nächsten Morgen hatte ich den Horror des Vortags fast vollständig verdrängt, doch als ich morgens in die Küche trat, wurde ich vom Gestank fast erschlagen. Der Mann, nun mit dem Kopf auf dem Tisch liegend, faulte nun auf beiden Seiten. Er hatte eine schlammbraune Farbe angenommen und sein Fleisch floss förmlich von den Knochen, welche hier und da sichtbar wurden. Beide Augäpfel lagen wie Stilaugen auf dem Tisch und hinter ihnen bildete ich eine Lache aus zerronnenem Fleisch. Der Schädel war deutlich zu sehen. Die Kleidung fehlte.

Als ich mich dem Würgereiz ergeben musste, stolperte ich ein paar Schritte in den Raum hinein, bevor ich mich erbrach. Ich erschrak fürchterlich, als die Augen sich dann langsam zu mir drehten und mir beim Kotzen zusahen. Das Ding war nicht einmal tot. Mein Schrei erstickte in einem Schwall Erbrochenem, bevor ich zitternd zusammenbrach.

»Geht es ihnen gut, junge Dame?«, sagte eine freundliche, männliche Stimme zu mir. Ich roch noch immer meinen

Mageninhalt. Ein junger Kerl, den ich zwei, drei Mal in den Fluren gesehen hatte, blickte auf mich herab.

»Denke schon«, sagte ich langsam.

»Ich wohne unter Ihnen und habe einen Schlag gehört und ich musste einfach nachsehen, ob bei Ihnen alles in Ordnung ist. Die Tür stand offen. Sie lagen in ihrer … Äh … da drin und waren bewusstlos. Ich habe Sie daher in Ihr Bett getragen und die Sauerei aufgewischt.

»Die GANZE Sauerei?«, frage ich mit einem Zittern in der Stimme.

»Ja klar, wäre ja auch komisch, etwas übrigzulassen. Sie haben sich bestimmt eine Krankheit eingefangen.«

Ich sagte einfach nichts und sah zu, wie er aus meinem Zimmer ging. Kaum war er draußen, stand ich auf und schlurfte in die Küche. Der Gestank war verschwunden und auf dem Tisch vor dem Spiegel lag eine Backform mit einem Auflauf darin. Hackfleisch und Kartoffeln, stellte ich fest. Selbst jetzt, wo der seltsame Mann nicht mehr hier war, hatte ich das Gefühl, beobachtet zu werden. Doch diesmal war es der Auflauf, der mich anstarrte. In dem Hackfleisch befand sich tatsächlich ein Auge. Kreischend schlug ich die Backform, welche vom Tisch fiel und zersprang. Kartoffeln und Hackfleisch verteilten sich in der gesamten Küche. Auf dem Tisch, wo vorher der Mann und dann der Auflauf lag, befand sich nun ein Zettel.

„Vielen Dank, dass Sie mich beherbergt haben. Ich musste leider bereits gehen, da Sie anderen Besuch bekommen haben. Somit Hinterlasse ich ihnen meinen Leib als Gericht. Ich werde ihr Etablissement als Ferienort in der Unterwelt empfehlen. Ich konnte meinen seelenlosen Körper in aller Ruhe fließen lassen. Gerne wieder. Gruß H."

Eine Stimme von draußen

Sie war kaum hörbar und doch weckte sie mich aus meinem Schlaf. Mein Wecker zeigte 2:53 an – höchste Zeit, nicht mehr wach zu sein. Zumindest nicht, wenn ich am nächsten Tag arbeiten musste. Warum war ich nur hellwach? Ach ja, die Stimme. Ich kletterte aus dem Bett und schlüpfte fast automatisch in meine rosa Plüschpantoffeln. Sanft schob ich den Vorhang in meinem Zimmer beiseite und blickte hinunter auf die verkehrsberuhigte Straße. Wären die Personen auf dem Gehweg direkt an dem Haus, das ich mir mit einer großen Familie teilte, vorbeigelaufen, so hätte ich sie vermutlich nicht einmal gesehen. Doch das taten sie nicht. Ich blickte auf die 3 dunklen Gestalten auf der gegenüberliegenden Straßenseite. Sie waren verhüllt und ihre Gesichter aufgrund ihrer Kapuzen nicht erkennbar. Die Person, die den Trupp anführte, hatte langes, weißes Haar, das sich von der dunklen Kleidung abhob und unter der Kapuze hervorkam. Das war sicher kein Grund zur Beunruhigung, doch die beiden anderen Mitglieder trugen einen langen, schwarzen Stoffsack zwischen sich. Deutlich erkannte ich, dass der Beutel jeweils an den Armen und an den Beinen des Menschen darin getragen wurde. Ich wusste sicher, dass es ein Mensch sein musste. Immerhin konnte ich im Schein der Laternen, welcher die Gesichter der Lebenden verbarg, die Umrisse der toten Person im Sack klar erkennen. Arme, Beine, Schultern und Schädel. Ganz klar.

Ich schüttelte den Kopf. Was machte ich mir hier mitten in der Nacht für Gedanken? Und wer sagte denn schon, dass sich in dem Sack wirklich eine Person befand? Und selbst wenn, tot war sie bestimmt nicht. Sowas passierte nur in Krimiserien. Ich realisierte, dass ich am ganzen Leib zitterte. Ich konnte dennoch nicht anders und blickte wieder auf die drei Leute mit ihrem Beutel, die sich inzwischen langsam, aber stetig der Sackgasse näherten. Dahinter befand sich nur noch der alte Wald, in dem ich früher mit meinem Vater versteckten gespielt hatte. Die Anführerin murmelte erneut: »Was tot ist, träumt nur.«

Diese Worte hatten mich beim ersten Mal meines Schlafes beraubt. Sie sprach nicht laut, doch ihre Stimme drang seltsamerweise deutlich durch die Wände des Hauses, fand mein Ohr und drang hinein. Diese Worte waren für mich bestimmt. Schweiß lief über meine Stirn. Nervös griff ich in meine schwarzen Locken und schlang sie wiederholt um meine Finger. Warum nur konnte ich den Blick nicht abwenden? Warum hörte ich diese Worte? Und warum war ich verdammt nochmal nicht mehr müde? Die Gestalten verließen die geteerte Straße und erreichten somit die ersten Bäume. Von nun an gab es keine Beleuchtung mehr und der einzige Weg war ein alter Trampelpfad, der sich jedoch auch nach etwa einem Kilometer im Wald verlor. Da das Licht nicht mehr auf die Leute fiel, sah ich nur noch die silbernen Haare der Anführerin, bevor auch diese kein Licht mehr zurückwarfen. Ängstlich drehte ich mich um die eigene Achse. Ich wollte doch nur schlafen. Nein, erst sollte ich die Polizei rufen, da stimmte noch etwas nicht. Plötzlich kam ein Wille in mir auf, der sich allem, was man mir je beigebracht hatte, widersetzte.

„Geh nicht in den dunklen Wald."

„Gehe nicht mit fremden Menschen mit."

Ich wollte ihnen folgen. Es war meine Aufgabe, sie abzuhalten. Ich musste sehen, was sie vorhatten! Gepackt von dieser Kraft zog ich mein Nachthemd aus und einen dunkelgrünen Kapuzenpulli und meine abgetragene Jeans an. Nachdem ich meinen Schlüssel und mein Handy in einer kleinen Handtasche verstaut hatte, ging ich in den Flur und zog mir nach einem schnellen Blick auf das Außenthermometer meine Winterjacke an. -

3°C. Winter. Ebenfalls zog ich mir eine schwarze, sehr warme Mütze mit rosa Bommel und die Bikerhandschuhe, die mein Freund bei mir vergessen hatte, an.

Die Tür fiel hinter mir ins Schloss und ich atmete die kalte Nachtluft ein. Nach einem kurzen Moment der Stille begann ich zügig zu laufen. Als ich den Waldrand erreichte, hielt ich kurz inne und kramte mein Handy aus meiner Tasche hervor. Ohne Licht würde ich im Dunkeln nichts sehen können. Dummerweise hatte ich vergessen, mir eine Taschenlampe mitzunehmen, doch das war nicht weiter schlimm. Ich aktivierte die Taschenlampenfunktion des Geräts und setzte den ersten Fuß auf den Waldpfad. Der gefrorene Boden knisterte unter meinen Sohlen, während ich in den Wald ging. Der Lichtschein der sicheren Straße hinter mir wurde schwächer und schwächer. Als der Weg einen Knick tat, verschwand auch der letzte Schimmer. Im schmalen und schwachen Kegel meines Handylichts folgte ich dem immer schmaler werdenden Pfad. Wie die seltsamen Leute wohl hier entlanggefunden hatten? Sie konnten doch unmöglich etwas im Dunkeln sehen. Der Mond traute sich heute Nacht nicht hinter den Wolken hervor. Ein Rascheln ertönte dicht neben mir und als ich erschrocken stehen blieb, huschte ein kleines Tierchen davon. Ich ließ meine angespannten Schultern sinken und atmete durch. Zweifel an meinem Vorhaben kamen auf, doch sie erstickten im Keim, als ich meinen Weg fortsetzte. Ein Vogel kreischte in der Ferne und ich bekam Gänsehaut. Panisch drehte ich mich um die eigene Achse und suchte nach der Quelle des Geräuschs. Der Pfad verlor sich unter mir und ich ging geradeaus zwischen den Bäumen und Büschen weiter. Ich hoffte bloß, dass ich auch zurückfinden konnte. Wieder schrie der Vogel, nun deutlich näher. Immer und immer wieder.

»Hör auf, dreh um! Tu das nicht!«, sollten seine Schreie bedeuten.

»Sei doch einfach leise«, flüsterte ich in den Kragen meiner Jacke. Das gefrorene Laub brach unter meinen Schuhen und ich schob mich dicht zwischen zwei kahlen Bäumen hindurch. Der Vogel kreischte erneut, nun direkt über mir. Ich zuckte zusammen, einmal, da der Vogel so laut war, und ein weiteres Mal, da er mitten im Schrei abrupt verstummte. Mein Herz schlug schnell und der Lichtkegel meines Handys zitterte in meiner unruhigen Hand. Ich sank auf die Knie. Laub raschelte. Eine Träne der Angst rollte über meine Wange. Hier war ich nun mitten im Wald und werde sterben, keine Zweifel. Doch die seltsame Energie in mir ließ nicht nach. Ich war hellwach. Irgendwie schaffte ich es auf die Beine und stand einige Sekunden lang schwankend herum, bis ich mich wieder in Bewegung setzte.

»Stopp!«, raunte eine leise Stimme von unten. Sie kam mir bekannt vor. Zitternd drehte ich mich langsam nach links und senkte das Handy, um zu sehen, wer da mit mir sprach. Ein spitzer Schrei entfuhr mir und ich ließ das Handy fallen. Es landete mit der Lampe nach unten, sodass alles finster wurde. Nur ein kleiner Lichtkreis um das Handy schien durch das Laub, jedoch nicht genug um etwas anderes zu beleuchten. Doch ich wusste, was dort vor mir lag. Das Bild hatte sich in mein Gehirn eingebrannt, sodass ich es trotz fehlendem Licht noch immer sah. In einer Lache aus Blut lag die silberhaarige Frau. Die Kleidung war nicht mehr vorhanden. Ihre Beine hatte man knapp über den Knien abgetrennt, sodass nur noch einzelne Sehnen als Verbindung zu den darunterliegenden Beinen dienten. Ihr linker Arm fehlte und der Schulterknochen ragte aus der Wunde hervor. Auf ihrer Brust prangte ein in das Fleisch geritztes Symbol, das an einen Flügel erinnerte.

Ich schlug die Hände vor dem Mund zusammen und stolperte ein paar Schritte zurück. Meine Tasche rutschte mir aus der Hand und landete auf dem Waldboden, wo sie für immer bleiben sollte.

»Vorsicht, du fällst noch über meinen Arm«, keuchte die Frau. Sie litt eindeutig unter Schmerzen. Ich wimmerte vor mich hin, zuckte mit dem Kopf hin und her und versuchte dieses grausame Bild aus meinen Gedanken zu bekommen. Plötzlich blendete mich ein Licht. Die Frau hatte, noch immer liegend, mein Handy mit ihrem intakten Arm aufgehoben und richtete es nun auf mich.

»Komm schon. Nimm es. Ich tue dir nichts und bald bin ich ohnehin tot.«

Ich schirmte meine Augen mit einer Hand ab und streckte die andere aus, während ich voranging, bis ich das Mobiltelefon zu greifen bekam. Schlaff ließ die Frau ihren Arm in das Laub fallen. Es blieb mir nichts anderes übrig, als voller grausamer Neugier den Lichtkegel wieder auf sie zu lenken. Verflucht, wieso konnte ich nicht einfach wegsehen? Ich unterdrückte geradeso einen weiteren Schrei und zwang mich dann nicht nochmal das Handy fallen zu lassen oder mich wegzudrehen. Die Wunden hatte ich mir beim ersten Blick erstaunlich gut eingeprägt, doch diesmal blickte ich ihr auch in das Gesicht. Die Kapuze war natürlich mit der Kleidung zusammen verschwunden. Während der Körper auf eine Frau mittleren Alters schließen ließ, hatte sie das Gesicht einer Jugendlichen. Keine Falten, eine kleine Nase und geschwungene Lippen. Doch ihre Augen waren milchig, hatten keine Iris und nur eine kleine Pupille in deren Mitte. Sie wirkten irgendwie tot.

»W-Was ist p-p-passiert? Wer bist du?«, stotterte ich.

»Mein Name spielt keine Rolle mehr. Meine Begleiter haben mich zerrissen und zurückgelassen, ganz wie es vorgesehen war.«

Die Frau drückte sich mit ihrem verbliebenen Arm in eine aufrechtere Position.

»Soll ich dich verbinden? Einen Krankenwagen rufen?«, platzte es aus mir heraus.

»Nein. Lass alles, wie es ist. Die Pfleger wären ohnehin nicht mehr rechtzeitig hier. Ich wusste, dass es geschehen würde. Ich wusste, dass ich nochmals sterben musste. Ich wusste, dass ich nicht fliehen konnte, sonst würde der Kreislauf niemals enden. Deshalb habe ich dich gewählt und zu mir gerufen und du bist gefolgt.«

Da ich sie nur ängstlich und planlos anstarrte, sagte sie: »Wir haben keine Zeit zu verlieren, mir bleibt nicht viel Zeit, bevor der letzte böse Tropfen Blut aus meinem Körper entweicht. Ich muss dir noch den Weg weisen. Trägst du mich Huckepack?«

Langsam nickte ich, doch eigentlich wollte ich nicht.

»Wenn der Vogel noch schreien könnte, würde er es jetzt wohl tun«, dachte ich. Zittrig schob ich einen Arm unter den Oberkörper der Frau, hob sie ein wenig an, wobei die letzten blutigen Sehnen an den Beinen rissen und die Beine sich endgültig vom Körper verabschiedeten. Ich wuchtete sie auf die Beinstümpfe und drehte ihr den Rücken zu. Sie stöhnte unter Schmerzen, als sie ihren Arm um meine Schulter schlang und ich einen Arm nach hinten bewegte, um sie am Hintern zu stützen. In der anderen Hand umklammerte ich mein Handy so fest, dass meine Knöchel weiß hervortraten. Ihre Finger befanden sich bedrohlich dicht an meinem Hals. Während ich sie durch den finsteren Wald trug, bekam ich immer mehr das Gefühl, einen Teil des Waldes zu betreten, der normalerweise nicht existierte. Immer wieder tropfte ein großer Tropfen Blut hinter uns auf den Boden und legte so eine Spur.

»Ich war die Sekretärin eines Bankkaufmannes, doch kaum hatte ich ein Jahr lang gearbeitet, versagte unerklärbar mein Herz und ich starb auf dem Heimweg«, erzählte die Frau ohne jede Vorwarnung.

Davon hatte ich gehört. Mein kleiner Bruder ging auf die Grundschule, als zwei Jungs aus seiner Parallelklasse die Leiche einer Frau entdeckten. Das Ganze kam auch in den Fernsehnachrichten. Es war nun bereits fünf Jahre her.

»Du lügst doch. Du kannst unmöglich damals gestorben sein«, sagte ich laut, um es mir selbst einzureden. Die Präsenz des Waldes wurde drückender, geradezu bösartig. Hier war schon lange kein Mensch mehr gewesen.

»Ich bin damals aber gestorben. Diese Leute gruben meinen Körper aus und brachten ihn vor fünf Jahren genau hier her. Ich hätte tot bleiben sollen, doch diese Leute wollten es nicht beruhen lassen. Sie brauchten einen neuen Anführer und hatten mich ausgewählt, da ich zum richtigen Zeitpunkt starb und zudem noch jung war. Ich weiß nicht, wie sie mich wiedererweckten, doch ich weiß noch genau, wo. Auf dem Rückweg in ihre verdammten Höhlen sah ich die verstümmelte Leiche des alten Anführers. Und heute ist der Tag, an dem ich mein Leben geben muss, damit der nächste den Posten einnimmt. Wir gruben ihn vor ein paar Stunden aus. Du hast doch den Sack gesehen?«

»Wenn du doch die Anführerin warst, warum kannst du dich dann nicht widersetzen?«, fragte ich außer Puste.

»Macht habe ich absolut keine. Die Hohepriester des Kultes, die beiden Männer, die den Sack trugen und mich verstümmelt haben, sind die eigentlichen Machthaber in der Sache. Sie erweckten mich von den Toten, damit ich ihr Sprachrohr in die

Unterwelt bin und so die Botschaften der Apokalypse verkünden kann. Totaler Blödsinn, den ich willenlos von mir gab. Die anderen Kultmitglieder verehrten mich als Gottheit und ich tat, was man mir befahl. Es war ein Ziehen in meinem tiefsten Inneren, das meinen Willen jahrelang überschattete. Doch mein Wille kehrte vor ein paar Tagen zurück, zu früh, wenn es nach den Priestern gehen würde. Normalerweise hätten sie mich austauschen wollen, bevor dies geschieht. Ich spielte meine Rolle weiter und suchte einen Ausweg. Bei einem Fluchtversuch hätten sie mich sofort getötet und es hätte sich nichts geändert. Ich trat also meinen letzten Weg vom Friedhof hierher an und rief nach einer Person, die mir helfen konnte. Es hat dich getroffen. Verhindere um jeden Preis, dass sie den Toten wiedererwecken, es nimmt sonst kein Ende ... Jetzt links!«

Ich drehte mich nach links und ging weiter. Der Boden vor mir glänzte Feucht im Licht. Mein Schuh versank fast vollständig unter meinem Gewicht im Schlamm. Er war warm.

»Das Moor wird dich durchlassen«, brachte die Frau hervor. Ihre Wortflut war versiegt und die Kraftreserven wurden knapp.

»Merke dir eines: Wenn dich jemand außer mir im Moor anspricht, antworte nicht. Das sind sowieso nur die Stimmen von einer Party drüben auf der anderen Seite ... des Waldes. Halte den Blick stets nach vorne und schau dich niemals um.«

»Aber ...«

»Nicht antworten! Nicht umschauen! Verstehst du?«

Stille trat ein. Schmatzend und blubbernd an den Füßen ging ich Schritt für Schritt vorwärts. Mühevoll schleppte ich mich durch den Schlamm, der mich verschlingen wollte.

»Noch was«, sagte sie mit inzwischen rauer Stimme, »wenn ich sterbe, etwas an mir zieht oder ich dir zu schwer werde, dann lass mich fallen. Hinterfrag es nicht, bitte.«

Ich nickte angespannt dreimal. Der Atem der Sterbenden ging nur noch schwerfällig und rasselnd.

Nach ein paar Metern merkte ich, wie sie erschlaffte und ihr Kopf nach vorne kippte. Die Stirn prallte auf meine Schulter und ihr silbernes Haar hing in mein Gesicht. Es roch nach Asche. Ich biss die Zähne aufeinander, ging in die Hocke und ließ die Leiche hinuntergleiten. Rücklings landete sie im Schlamm, der sie blubbernd in sich aufnahm. Ich richtete mich auf, drehte mich um und blickte auf die nun geschlossenen Augen des schönen Gesichts. Als nur noch ihre Haare auf der Brühe schwammen, wandte ich mich ab und ging davon. Die Erinnerungen an das kurze, aber schmerzhafte Leben der Frau schwirrten durch meinen Kopf. Sie hatte ausgerechnet mich gerufen und meinen Willen unterdrückt, um mich in den Wald zu locken? Mit gesenktem Kopf und nach vorne gerichtetem Licht kämpfte ich weiter gegen das widerspenstige Moor an.

»Brauchst … du … Hilfe?«, zischte eine Stimme, die wie ein Windstoß herangetragen wurde. Ich ging stumpf einfach weiter. Nicht antworten.

»Du … solltest … zurückgehen.«

Nicht umdrehen. Ich wollte nicht mal wissen, was mir dort in den Nacken flüsterte.

»Was … machst … du … hier … so … allein?«

Nicht Antworten. NICHT ANTWORTEN. Nur Partygäste, total langweilig.

»Stella …«

Oh nein, es kannte meinen Namen? Nicht! Antworten! Nein! Ich formte eine Art Singsang in einem Kopf daraus. „Nicht antworten, nein bloß nicht, nicht Antworten …"

Als mein Fuß wieder festen Boden berührte, verließ ich meine Trance und schon bald sah ich ein flackerndes Licht zwischen den Bäumen. Ich deaktivierte die Taschenlampenfunktion des Handys und näherte mich langsam. Die zwei bis zur Unkenntlichkeit verhüllten Kapuzenmänner standen dort, neben einem im Boden steckenden Spaten und einer Grube, die allem Anschein nach mit diesem gegraben wurde. Der eine hielt eine Fackel, welche das Licht verströmte, der andere Schnitt mit einer Sichel an der Person im Sack herum und murmelte unverständliche Verse. Dann richtete er sich auf und übernahm die Fackel, sodass sie die Plätze wechselten. Ich war nun nah bei ihnen angelangt, aber hielt mich versteckt. Dem Toten wurde in die unzähligen Schnitte in seinem Körper eine Flüssigkeit aus einer Phiole gegossen. Er nickte seinem Partner zu, welcher daraufhin den Stil der Fackel in den Boden rammte und sie so zurückließ. Gemeinsam packten sie den offenen Sack und warfen ihn in die Grube. Mit dem Spaten begann einer, die Grube zu verschütten.

»Verhindere es um jeden Preis«, hallten ihre Worte in meinem Kopf herum. Ihr friedliches, totes Gesicht, die Stimmen und dieses Ziehen in meinem Körper brachten mich dazu, dass ich nun auch wollte, dass diese beiden Männer nicht länger ihr Werk tun konnten. Ich hatte die Chance, es zu ändern. Was ich nun tat, war mein ganz eigener Wille.

Die Grube war schon fast voll, da gab ich mir einen Ruck, schlich zur Fackel, zog sie leise heraus, legte die paar Meter zum Mann ohne Spaten im Sprint zurück und schlug ihm die Flamme auf den Kopf. Sein Mantel fing sofort Feuer. Der Mann mit dem Spaten sah mich kurz an und fuhr dann etwas schneller fort. Der Brennende drehte nun langsam seinen Kopf, aber nur seinen Kopf, um 180° zu mir um. Unter der tiefhängenden Kapuze konnte ich nur sein schiefes Grinsen sehen. Panisch schrie ich auf und schlug immer wieder planlos mit der Fackel auf das grinsende Gesicht. Endlich folgte der Körper dem Kopf mit einer Drehung und dann … fiel der große Mann auf mich. Die Flammen leckten an meiner Jacke, Mütze und Hose. Zum Glück brannte meine Kleidung nicht so einfach wie die des Mannes. Ich kämpfte verzweifelt gegen sein Gewicht an, doch ich schaffte nicht, ihn wegzudrücken. Die Fackel splitterte und ehe ich mich versah, hatte ich den abgebrochenen Holzstab in den Kopf der menschlichen Flamme auf mir gerammt. Ein Schwall Blut schoss auf mein Gesicht, wo es durch die Hitze trocknete. Den schlaffen Körper konnte ich nun von mir rollen und voller Adrenalin sprang ich auf. Meine Atmung und mein Herz lieferten sich ein Wettrennen. Die kleineren Flammen, die um meine Kleidung tanzten, waren mir egal. Mit zornigem Gebrüll rammte ich den dünneren Priester und versuchte ihn mit der Schulter zu Boden zu rammen. Er wich jedoch mit geradezu übermenschlichen Reaktionen aus und während ich ins Leere stolperte, hob er den Spaten und schmetterte ihn mir seitlich gegen den Kopf. Ich vollführte eine Dreivierteldrehung und fiel vornüber. Der Schmerz benebelte meinen Verstand und der metallische Klang des Aufpralls hallte mir durch den Kopf. Meine linke Wange schrammte über den kalten Boden. Ich schmeckte Blut und realisierte, dass ich mir beim Fallen auf die Zunge gebissen hatte. Zudem bildete sich ein kleines Rinnsal, welches von einer Wunde über meinem rechten Ohr über meine Wange und mein Kinn floss, bis es ihm Boden versickerte. Das Feuer hörte auf, meine Kleidung zu vernichten und erlosch. Viel war ohnehin nicht mehr übrig. Es war mehr weniger Haut bedeckt als unbedeckt. Der Mann über mir richtete die Spitze des Spatens auf meinen Hals und wollte gerade zustoßen, als der Boden erbebte und er ins Straucheln kam. Doch da war noch ein anderes Geräusch. Ein Schaben. Jemand grub sich an die

Oberfläche. Das frische Grab schien zu vibrieren. Ein rotes Licht flammte aus einem Riss in der Erde, während dieser immer weiter aufbrach. Schauriges Gelächter drang aus dem Moor zu mir. Zuerst brach eine Hand durch den Boden, dann die andere und schon schob sich der Kopf an die Oberfläche. Es war ein Junge, dessen Augen ebenso tot waren, wie die der Frau. Sein Haar war weiß und seine Haut glatt. Mühsam wuchtete er sich heraus und krabbelte einige Schritte auf allen vieren, bevor er langsam aufstand.

»Zu früh!«, fluchte der Priester.

»Der Draht zur Unterwelt ist nicht stark genug! Ich will doch keinen Zombie haben, den ich nicht kontrollieren kann und der keine Botschaften spürt … Diese Schlampe hat mich vom Ritual abgelenkt!«

Zornig fluchend wirbelte er wieder herum. Ich sah nun seine blutunterlaufenen, alten Augen. Flammen der Wut tanzten darin, als er das Werkzeug auf mich hinuntersausen ließ. Er prallte mit der flachen Seite zwischen meine Schulterblätter. Ein hustendes Geräusch entfuhr mir, als ich die gesamte Luft meiner Lungen und eine Menge Blut ausspie. Der Sauerstoff wollte nicht wieder in meine Lunge zurückkehren und das Blut klebte mir in Hals und Mund.

»Stirb und werde die neue Wirtin für den Geist der Unterwelt! Wir brauchen nicht mehr viele Informationen aus der Unterwelt, um alles nach unserem Willen zu formen!«

Nochmals krachte der Spaten auf meinen Rücken. Ich stöhnte bloß auf. Die Kraft zum Schreien war aufgebraucht. Als er gerade erneut ausholte, packte eine starke Hand ihn von hinten am Hals. Das Metallwerkzeug fiel aus seiner Hand und landete scheppernd neben meinem Körper. Der Zombie-Junge hob den Priester an und schleuderte ihn von sich, geradewegs in das rot glühende Grab. Das Tor zur Hölle war noch nicht verschlossen. Panisch quiekte der Priester, da er den Rand des Grabes nicht mehr zu fassen bekam. Kaum war er in dem Loch verschwunden, löste sich das Licht ebenfalls auf.

Machtlos schnappte ich nach Luft. Endlich strömte ein Hauch in meine Lungen. Ich musste husten, doch spie Blut. Hinter mir glommen die Flammen des ersten Priesters nur noch schwach. Nun kam der Zombie auf mich zu, während ich noch immer, ohne Kraft oder Willen aufzustehen, am Boden lag,

»Du atmest«, röchelte er. Ich atmete weiter.

»Die Unterwelt brauchte eine Seele. Er konnte mich nicht unterdrücken und verfluchen, so tat ich meine Pflicht.«

Die Art, wie er redete klang äußerst dämlich. Wahrscheinlich war er in einer Art schlaftrunkenen Zustand. Vielleicht konnte ich einen Vorteil daraus ziehen. Ich spuckte aus und sprach dann: »Geh einfach geradeaus ins Moor, da können dir die gruseligen Stimmen bestimmt weiterhelfen.«

Einen kurzen Moment lang sah ich die Zweifel in den Augen des Kerls, bevor die seltsame Anziehungskraft des Moors ihn ergriff und sein freier Wille erlosch. Er stapfte drauflos und verschwand bald aus meinem Blickfeld. Leise hörte ich seine Stimme.

»Ja, gerne dürft ihr mir helfen.«

Dann ertönten ein markerschütterndes Krachen und Reißen. Ich schloss krampfhaft die Augen und versuchte mir nicht auszumalen, was dort gerade vor sich ging. Nach einem Augenblick der absoluten Stille trafen mich ein paar Tropfen. Die Bäume, die noch Blätter hatten, raschelten wie im Regen. Im schwachen Licht der glimmenden Asche sah ich, dass es sich jedoch nicht um Wasser, sondern Blut handelte. Schließlich verließ die Anspannung meinen Körper und ich sank in einen tiefen Schlaf.

Die ersten Sonnenstrahlen nach zwei Tagen weckten mich. Mein Körper war eine einzige Brandwunde. Alles scheuerte, alles schmerzte. Um meinen Mund befand sich eine Kruste aus Blut und auch meine Luftröhre schien verklebt, was dazu führte, dass meine Atmung sich anhörte wie der maskierte Schurke einer Filmreihe. Ich stütze mich auf meine Arme, fiel jedoch sofort wieder zu Boden, als ein stechender Schmerz zwischen meinen Schulterblättern hindurchzuckte. Schwer atmend lag ich für einen Moment da, bevor ich einen neuen Versuch wagte. Ich schaffte es, auch wenn die Schmerzen das Gegenteil versuchten.

Kaum war ich aufgestanden, warf ich den letzten Fetzen, der meine Jacke dargestellt hatte von mir. Das, was sonst noch übrig war, bedeckte weniger als Unterwäsche. Zurückblickend war es ein Wunder, dass ich in dem Inferno, in das sich der Priester verwandelt hatte, durch den wahnsinnigen Typen mit der Schaufel oder den lebenden Toten, nicht gestorben bin. Mein Körper war steif von der Kälte, die mich nun wieder umhüllte.

Das warme Moor war verschwunden, ebenso die Grube und die Asche. Bloß ich, inmitten des Waldes. Ich erkannte einen Baum, in den ich als Kind meinen Namen hineingeritzt hatte, was hieß, dass ich wieder in einem wirklich vorhandenen Teil dieser Gegend war. Hoffnung durchströmte mich. Ich würde herausfinden aus diesem Wald. Voller Schmerzen stolperte ich los, suchte mir den Weg nach Hause. Immer wieder musste ich Pausen einlegen, da mein ganzer Körper sonst für immer den Dienst versagt hätte.

Stunden später erreichte ich die Haustür, doch mein Schlüssel war noch immer in meiner Tasche, die ich im Wald gelassen hatte. Ich fing an zu weinen und sackte in mich zusammen. Die

Mutter der Familie, die in der unteren Etage lebte, öffnete die Tür.

»Ach du liebes bisschen! Was ist denn mit dir passiert?«, rief sie erschrocken.

»Ich weiß es nicht.«

Das würde für die Zukunft meine Standardantwort werden, falls mich jemand nach den Geschehnissen dieser Nacht fragte. Ich wusste nicht, ob ich dann als bescheuert oder drogenabhängig und besoffen eingestuft wurde, doch es war mir alles lieber, als meine Erinnerungen zu teilen.

Ich kam in ein Krankenhaus und verweilte dort ein paar Wochen, bis meine Verbrennungen, Erfrierungen und mein seelischer Schaden von den Ärzten als tauglich für Zuhause eingestuft wurden. Sie diagnostizierten einen schweren Sturz auf den Rücken, Verbrennungen durch brennende Kleidung und einen daraus resultierenden Gedächtnisschwund. Leider wusste ich genau, was geschehen war.

Heute rede ich kaum noch, höre aber meinem Freund gerne zu, wenn er von seinem Alltag erzählt. Das Haus verlasse ich auch nur, wenn ich muss. Die Welt macht mir zu viel Angst. Ich zuckte jedes Mal zusammen, wenn ich ein Geräusch oder eine Stimme höre, die ich nicht sofort zuordnen kann. Manchmal wache ich nachts auf und spüre die Tränen auf meinen Wangen. Das verfluchte Moor ruft nach mir und ein paar Mal wäre ich den Ruf beinahe gefolgt.

Zum Glück konnte ich meinen Freund überzeugen, dass wir diesen Ort verlassen und in eine neue Gegend ziehen werden. Jetzt fehlt nur noch das nötige Geld, welches er alleine zusammensammeln muss. Vielleicht werde ich eines Tages wieder ein normales Leben führen können, obwohl ich weiß, welche Schrecken in der Welt lauern.

Bis dahin muss ich stark bleiben und diesen verdammten Ort als ewiges Geheimnis verwahren. Er muss vergessen werden…

Erstarrt vor Kälte

Meine Glieder zitterten, meine verbliebenen sieben Finger waren trotz dicker Handschuhe steif gefroren. Wenn ich nicht bald etwas Wärme abbekam, würde ich schon demnächst mit weniger Fingern leben müssen. Ich spürte die Kälte um mich herum nicht. Das tat ich schon lange nicht mehr. Auf dem eingeschneiten Rücken trug ich einen Rucksack, dessen Inhalt uns wieder ein wenig weiterhelfen würde. Meine viel zu großen, mit fünf Sockenpaaren gefüllten Stiefel mit Schneeschuhen tappten sanft über den Schnee. Es war nicht mehr weit. Ich schwankte allmählich beim Gehen, meinem Körper fehlte mit der Wärme auch jegliche Kraft.

Dann, nach einiger Zeit, die sich wie eine Ewigkeit anfühlte, stieg ich eine in den Schnee gegrabene Treppe ein paar Meter herab und schlug mit der Hand gegen die Tür meines Nachbarn. Einen Moment später öffnete sich die Tür des flachen, kleinen Hauses, eine nicht behandschuhte Hand schoss heraus, packte meinen Arm und riss mich unsanft in das Haus. Sofort war die Tür wieder zu. Mein Nachbar, der ältere, weißbärtige, kleine Mann, grinste mich breit an. Er trug genau wie ich Stiefel, eine dicke Jacke und eine Mütze. In einer Hand hielt er eine Gaslaterne, welche schwach brannte. Ich zog meine Sturmhaube ein Stück herunter und atmete die kühle, bei weitem nicht so kalte Luft ein. So im direkten Vergleich fühlte sich das fast wie in einer Sauna an. Mein Körper meldete sich langsam schmerzhaft wieder zurück.

»Dave, warst du erfolgreich?«, fragte er, während wir durch das abgedichtete, dunkle Haus schritten. Ich nickte, was er jedoch nicht sah.

»Ja. Auch wenn die Beute geringer war, als ich es mir erwünscht hätte.«

»Wie lange wird es reichen?«

»Maximal ein paar Tage, wenn man unseren aktuellen Vorrat dazuzählt.«

Gerald entriegelte rasch eine mit Gummi abgedichtete Tür und ging hinein. Ich folgte stumm. Die Tür wurde wieder verschlossen und wir standen einen kleinen Augenblick dicht an dicht im Schein der Lampe, bevor er nun eine Tür selber Bauweise auf der anderen Seite öffnete. Ein heimischer Lichtschein erfasste uns und ein schwall fast schon für die Verhältnisse heiße Luft traf auf uns. Ich hatte wirklich Glück, dass der irre Alte, neben dem ich gewohnt hatte, sich auf mehr als nur eine Apokalypse vorbereitet hatte. Er hatte es gewusst. Zugegeben, ich habe mich wie sonst jeder in der Nachbarschaft über ihn lustig gemacht, wenn er wieder einmal auf der Straße stand und seine Predigt abhielt. Auf einem Bierkasten stehend rief er damals immer, dass die Welt eines Tages erfrieren wird. Aber keiner nahm ihn ernst, deshalb lebt wohl kaum noch einer außer uns.

Es ist bald vier Jahre her, dass ich in diese Stadt und eben diese Nachbarschaft zog. Mein erstes, eigenes Zuhause. Ich teilte mir das ländlich gelegene Haus mit drei Studenten, welche je ein Zimmer bekamen. Das Haus konnte ich durch meine Musik zum Großteil finanzieren, aber die finanzielle Hilfe der jungen, inzwischen wahrscheinlich verstorbenen Menschen war mir recht. Ein halbes Jahr später, mitten im heißesten Sommer, den ich je erlebt habe, stieg der wahnsinnige Alte, über den alle Witze machten, zum ersten Mal auf seinen Bierkasten. Wer hätte gedacht, dass die Welt sich zunächst wegen dem Klimawandel erwärmte, nur um dann eine neue Eiszeit einzuleiten. Der Winter darauf, also nun vor drei Jahren, wurde rasend schnell kälter, als die kältesten historischen Messungen belegen. Ein reines Chaos brach aus. Man konnte die Natur nicht kontrollieren oder beeinflussen, so sehr die Menschen das auch wollten.

Als wir den bis zum äußersten abgedichteten Keller erreichten, warf ich (wie üblich) einen Blick auf das installierte Thermometer. 14°C Innentemperatur, -98°C Außentemperatur. Leanna blickte von ihrem Buch auf und grüßte mich, bevor sie die Decke von den Schultern streifte und geräuschvoll aufstand. Hinter ihr glühten die Flammen des Kamins, die einzige nicht 100% dichte Stelle. Die ersten grauen Haare stachen auf ihrem grünen Pullover hervor.

Sie war erst spät zu uns gestoßen. Als der Kältesturz sich ereignete, saß ich gerade im Auto auf dem Rückweg von einem Studiobesuch. Es war vorher ein kühler Wintertag gewesen, gemäßigte 0,5°C. Mein Gebrauchtwagen borg mir dennoch Schutz und Wärme. Dann, von einer auf die andere Sekunde wurde es Stockfinster und man hörte den Wind pfeifen. Schnee stürzte in Massen vom Himmel. Es war ein einziger, weißer Wall. Ich war gezwungen anzuhalten, da ich nichts sah. Erschrocken musste ich dann beobachten, wie der Temperaturmesser meines Autos rasant sank. Schnell erreichte die Temperatur -40°C, eine Gradzahl, die ich sonst nur aus Dokumentationen über die Arktis kannte. Der Motor meines Autos verstarb. Sofort spürte ich, wie die Kälte sich einen Weg durch die verschlossenen Türen bahnte und an meinem Körper leckte. Der Schnee hörte auf zu fallen, es war schlichtweg zu kalt dafür. Doch diese halbe Stunde sintflutartigen Schneefalls hatte mich mitsamt meinem Auto im Schnee vergraben. Die Hitze des Motors war kein ehrwürdiger Gegner gewesen. Ich fror. Schnell versuchte ich die Tür zu öffnen, um die letzte Strecke nach Hause zu Fuß zu überwinden, doch die bewegte sich kein Stück. Das wenige Licht, dass mich metertief im Schnee erreichte färbte alles um mich herum grau. Da der elektrische Fensterheber nicht reagierte, schlug ich kurzerhand mit dem Ellenbogen die Scheibe ein. Es war schmerzhafter, als ich es mir ausgemalt hatte, aber ertragbar. Ein Schwall Schnee schwappte in mein Fahrzeug, als ich mich mit dem Kopf voran Stück für Stück durch den Schnee arbeitete. Ich zweifelte ein paar Mal, ob ich mich überhaupt noch nach oben grub, bis mein taubgefrorenes Gesicht an die Oberfläche stieß. Meine Hände schmerzten, mein Körper war nass und kalt. Ich dachte, ich würde sterben. Von überall auf der Landstraße hörte ich Leute schreien, weinen und fluchen. Mir blieb keine Zeit. So schnell es ging, tastete ich mich durch den Schnee, kam an ein paar Büschen vorbei. Erst, als ich mein Dorf bei der nächsten Ausfahrt erblickte, realisierte ich, dass diese Büsche einst Bäume waren. Ich stolperte vorwärts, mein Blick verschwamm und meine Gedanken konnten keinen festen Boden mehr fassen. Dann, knapp vor meinem Hausdach (denn mehr war nicht zu sehen), kippte ich um.

Bei angenehmen 14°C kam ich wieder zu mir. Ich lag auf einem von vier Feldbetten und auf mir lag eine mit Aluminium beschichtete Decke. Im Kamin loderte ein Feuer. Gerald erzählte mir, wie er mich gefunden hatte und dass ich gerne bei ihm bleiben könne. Er habe Vorräte, die uns beide für mehr als vier Jahre versorgen würden. Der Mann hatte wirklich an alles gedacht: Es gab konserviertes Essen, Wasser, eine halbe Bibliothek, Feuerholz, Decken, einen Kamin, abgedichtete Türen und jede Menge dicke Kleidung. Außerdem besaßen wir zwei Äxte, eine Schaufel, einen Spaten, ein altes Jagdgewehr und eine Sammlung von Messern. Nachdem er mich mit seiner Sammlung vertraut gemacht hatte, bat er mich, gut ausgerüstet alles aus meinem Haus zu holen, was uns irgendwie weiterbringen könnte. Verderbliche Ware würden wir zuerst verbrauchen. Es schockierte mich, wie kalt es in meinem Haus nun war und zudem verließ ich es mit dem schlechten Gewissen, meinen

Mitbewohnern einen geplünderten Kühlschrank und leere Kleiderschränke zurückzulassen. Wochen später war immer noch alles in dem Zustand, wie ich es hinterließ. Sie waren nie zurückgekehrt. Außerdem nahm ich meine Gitarre mit. Zufrieden notierte Gerald die Beute und erzählte mir dann noch von seinem riesigen Akku, welcher vollgeladen in der Ecke stand. Er war der festen Überzeugung, dass das Stromnetz bald schon zusammenfallen würde. Wir hörten gerade, wie im Radio durchgesagt wurde, dass überall panische Anrufe eintrafen und kaum ein Mensch nicht vermisst wurde, als das Licht ausging, das Radio stumm wurde und unser Akku aufleuchtete. Die Moderatoren blieben still.

Der Akku lud sich zum Glück durch das wenige Sonnenlicht, das seit diesem Tag noch auf die Erde fiel, oder indem wir kräftig in die Pedale eines halben Fahrrads daneben traten. Da dies sehr kräftezehrend war, benutzten wir so wenig Strom wie nur möglich und gaben uns die größte Mühe, die Solarzellen auf dem Dach sauber zu halten. Um Feuerholz zu sparen, heizten wir nur dann, wenn die Temperatur gerade angefangen hatte zu sinken.

Viel Zeit verging. Der alte Mann erzählte mir lange und gerne aus seiner Jugend und ich hörte zu, wenn ich nicht gerade las oder auf meiner Gitarre spielte. So erfuhr ich, wie er als „junger Hecht" den „heißen Fegern" hinterherjagte und dann-

Jedenfalls war sein Sprachgebrauch vulgär und die Informationen nicht solche, die ich erfahren wollte. Dieses Gerede hörte erst auf, als ein gutes Jahr später eine blutende, steifgefrorene Frau an unserer Tür an der Oberfläche schabte. Sie hatte Glück, dass ich gerade ohnehin routinemäßig ein Haus in der Nachbarschaft durchsuchen wollte. Leanna war Mutter zweier Kinder, doch wurde von ihnen durch ihren gewalttätigen Mann getrennt, als die Familie umherzog, um ein neues Zuhause zu finden. Bis dahin hatten sie in einer größeren Gemeinschaft gewohnt, die sich alle Vorräte teilten und sich gegenseitig mit ihren Körpern wärmten. Mich wunderte heute noch, wie das ein Jahr lang geklappt haben soll, aber stelle dennoch keine Fragen. Leanna sagte immer, dass sie bloß froh ist, dass das geworfene Messer ihres Mannes bloß ihren Arm traf. Ein verletztes Bein oder schlimmeres hätte ihren Tod bedeutet. Sie schwieg die erste Zeit fast ausschließlich, weinte nachts im Schlaf. Irgendwann steuerte sie dann was zu unseren Gesprächen bei und verdrängte ihre Vergangenheit.

Laut Geralds Vermutungen müssten 90% der Menschheit nach inzwischen drei Jahren gestorben sein. Da wir nun zu dritt waren, wurden unsere Vorräte schneller knapp, als wir geplant hatten, weshalb ich oder Leanna immer wieder loszogen, um ein immer entfernter liegendes Haus zu plündern. Unsere Vorräte waren jetzt schon sehr knapp, wir lebten fast nur noch von der Beute. Ab und zu fanden wir zum Glück etwas zu essen, das Dank der Kälte nicht zu verdorben war. Genau von so einer Reise kam ich nun also zurück.

»Na, was gibt's denn Neues von draußen?«, fragte Leanna nun scherzhaft.

»Ist kalt«, sagte ich bloß und rieb meine schmerzenden Hände aneinander. Dann zog ich meinen Rucksack ab und öffnete ihn. Heraus holte ich einen Stapel aus fünf Konserven. Trockennahrung.

»Na das geht doch.«

»Warte noch«, sagte ich und zog ein Päckchen gefrorenen Fruchtgummi hervor. Leanna machte große Augen und streckte die Hände danach aus, doch Gerald schnappte blitzschnell mit der Hand vorwärts und nahm die Tüte an sich.

»Na das ist doch mal was Schönes! Wir müssen es streng rationieren.«

Ich zuckte mit den Schultern, woraufhin er die Tüte vorsichtig mit einem Messer aufschnitt und drei Gummis herausholte. Sie klackten, als sie aneinander stießen. Es war eiskalt und steinhart. Eher ein Bonbon. Irgendwann löste sich auch etwas Geschmack und ich ließ mich entspannt auf meine Liege herunter, wo ich dann meine Jacke öffnete. Mein schwarzer Pullover mit weißer Note darauf kam zum Vorschein. Demnächst müsste ich ihn mal wieder Lüften. Waschen zögerten wir so lange wie möglich raus, daher legten wir schmutzige Wäsche einfach ein paar Tage oben in das leere Haus. Körperliche Ausscheidungen verrichteten wir hinter einer hölzernen Schiebetür. Den Kot warfen wir einfach irgendwo raus, den Urin filterten wir, sodass wir damit unsere Kleidung und Körper wuschen. Zur Not würde man davon auch trinken können.

»Wie lange können wir das noch überleben? Wir müssen immer weiter laufen, um irgendetwas brauchbares zu finden. Meistens ist es nicht mal gut«, sagte Leanna nachdenklich.

»Lange genug. Es muss ja schließlich auch irgendwann wieder auftauen da draußen.«

Ich zweifelte an den Worten des alten Mannes. Er musste ja schließlich nicht alle paar Tage halb zu Tode erfrieren, um irgendetwas einigermaßen konsumierbares einzusammeln. Andererseits wusste er von dem Kältesturz, bevor er messbar war. Einen Zufall konnte ich weiterhin nicht ausschließen, aber mein großes Glück war es sicherlich, dass der alte Mann verrückt wurde und sich wappnete.

Da ich nichts sagte und Leanna bloß auf das gefrorene Gummibärchen starrte, bevor sie es in den Mund warf und sich wieder in unter ihre Decke verzog, kam an diesem Abend kein weiteres Gespräch zustande. Gerald war erstaunlich still. Ihm waren wohl die Geschichten ausgegangen.

Mitten in der Nacht, hustete der Alte heftig. Zunächst drehte ich mich bloß auf meinem Feldbett um, doch als er nicht aufhörte, warf ich die Decke von mir und huschte im tiefroten Licht des glimmenden Feuers zu ihm herüber. Da er auf dem Bauch lag, griff ich kurzerhand an seine Schultern und drehte ihn um. Sein Blick ging durch mich hindurch und mit jedem Husten spritzte ein wenig Speichel aus seinem Mund. Fluchend wuchtete ich ihn in eine aufrechte Position. Sein Körper war schwer, sodass ich mich nur mit Mühe gegen seinen Rücken stemmen konnte.

»Was ist los?«, rief Leanna, während sie noch immer halb schlafend zu mir taumelte.

»Wenn ich das wüsste. Helf mir mal!«

Sie eilte zu mir, nahm Geralds Kopf mit beiden Händen und überstreckte ihn, damit er sich nicht selbst die nötige Atemluft nahm. Doch er wollte einfach nicht aufhören, qualvoll zu röcheln. Schaum trat aus seinem Mund hervor.

»Bleib wo du bist!«, bestimmte ich, bevor ich durch den Raum hechtete, um eine Wasserflasche zu holen.

»Scheiße, ich glaube, er stirbt!«

Noch bevor ich die beiden wieder erreichte, röchelte der Alte ein letztes Mal, bevor er kratzend ausatmete. Das Geräusch hallte mir in den Ohren. Mir wurde kalt. Es war sein letzter Atemzug, nach welchem die Kälte nun nach drei Jahren ihren Weg zu uns fand. Die Temperatur im Raum fiel schlagartig um ein paar Grad. Ich fiel auf die Knie, die Flasche machte sich rollend davon. Leanna schluchzte leise. Irgendwann wandte ich den Blick von dem erschlafften Körper ab.

»Wir müssen erstmal Feuer machen, sonst sterben wir noch.«
Mühsam wuchtete ich mich auf die Beine, packte ein paar
Holzscheite und stapfte zum Kamin. Das Thermometer zeigte
7°C an. Die Wärme war also tatsächlich mit Geralds Tod verschwunden. Wie konnte das sein? Die Scheite wollten nicht
brennen, egal wie oft ich es mit den Streichhölzern probierte.
Fluchend warf ich die ganze Packung in das aufgeschichtete
Holz, zwischen welchem das verbrannte Zeitungspapier lag. Die
letzten Funken steckten das Streichholzschächtelchen in Brand
und so verschwanden einige wertvolle Streichhölzer, ohne das
Holz anzustecken. Leanna saß noch immer auf dem Bett neben
dem toten Körper.

»Dave, hör auf, bitte.«

»Okay. Ich gehe einfach raus und verrecke an der Kälte. Hier
drinnen wird es auch bald so kalt wie da draußen. Dort geht es
wenigstens schnell.«

Meinen Worten widersprechend bewegte ich mich aber keinen Zentimeter. Mir war erst jetzt wirklich bewusst geworden,
was dieser verrückt gewordene Mann für mich bedeutet hatte.
Er hatte nicht nur mein Leben gerettet, er war auch über die
ganze Zeit hinweg ein lieber und guter Freund gewesen. Leanna
mochte ich natürlich auch, aber nun fehlte das Zugpferd unseres
Schlittens im Schnee.

»Wie kann es sein, dass es nun so schnell kalt wird?«, fragte
sie schließlich.

»Ich bezweifle, dass etwas undicht geworden ist, so oft wie
er alles überprüft hat. Wäre außerdem ein ganz schöner Zufall,
wenn genau im Moment seines Todes nichts mehr dichthält, findest du nicht auch?«

Schweigen. Ich suchte mir eine neue Packung Streichhölzer,
rollte neues Zeitungspapier und versuchte erneut mein Glück.

Irgendwann klappte es. Die Flammen vor mir verzehrten die Holzscheite. Im Lichtschein drehte ich mich um und bemerkte, dass Leanna inzwischen ihre Taschenlampe ausgemacht hatte und nun unter ihrer Decke in ihrem eigenen Bett lag. Ohne die Leiche anzusehen wandte ich mich dem Feuer zu und starrte hinein. Immerhin spendete es Wärme.

Stunden später schlurfte Leanna zu mir heran und ließ sich samt der Decke, die um ihre Schultern lag, zu mir nieder. Sanft lehnte sie ihren Kopf an meine Schulter und sah ebenfalls den Flammen bei ihrem Tanz zu.

»Was tun wir jetzt?«, fragte sie irgendwann mit zittriger Stimme.

»Wir brauchen mehr Holz, wenn wir die Temperatur halten wollen. Der Holzverbrauch ist —«

»Nicht deshalb. Was tun wir mit Gerald?«

»Begraben können wir ihn nicht, wenn der Boden so steinhart gefroren ist. Wir könnten ihn höchstens im Schnee verbuddeln oder verbrennen. Besser als ihn einfach irgendwo hinzulegen.«

Ich war überrascht, mit welcher Sachlichkeit ich dies sagte. Wir beschlossen, ihn im Schnee zu versenken. Er hatte den Schnee immer prophezeit, nun sollte er dort auch ruhen. Schweren Herzens luden wir den vereisten Schnee Brocken für Brocken auf den Körper, bis er nicht mehr zu sehen war. Die Kälte fraß sich durch unsere Jacken. Leanna zitterte unkontrolliert und auch ich bibberte. Zum Abschluss rammte ich einen Holzklotz in den Schnee über ihm, auf welchen ich die Worte „Er hatte Recht" geschrieben hatte.

»Danke, Gerald«, sagte ich leise, bevor ich die weinende Leanna am Ärmel packte und die paar Meter zu unserem Haus zog.

Die nächsten Tage aßen wir noch weniger als zuvor, was dazu führte, dass wir noch besser mit den Lebensmitteln zurechtkamen und nicht rausgehen mussten. Wir sprachen kaum, die Zeit zog einfach an uns vorbei. Das einzige, was leider nicht an uns vorbeizog, war die Kälte. Obwohl das Feuer brannte, sank die Temperatur weiter und weiter. Am dritten Tag nach Geralds Tod erlisch das Feuer, da die Kälte immer weiter dagegen drückte.

»Das Feuer ist aus.« Leanna machte keine Anstalten, etwas zu unternehmen. Das Thermometer berichtete uns, dass es inzwischen nur noch 2°C in unserem Keller waren.

»Das kann es doch nicht sein«, begann ich, »dass hier alles super dicht und angenehm warm ist, aber sobald Gerald stirbt, funktioniert nichts mehr. Er wusste von dem Kältesturz und war perfekt vorbereitet. Fast schon zu perfekt.«

»Willst du sagen, er hätte es herbeigeführt?«

»Nein. Ich sage bloß, dass er im Gegensatz zu uns allen nicht ahnungslos war. Er wusste, was vorging. Außerdem trug seine Präsenz dazu bei, dass die Kälte hier nicht eindrang. Er selbst hat den Keller nie länger als eine halbe Stunde verlassen, während wir teilweise Stunden damit verbrachten, nicht steifgefroren tot umzufallen.«

Leanna nickte bloß leicht, wobei ihr Kinn gegen eine ihrer beiden Decken stieß. Selbst wenn es nichts Übernatürliches war, wir wussten nicht, was der Alte getan hatte, um die Wärme hier drinnen zu behalten. Ich hatte die Dichtungen alle überprüft – alles dicht. Bloß hielt das die Eiseskälte nicht davon ab, zu uns vorzudringen. Schweigend legte ich mir auch eine zweite Decke um.

»Was sollen wir bloß tun?«, jammerte die Frau rechts von mir.

»Wir sollten zusehen, dass wir überleben. Das heißt, wir essen nur noch das nötigste, gehen weniger raus, denn das bringt Kälte, und behalten möglichst viel Körperwärme bei uns, indem wir uns bedeckt halten.«

»Dave, wir können hier nicht ewig bleiben.«

»Wo zur Hölle willst du denn hin? Weißt du zufällig einen Ort da draußen, welcher in erreichbarer Nähe ist und uns aufnehmen kann? Nein? Dann sollten wir auch nicht wirr draußen irgendwohin laufen, wo wir dann einfach nur verrecken. Denk doch mal ein bisschen nach!«, knurrte ich, legte mich hin und wandte mich ab. Kaum war ich eingedöst, ertönte ein markerschütterndes Poltern. Der Wind riss am Dach des Hauses und rüttelte an der freigeschaufelten Tür. Zum Zeitpunkt dieses Gedankens war sie wohl nicht mehr freigeschaufelt.

»Ich hoffe, der Schnee vor der Tür ist nicht zu fest, sonst kommen wir hier nicht mehr raus«, sagte ich laut, um das Klappern zu übertönen. Da Leanna nicht antwortete, sah ich auf ihr Bett. Leer. Ich riss die Augen auf. Panisch blickte ich in alle Richtungen. Keine Spur.

»Sie wird doch nicht...«, zischte ich, warf die Decken von mir und rannte zur Kellertür, dann die Treppe hinauf und zum Haupteingang. Hier war es bereits bitterkalt. Meine Glieder schmerzten jetzt schon, obwohl ich dauerhaft eine Jacke trug. Ich drückte gegen die Tür, doch sie regte sich nicht. Der Wind hatte zu viel gefrorenen Schnee davor aufgeschichtet.

»Leanna!«, brüllte ich. Die Kälte umschlang mich.

»Hör auf so zu brüllen«, sagte sie hinter mir. Ich wirbelte herum, sah ihren fragenden Blick und ließ die Schultern sinken. Sie legte ihre Arme um meine Schultern und drückte mich an ihren Körper.

»Ich dachte, du wärst rausgegangen.«

»Blödsinn. Ich bin bloß hier hoch und ein wenig im alten Wohnzimmer im Kreis gelaufen. Brauchte ein wenig Zeit für mich. Außerdem ist es gerade zehn Minuten her, dass du mir gesagt hast, ich sollte mehr denken.«

»Tut mir leid.«

»Vergiss es einfach, wir sind in einer viel zu kalten Situation, um unsere Freundschaft zu vereisen. Lass uns einfach wieder runter gehen und uns aufwärmen.«

Ich nickte kleinlaut. Wie lächerlich, dass ich so schnell Panik geschoben hatte. Ich schüttelte den Kopf, bevor mir ein Gedanke kam: Ich hatte die Türen zum Keller nicht hinter mir verschlossen, sodass sie einige Minuten lang offen gestanden hatten. Schnell überholte ich Leanna und sah, was ich angerichtet hatte.

»Hast du die Türen offengelassen?«, fragte sie mit zittriger Stimme. Ich senkte den Kopf. Aufgebracht stapfte sie an mir vorbei, befahl mir in den Keller zu gehen und folgte mir dann selbst. Diesmal wurden die Türen verschlossen. Vorsichtig trat ich zum Thermometer. -8°C, das hieß, dass meine Aktion uns 10°C gekostet haben. Das entsprach 2-3 Tagen, die wir im Keller über diesen Minusgraden hätten verbringen können.

»Wegen dir sterben wir jetzt«, keifte sie.

»Wir wären doch sowieso gestorben«, erwiderte ich und verzog mich unter meine Decken auf mein Bett.

In den nächsten Tagen sank die Temperatur rapide immer weiter, sodass wir bei -17°C Raumtemperatur angelangt waren. Leanna war dürr geworden und lag die meiste Zeit nur noch herum und starrte in die Leere. Mir schwand auch jegliche Kraft und ich fiel mehrmals auf die Knie, als ich uns neue Konserven aufmachte. Wir hatten Geralds „allerletzte Notrationen" angebrochen. Als ich erneut einen Blick auf das Thermometer warf, staunte ich. -40°C draußen. Das bedeutete einen Temperaturanstieg von über 60°C.

»Leanna«, keuchte ich. Mein Körper war so kalt, dass ich die Kälte gar nicht mehr spürte. »Es wird wärmer.«

Sie regte sich nicht. Zitternd streckte ich die Hand nach ihrer Decke aus.

»Leanna, wir werden es schaffen.«

Meine Hand stieß gegen ihre Hüfte. Keine Reaktion. In dem Moment versagten meine Beine ihren Dienst und ich krachte zu Boden.

»Leanna, hörst du mich?«

Stille. Mein Blick verschwamm allmählich. Nein. Nicht jetzt. Wir konnten es schaffen. Ich fiel der Länge nach hin. Nein. Nein. Nein. Ich darf nicht ...

Als ich wieder erwarten meine Augen erneut öffnete, sah ich die flackernden Lichter des Feuers an der Wand. Es war warm im Keller.

»25°C sind es wieder hier drinnen und draußen sieht es auch besser aus«, meinte Leanna hinter mir. Ihre Stimme klang schwach.

»Ich bin froh, dass du wieder zu dir kommst. Hättest du nicht das Eis aus dem Kamin entfernt und das Feuer entfacht, dann wären wir jetzt wohl beide tot.«

»Hab ... ich ... nicht«, brachte ich zwischen den Zähnen hervor.

Leanna trat über mich und blickte auf mich herab.

»Aber ...« Mehr sagte sie nicht. Ihre Wangen waren eingefallen. Sie ließ sich mit dem Hintern auf das Feldbett, vor dem ich noch immer lag, fallen. Ich stemmte mich vom Boden auf und setzte mich langsam zu ihr.

»Gerald war's.«

»Ja.«

Erst jetzt fiel mein Blick auf den Brief, der auf Geralds Bett lag. Der war sicher noch nicht dort gewesen, als ich das letzte Mal dorthin geschaut hatte. Schnell ging ich dort hin und nahm ihn in die Hand. Nachdem ich ihn entfaltet hatte, las ich:

„Dave, Leanna,

wenn ihr das lest, dann habt ihr tapfer der Natur getrotzt und habt euch um mein Begräbnis gekümmert. Ich wusste schon lange, dass ich den Kältesturz nicht überleben werde und nun spüre ich, wie mein Körper sich immer mehr zerstört. Da ihr so viel getan habt, gab ich euch dieses Feuer als eine zweite Chance. Es wurde durch einen faszinierenden Mechanismus aktiviert, welcher erst bei einer Temperatur über -40°C in Gang gesetzt wird. Genug Sonnenstrahlung, Solarenergie, ihr wisst schon. Vorausgesetzt, es liegt noch brennbares Holz im Kamin. Das bekommt ihr schon hin.

Bald wird es tauen und ihr könnt wieder hinaus in die Welt. Viele Pflanzen sind tot, kaum ein Tier hat überlebt und die Menschheit ist am Ende, aber vieles lässt sich ändern, ne? Sucht nicht nach anderen Menschen, sie sind tot. Baut etwas Neues auf, etwas, was das Klima weder in die eine noch die andere Richtung kippen lässt.

Lebt wohl, ich sterbe heute Nacht. Entdeckt diesen Brief ja nicht zu früh. Haha, guter Witz, was?

Euer Gerald.«

Staunend gab ich Leanna das Papier und trat näher ans Feuer.

»Wer warst du, Gerald?«

Ein Lebensretter. Verrückt, aber dennoch der einzige, der das Überleben sicherte.

Als Leanna ebenfalls über den Brief gelesen hatte, stand sie auf und stellte sich neben mich ans Feuer.

»Seltsamer Kerl.«

Die Schatten tanzten über ihre strähnigen Haare.

»Leanna. Lass uns zusammenbleiben!«

»Selbstverständlich.«

Im Tanz der wärmenden Flammen, welche die Kälte aus unseren Herzen verschwinden ließ, berührten sich unsere Lippen.

Nummer 8

1

Alles begann mit dem Geschmack von Blut in meinem Mund. Meine Augen waren geschlossen und mich umschloss eine warme Flüssigkeit.

»Lebenszeichen erhalten, Schöpfung erfolgreich«, ertönte eine aufgeregte Stimme, die nur sehr dumpf zu hören war. Gleich nahm ich eine ruhige Stimme wahr, die geradewegs auf mich einredete: »Nummer 8, hörst du mich? Öffne deine Augen.«

Nummer 8? War das mein Name? Ich beschloss, seiner Bitte zu folgen und öffnete die Lider. Ich befand mich in einem großen Glaszylinder, der in ein Metallgestell eingespannt und mit einem warmen, flüssigen Schleim gefüllt war. Meine Atmung wurde nicht beeinträchtigt, bloß verschwand der Geschmack meines Blutes nicht von meiner Zunge. Vor diesem Gefäß stand ein Mann in einem weißen Kittel, der zudem eine markant eckige Brille trug. Sein schwarzes Haar wurde bereits grau und war außer einer Strähne vor der Stirn kurz geschnitten. Er schien auch seinen Bart nur in der Mitte vollkommen zu rasieren, da an den Seiten deutliche Stoppeln zu sehen waren. Der Raum hinter ihm war voll mit Gerätschaften, auf denen lauter Lichter blinkten und Menschen, die allesamt erleichtert aussahen.

»Willkommen Nummer 8. Ich weiß, du kannst dort drinnen nicht reden, aber ich denke, du willst ohnehin etwas Zeit für dich. Wenn ich glaube, dass du soweit bist, werden wir dich schon da herausholen.«

Ich versuchte, zu antworten, doch der Schleim verhinderte die Funktion meiner Stimmbänder. Er schien in meinen gesamten Atemwegen zu stecken, daher nickte ich bloß vorsichtig. Wer war ich? Warum war ich? Was war ich?

Nachdem der Mann verschwunden war, blickte ich an meinem Körper herab. Ich war weiblich und trug keine Kleidung. Zudem schwebte ich hier in diesem Gefäß, als wäre ich hier drin geboren. Ich versuchte, meinen Arm zu bewegen, doch dieser zuckte nur ein kurzes Stück und versagte dann den Dienst.

Nach einiger Zeit, die ich damit verbrachte, verschiedene Menschen zu beobachten, wie sie an den seltsamen Geräten herumwerkelten und wie die Lichter daran nacheinander erloschen. Als der letzte von ihnen den Raum durch eine unscheinbare Tür verließ, betätigte er den Lichtschalter. Die Lampen erloschen, bloß ein schwaches Licht in meinem Gefäß blieb hell.

Meine Aufregung und Neugier stiegen immer weiter, bis die Tür sich öffnete und der Mann, den ich als erstes erblickt hatte, das Zimmer erneut betrat und die Lichter wieder einschaltete. Er wurde von zwei weiteren Personen begleitet. Er blieb vor mir stehen und grüßte mich erneut, während die Frau an eines der Steuerpulte ging und einige Knöpfe betätigte. Der Assistent wiederum schloss ein tragbares Gerät an der Metallvorrichtung, unten an meinem Zylinder, an. Als dieses aufleuchtete, reichte er es dem anderen Mann, der noch immer vor mir stand und versuchte, freundlich zu blicken. Er scheiterte. Sein Blick war rein objektiv und hatte keine Emotionen. Nachdem er eine Karte durch einen Schlitz an dem tragbaren Gerät gezogen hatte, spürte ich eine Bewegung unter mir. Die Substanz um mich herum floss langsam nach unten ab. Panisch blickte ich um mich. Was passierte mit mir? Ich hörte die halbwegs beruhigenden Worte des Mannes kaum. Als alles abgelaufen war, fiel ich auf die Knie und rang nach Luft. Mir fehlte der Schleim, den ich zum Atmen scheinbar brauchte. Ich spürte, wie das Vakuum an meinem Körper zerrte, als der letzte Rest des Gels aus meinem Mund gesogen wurde. Mit einem Zischen trennte sich der Glaskolben vom unteren Teil des Gestells und wurde nach oben in eben jenes hineintransportiert. Luft strömte in meine Lungen. Keuchend blickte ich die Leute an, die mich nun umringten. Der Boss legte einen flauschigen Bademantel mit Entenbildchen um meine Schultern.

»Du hast nun das schlimmste überstanden. Alles wird gut.«

Ich konnte noch immer nicht reden, denn mein Hals war staubtrocken. Dankbar nahm ich eine Wasserflasche entgegen. Meine sanfte Stimme erklang.

»Hallo. Es tut mir leid, falls ich euch Probleme bereitet habe.«

»Keine Sorge. Ich bin Professor Lithis. Dein Name lautet Nummer 8. Du bist kein Mensch, sondern wurdest von uns erschaffen.«

»Dann sollte ich euch wohl danken, dafür, dass ihr mir das Leben geschenkt habt.«

Ohne auf mich weiter einzugehen, forderte er mich auf, ihm zu folgen. Anfangs war ich etwas wackelig auf den Beinen, doch nach einiger Zeit klappte es schon besser. Während wir durch viele lange Gänge schritten, erklärte mir Lithis die weiteren Umstände und was mich nun erwartete. Ich war ein künstlich geschaffenes Geschöpf, das einem Menschen nicht nur äußerlich ähnelte. Bevor sie mich geschaffen hatten, war es ihnen gelungen, sieben weiteren Wesen das Leben zu schenken.

Nummer 1 war nicht länger als einige Minuten am Leben geblieben und war kollabiert. Nummer 2 war zwar lebensfähig, jedoch nicht in der Lage, ihre Umgebung wahrzunehmen und somit nutzlos für den weiteren Verlauf. Nach drei Tagen voller erfolgloser Versuche wurde sie exekutiert. Nummer 3 wiederum war schlau und zweifelte so sehr an allem, dass sie sich weigerte zu kooperieren. Sie wurde daraufhin in ein Gefäß gesperrt und wurde dort aktuell in einem Halbschlaf aufbewahrt. Nummer 4 ist in Panik ausgebrochen und hat Chaos angerichtet, was zu ihrer Erschießung führte. Nummer 5 war schweigsam und nachdenklich. Sie befand zurzeit ebenfalls im Halbschlaf, jedoch nutzte man sie immer wieder als Versuchsobjekt. Nummer 6 starb bei einem Experiment mit Medikamenten. Nummer 7 nahm sich nach ein paar Tagen das Leben, die Gründe sind unbekannt.

Auf meine Frage, warum seine Geschöpfe alle weiblich waren, meinte er bloß, dass jeder Mensch anfangs weiblich sei und erst später während der Schwangerschaft Hormone freigesetzt wurden, die das Geschlecht änderten. Hier im Labor war es ihnen einfach nicht gelungen, diesen Vorgang nachzustellen.

Mir standen nun ein paar Tests bevor, die meinen geistigen und körperlichen Zustand aufzeigen sollten. Später sollten an mir weitere Versuche, wie zum Beispiel die Verträglichkeit von Medikamenten bei Menschen oder mein Verhalten in Extremsituationen überprüft werden. Während der Vorbereitung auf die ersten Tests betrachtete ich mich gründlich im Spiegel. Meinem Aussehen nach war ich zwanzig Jahre alt. Ich war dünn, was sich auch auf meine Maße auswirkte. Mein Haar hatte eine seltsame Farbe, die aus rot und schwarz bestand. Es war leicht gewellt und reichte ein Stück über die Schultern.

Ein Jahr verstrich. Ich durchschritt glückliche Phasen, aber auch viel Leid. Die Menschen, die in diesem Labor arbeiteten, hatten kein Gewissen. Für sie war ich keiner von ihnen, ich war nichts weiter als eine sprechende Laborratte und das ließen sie mich spüren. Oft kehrte ich voller Schmerzen oder meiner Sinne beraubt in mein Zimmer zurück, das dann versperrt wurde. Ich war eine Gefangene. Es war nicht selten der Fall, dass ich sogar wieder in ein Gefäß gesteckt wurde, in denen ich im Schleim das Bewusstsein verlor. Es gab einen Raum, in dem zehn dieser Gefäße standen. Immer wenn ich den Raum verließ oder betrat, sah ich Nummer 3 und Nummer 5. Die blonde 5 war manchmal mit mir bei den Experimenten, sodass wir sogar Zeit finden konnten, uns zu unterhalten. Es tat gut, mit jemanden zu reden, der mich nicht als Gegenstand betrachtete, auch wenn die Gespräche immer sehr einseitig verliefen. Mehr als ein „Ja" oder ein „Nein" konnte ich ihr kaum entlocken.

Es kam der Tag, an dem der Professor mich aus meinem Gefäß herausholte und mich zurück in meine Geburtsstätte führte. Ich zog meinen Bademantel an, der immer in meiner Nähe war. Er war mein einziger Besitz, daher klammerte ich mich sehr an ihn. Die Entchen schienen mich besser zu verstehen als all die Menschen um mich herum. Der Raum war voller Leute, die hektisch an den Geräten arbeiteten. Der große Glaszylinder war gefüllt mit Schleim, doch in ihm war sonst nichts.

»Jetzt wirst du die „Zeugung" einer von euch erfahren. Nummer 9, möglicherweise, wenn sie bis zur Geburt überlebt. Wir haben dank deiner Mitarbeit einige neue Konfigurationen vornehmen können und werden es nun ausprobieren.«

Lithis trat ein Stück näher an das Gefäß heran und sprach dann zu seinen Assistenten: »Auf ein gutes Gelingen. Initiiert die Zeugung.«

Er zog seine Schlüsselkarte durch das tragbare Gerät und kurz darauf blinkten alle Pulte wie verrückt. Der Strom fiel für einen Moment aus, als die graue, zähe Flüssigkeit mit Hochdruck in den Behälter geschossen wurde. Die Lichter gingen wieder an und der Kaugummi verharrte in seiner Position. Ich hörte, wie die Menschen um mich herum erleichtert seufzten, als wäre es sonderlich schwer gewesen, ein paar Knöpfe zu drücken. Der Professor packte mich am Arm und zog mich die Gänge entlang in meinen Raum. Ich wehrte mich nicht. Falls ich es tat, wären sofort bewaffnete Leute auf mir und ich würde zurück in den Behälter gesperrt werden. Mein Raum bestand aus einem Bett, einer Toilette, einem Stuhl, einem Tisch und einem Buch, das ich schon hunderte Male durchgelesen hatte, da es meine einzige Beschäftigung neben meinen Gedanken und Gesprächen mit den Enten auf meinem Mantel war. Ich war mir bewusst, dass sie nicht real waren, aber es tat gut, mit jemanden zu reden. Warum sie Nummer 5 nicht in eine weitere der Zellen, die ausreichend vorhanden waren, stecken, war mir ein Rätsel, das mir nicht beantwortet wurde.

»Ich hoffe, das trägt zu deiner Selbstauffassung bei«, sagte der Professor, als er die massive Stahltür zuschob und von außen versperrte. Ich setzte mich auf das Bett und starrte auf meine Füße. Plötzlich spürte ich Hunger. Er war das einzige Zeichen für die Uhrzeit. Ich wusste, dass ich immer morgens um acht, mittags um zwölf und abends um 18 Uhr mein Essen bekam. Während ich in meinem Gefäß war, nährte sich mein Körper von dem Schleim und während vielen Versuchen bekam ich einfach nichts. Uhren waren oft nur an den Handgelenken der Wissenschaftler, selten in Räumen. Welches Jahr, welchen Monat oder welche Jahreszeit wir hatten, wusste ich noch nie. Das gesamte Labor war eine große Einrichtung unter der Erde,

mitten im Ozean. Die Forscher konnten über einen streng be-
wachten und durch den Schlüsselkarten-Mechanismus gesicher-
ten Aufzug an die Oberfläche gelangen. Das Labor war kreis-
förmig um diesen Aufzug aufgebaut. Im Osten befand sich die
Forschungseinrichtung, welche die Labore, den Schöpfungs-
raum und meine Unterkünfte beinhaltete. Im Westen war der
Bereich, in dem die Menschen ihre Freizeit verbringen konnten.
Es gab Läden, Restaurants, Hotels und die verschiedensten Frei-
zeitaktivitäten. Ein Sportstadion durfte da natürlich nicht fehlen. Mein einziger Besuch in diesem Bereich war an meinem ersten Tag für meinen physikalischen Test gewesen. Der Grund,
warum es einen solch großen Freizeitteil gab, war simpel. Lithis
wollte die Forscher immer nahe haben und somit an sich bin-
den. Manche von ihnen verließen das Gewölbe niemals, manche
nur selten. Sie hatten zum Teil Familien gegründet, welche nun
dauerhaft eine Hotelwohnung belegten. Den Kindern war das
Schicksal, ebenfalls hier zu arbeiten, vorbestimmt. So hatte sich
Lithis Generationen von Menschen zu Eigen gemacht. Ihre
Zahl befand sich zum Zeitpunkt meiner „Geburt" bei etwa 6000
und stieg stetig an. Finanziert wurde das ganze durch verschiedene Regierungen der Oberfläche und der Pharmaindustrie. Das
große Ziel war es, uns als Massenware herzustellen und als Er-
satzteillager für kranke Menschen zu nutzen oder neue Medizi-
nen an uns zu testen. Irgendwann wollten sie mit ihrer Techno-
logie erreichen, dass sie das Bewusstsein eines Menschen in einen anderen Körper transplantieren und ihm so ein ewiges Leben und sein Wunschaussehen zu ermöglichen.

2

Weitere Jahre später hatte ich die Zeit endgültig aus den Augen verloren und wusste nicht, wie lange ich schon den Experimenten der Forscher unterzogen wurde. Ich saß gerade auf meinem Bett und besah die geschwollenen Schnittwunden des letzten Versuchs an meinen Beinen, als die Tür aufgesperrt wurde. Es war Markus, mein „Manager", wie die Menschen scherzten. Unsere Schöpfung lief seit einiger Zeit deutlich schneller und weniger fehlerhaft, deshalb war es dem Professor gelungen über 5 weitere Prototypen wie mich herzustellen, sodass Nummer 14 gerade in ihrer Entwicklung war. Noch immer war es ihm nicht gelungen, männliche Versionen zu erstellen, der bisher beste Versuch führte bei Nummer 11 zu einer vollkommenen Verstümmelung, sodass sie, er oder es schnell beseitigt wurde. Bei einem Aggressionstest hatte Nummer 10 Nummer 13 brutal niedergestochen und wurde von den Wachen zum Schutz erschossen. Nummer 13 erlag ihren Verletzungen. Die einzigen nach mir geborenen Lebenden waren somit die Nummern 9 und 12. Nummer 3 wurde in all den Jahren nie aus ihrem Schlaf erweckt und auch Nummer 5 wurde immer noch nur ab und zu herausgelassen.

Markus war einer der Menschen, die ich am wenigsten ausstehen konnte. Nicht nur schleppte er mich ständig, ohne mit mir zu reden von Ort zu Ort, ich musste mir zudem die ganze Zeit sein Genörgel darüber anhören, wie er es verabscheute, mich zu „Babysitten". Lithis hatte zumindest versucht, manchmal ein Lob auszusprechen. Während er mich vor sich herschob, da ich ihm zu langsam war, erzählte er mir, welche Tests nun stattfinden würden.

»Wir testen das Überleben eines menschenähnlichen Wesens mit Ausrüstung eines großen, bekannten Kleidungsherstellers und eines Wesens ohne jene Ausrüstung in extremer Kälte. Nummer 9 wird deine Partnerin sein.«

Gerade Nummer 9 musste es sein. Sie war laut, respektlos und schien mich nicht sonderlich zu mögen. Ihr Zimmer lag mir gegenüber. Ich seufzte. Sie hatte sich wahrscheinlich schon längst die Ausrüstung gekrallt und würde sie sicherlich nicht abtreten. Es würde kein angenehmer Aufenthalt werden. Meine Beine schmerzten beim Auftreten. Was genau die Wissenschaftler in die Schnitte geträufelt hatten, wusste ich nicht. Sie hatten bloß gesagt, es brauche seine Zeit. Schließlich kamen wir zu dem Labor, in dem Simulationen durchgeführt werden konnten. Nummer 9 saß bereits im kleinen Vorderraum, zusammen mit einigen Menschen und ihrem Manager. Natürlich lag auf ihrem Schoß die leuchtend rote Jacke und ihr Grinsen machte mich wahnsinnig. Ich machte eine Geste in Richtung meines Kopfes und ihr Grinsen verschwand. Bei einem Versuch vor ein paar Tagen waren ihr sämtliche Haare ausgefallen. Ich muss zugeben, dass es mir keinesfalls leidtat. Wir wurden angewiesen, was wir nun zu tun hatten. Ich durfte meinen Bademantel anbehalten, was mich erfreute. Nun sollten wir in den größeren Nebenraum, den Simulator, eintreten und uns bloß auf die vorbereiteten Stühle setzen. Es war kühl in dem Raum, doch ich unterdrückte mein Zittern. Ich erinnerte mich, was der leitende Wissenschaftler gesagt hatte: Wir würden bei null Grad beginnen und alle zehn Minuten würde dann die Temperatur um weitere zehn Grad verringert werden. Dies würde so lange gehen, bis wir zusammenbrächen. Erst dann würde man uns herausholen. Dies hieß, dass ich höchstwahrscheinlich früher herauskam als Nummer 9, die dicke Stiefel, eine Skihose, einen dicken Mantel und eine passende rote Wollmütze trug.

»Ich schwitze«, meinte sie in ihrer dicken Winterkleidung.

»Dann zieh dich aus.«

»Das würde denen da draußen nicht passen, weißt du? Ach ja, schöne Beine.«

Mein Bademantel reichte gerade so bis zu den Knien, doch beim Hinsetzen war er etwas hochgerutscht und gab nun den Blick auf die Wunden frei. Drei auf jedem Bein. Ich stand kurz auf und rückte ihn zurecht.

»Bleib sitzen, das ist deine Aufgabe!«, blaffte eine Stimme aus einem Lautsprecher. 9 schüttelte grinsend den Kopf.

»Also wirklich, 8, das kannst du doch nicht machen.«

»Halt die Klappe jetzt. Ich kenne dich seitdem du noch im Reagenzglas warst.«

Knurrend schwieg sie für einige Minuten. Auf einmal sank die Temperatur rapide. Ich konnte nicht verhindern, dass meine Zähne einige Male aufeinander klapperten.

»Na hoppla, ist dir kalt? Armes, altes Weib.«

Ich wollte mir nicht länger ansehen, wie sie auf ihrem Stuhl herumfläzte, schloss die Augen und zog die Beine an. Mir wurde etwas wärmer. Später kam eine weitere Temperatursenkung. Ich konnte meine Hände, Füße und Ohren kaum noch spüren.

»Du bist mir gegenüber echt kalt, weißt du das, 8?«

»Der war schlecht, selbst für dich.«

Ich öffnete ein Auge einen Spaltbreit, nur um zu sehen, wie sie vollkommen ausgestreckt mit den Händen hinter dem Kopf dalag. Das wollte ich nicht sehen.

»Ich habe ein solch warmes Herz und du zeigst mir ständig die kalte Schulter.«

»Ich sage gar nichts mehr dazu.«

Sie warf mir noch ein paar schlechte Wortspiele an den Kopf und verstummte ebenfalls, als die Kälte noch schlimmer wurde. Sie spürte es jedenfalls auch. Meine Arme und Beine wurden taub. Da ich drohte, einzunicken, schlug ich die Augen auf. Ich wollte diesen Wettstreit trotz allem nicht verlieren.

»Verdammt, du lebst ja noch. Die Hoffnung stirbt zuletzt.«

Ich hatte ganz andere Probleme, als auf den Schwachsinn einzugehen, den 9 von sich gab. In meinen Gedanken sprachen die Entchen von meinem Bademantel zu mir und gaben mir Kraft, dies weiter durchzustehen. Es wurde abermals kälter. Mein Kopf fühlte sich schwer an, ich konnte kaum noch denken. Ich zitterte hemmungslos und verfiel in einen tranceartigen Zustand. Als die Temperatur nochmal sank, fraß sich die Kälte in das Innerste meines Körpers und ich spürte nur noch einen Schlag gegen meinen Kopf als ich vom Stuhl fiel.

Meine Glieder fühlten sich noch immer steif an, als ich mitten im Schleim meines Behälters zu mir kam. Markus stand davor und musste wohl gerade das Narkosemittel aus dem Schleim entfernt zu haben. Kurz darauf floss der Schleim ab, das Vakuum leerte meine Atemwege und Luft strömte hinein. Ich riss meinen Mantel aus seiner Hand und stapfte in Richtung Ausgang. Markus folgte mir und auch die Wache, die am Ausgang gestanden hatte, begleitete mich zu meiner Zelle.

»Du solltest froh sein, dass dein Herz wieder anfing zu schlagen, als wir dich in deinen Zylinder gesteckt haben«, meinte Markus.

»Oh ja, danke euch, zum Glück habt ihr mich nicht in diesen Zustand gebracht.«

»Du kannst auch wieder zurück hinein.«

Schnaubend sah ich auf den Boden. Ich hatte nichts zu sagen. Ich war kein Mensch. Als wir an einem Spiegel vorbeikamen, sah ich, dass ich eine große Platzwunde an meiner rechten Schläfe hatte. Diese war jedoch bereits vernäht und gereinigt worden.

»Wie lange hat Nummer 9 durchgehalten?«, fragte ich.

»Eine weitere Stunde, nachdem du vom Stuhl gekippt bist. Fand sie übrigens sehr lustig. Zudem ist es ärgerlich, dass durch die Kälte einer ihrer Füße abgestorben und nutzlos geworden ist. Das verfälscht zukünftige Ergebnisse.«

Er stieß mich unsanft in mein Zimmer und schloss die Tür ab.

3

In den darauffolgenden Tagen wurden keine zusätzlichen Experimente an mir durchgeführt. Irgendwann mittags wurde mein Zustand kurz überprüft, um festzustellen, wie gut ich das Mittel in meinen Beinen vertrug.

Diese Versuche waren meist schmerzhaft und unangenehm, doch ich lernte neue Arten von Tests kennen und es war auf eine gewisse Weise aufregender, als gelangweilt in der Zelle herum zu hocken. Meine Beine fühlten sich von Tag zu Tag stärker an und endlich wurde ich im Labor aufgeklärt, was mit mir geschehen war. Das Serum, das sie an mir eingesetzt hatten, sollte die Leistung von Sportlern erhöhen und so zu neuen Bestleistungen führen. Die Pharmaindustrie würde Milliarden an einer erfolgreichen Version verdienen. Zudem konnten sie bei meiner Blutprobe das Dopingmittel bereits nach knapp anderthalb Wochen nicht mehr feststellen. Da dies der Fall war, nahm Markus mich mit in das Stadion, um dort meine Leistungen mit denen an meinem ersten Tag zu vergleichen. Mit großen Augen betrachtete ich die bunten Geschäfte und die Menschen, die nicht so ernst dreinblickten, wie meine Wachen. Kinder zeigten auf mich und ihre Eltern erklärten ihnen, dass ich kein Mensch sei. Ich sei bloß ein Mittel zum Zweck. Es machte mir jedoch nichts aus, denn ich bekam ohnehin jeden Tag zu spüren, dass ich ihnen nur so viel wert war, wie ich an Daten liefern konnte. Im Stadion bekam ich dann anliegende Kleidung. Es war jedes Mal ein seltsames Gefühl, wenn ich andere Kleidung bekam. Ich musste mich eine Runde joggend aufwärmen, bevor meine Zeit im Sprint gemessen wurde. Das Ergebnis war überragend: Ich hatte es geschafft, meine anfängliche Leistung zu verdoppeln. Die Beobachter waren sichtlich zufrieden und machten sich Notizen, bevor sie dann verschwanden.

Später schloss Markus meine Zelle auf und befahl mir, ihm zu folgen. Kurze Zeit später betrat ich einen Raum, den ich noch nie gesehen hatte. Trotzdem wurde mit sofort bewusst, dass es ein Klassenraum war. Es gab jede Menge Tische und Stühle und in der Front stand ein großes Pult. Der Professor lag auf dem Stuhl und hatte die Beine auf den Tisch gelegt. An einem der anderen Tische saß Nummer 5. Sie hatte ihre Hände auf den Schoß gelegt und starrte auf den Tisch, als sei er das interessanteste Objekt im Raum. Schweigend setzte ich mich rechts neben sie. Markus stellte sich an die Wand hinter Lithis. Minuten vergingen, in denen niemand etwas tat. Abermals öffnete sich die Tür und drei Menschen betraten den Raum. Nun gut, zwei Menschen. Ich bekam zum ersten Mal Nummer 3 außerhalb des Gefäßes zu Gesicht. Sie blickte mürrisch und trug ihren blauen Bademantel fest zugebunden. Sie war deutlich größer und stärker als die anderen von uns. Einer der Begleiter gesellte sich zu Markus und der andere legte einige Papiere auf den Tisch des Professors, woraufhin er wieder ging. Nummer 3 zog einen Stuhl neben mich und setzte sich an meinen Tisch. Langsam wanderte ihr Blick über mich, sodass ich mich unwohl fühlte. Danach inspizierte sie Nummer 5, die erschrocken zurückblickte, bevor sie versuchte, in ihrem pinken Mantel zu versinken. Ich hörte einen Laut von vorne. Professor Lithis hatte sich aufgesetzt und klopfte die Blätter auf den Tisch, um diese zu ordnen.

»Nummer 3, du willst sicher wissen, wieso du nun hier bist.«

Ich war ebenfalls neugierig, doch ich wollte nicht stören. Nummer 3 verschränkte die Arme und nickte kurz. Sie schien emotionslos, doch etwas sagte mir, dass sie den Mann vor ihr abgrundtief hasste.

»Ihr wurdet hierhergebracht, da wir vor einer großen Errungenschaft stehen. Nummer 3, Nummer 5 und Nummer 8, ihr werdet Teil unseres ersten Versuchs außerhalb dieses Labors.«

Die Welt „da draußen"? In dem einzigen Buch, das ich besaß, wurde immer wieder von der Sonne, den Pflanzen, den Tieren und dem herrlichen, kühlen Wind gesprochen. Das Wissen, das ich von Geburt an besaß, half mir zwar zu wissen, wie es dort sein würde, doch ich hatte immer davon geträumt, es selbst zu erleben.

»Ihr werdet in ein Gebiet gesendet, das radioaktiv verseucht ist. Leider ist vor einer Woche eines unserer Frachtflugzeuge dort abgestürzt. Die Fracht ist für unsere Forschung von großer Bedeutung. Ihr werdet vorher alle eine Spritze bekommen, die euch vor der Strahlung größtenteils Schützen sollte. Zudem wird ein Mitarbeiter ständigen Funkkontakt mit euch halten. Falls ihr versucht zu entkommen, werden wir das Schutzmittel in eurem Körper per Knopfdruck detonieren lassen. Nach ein paar Tagen sollte euer Körper das Mittel abgebaut haben. Verstanden?«

Nummer 3 lehnte sich vor.

»Was genau war besagte Fracht? Warum ist die Maschine abgestürzt?«, fragte sie gehässig und zog eine Augenbraue hoch.

»Die Fracht beinhaltet einen neuen Stoff aus China und die Umstände des Unglücks sind unbekannt, daher wirst du, 3, die Blackbox bergen und analysieren.«

Sie schnaubte und lehnte sich wieder zurück. Ich blickte herüber zu Nummer 5. Sie besah sich nun wieder den Tisch und hatte die Knie angezogen.

Vor Aufregung hatte ich kaum geschlafen. Immer wieder malte ich mir aus, wie ich durch das natürliche Licht hüpfte und lebende Enten beobachtete. Ich konnte sie füttern und berühren, auch wenn sie zunächst scheu waren. Markus' große Faust krachte von draußen gegen meine Tür. So schnell es ging stand ich auf und rannte ihn fast um, als er mich herausließ. Er packte mich grob am Handgelenk und führte mich die Gänge entlang. Nach einiger Zeit stand ich vor einer großen Tür, die einen Lift freigab. Wir gingen hinein und Markus zog seine Schlüsselkarte durch einen dafür vorgesehenen Schlitz. Der Lift setzte sich in Bewegung. Mit der Höhe stieg auch meine Aufregung. Ich wollte umherrennen, da ich es kaum noch aushielt. Markus' strenger Blick hielt mich jedoch in Schach. Ein stumpfes Geräusch ertönte, als der Lift zum Stehen kam. Die Tür schob sich beiseite und ich wurde von einem hellen Licht geblendet. Es war ein freundliches, warmes Licht, nicht kalt und blau wie im Labor. Mein Begleiter hielt mich mit einem eisernen Griff, sodass ich geduldig warten musste, bis er sich endlich entschied, herauszugehen. Ein starker Windstoß erfasste mich und ich drohte zu stolpern. Ich befand mich nun auf einer stahlblauen Plattform, umgeben von Wasser. Das Sonnenlicht strahlte auf mein Haupt und wurde von den hohen Wellen reflektiert. Außer der Kabine mit dem Lift befanden sich noch ein großer, gepanzerter Hubschrauber und einige bewaffnete Menschen auf der Plattform. Ich fühlte mich trotzdem frei. Der Himmel über mir schien sich grenzenlos in alle Richtungen auszubreiten, bis er mit den hohen Wellen des Meeres verschmolz. Der Wind blies einzelne Wolken über den Himmel und ließ die Luft kälter wirken, als sie wirklich war. Meine Freude hielt nicht lange, denn ehe ich es bemerkte, stieß mich Markus durch die Frachtluke in den Hubschrauber, wo ich von zwei anderen Männern an den Armen festgehalten wurde. Langsam fuhr die Klappe hinauf und versperrte mir den Blick nach außen. Die beiden Forscher trugen Handfeuerwaffen am Gürtel und schoben mich zu einem Sitz, in dem sie mich mit Gurten festschnallten. Mir gegenüber saßen Nummer 3 und 5 in ähnlichen Sitzen. Die Gurte wurden kreuzförmig über mich gespannt und fesselten meinen Rücken dicht an die Lehne. Einer der Wissenschaftler verschwand für einen kurzen Moment und kehrte mit einer langen Spritze zurück.

»Halt still!«, befahl er mir und drückte meinen Kopf zur Seite, den der andere Mann daraufhin festhielt. Da mein Kopf weggedreht war, spürte ich bloß, wie die Spritze in meinem entblößten Nacken versenkt wurde. Ich schloss die Augen und versuchte nicht aufzuschreien. Als sie von mir abließen, stöhnte ich auf. Mein Nacken fühlte sich hart an und der Schmerz pochte immer noch. Mein ganzer Körper war taub und schwach, ich konnte nicht einmal einen Arm heben. Ein neues Geräusch betrat meine Wahrnehmung. In einem immer schneller werdenden Takt setzten sich die Rotorblätter in Bewegung und wir hoben ab. Außer uns Testobjekten waren also wohl nur vier Menschen mit an Bord, wenn man den Piloten und seinen Copiloten miteinbezog. Mein Blick schweifte zu meinen Artgenossen. Nummer 5 war eingeschlafen und sah äußerst friedlich aus, ohne die übliche Angst in ihren Gesichtszügen. Nummer 3 guckte ich nur einen Sekundenbruchteil an, da ihre Augen ebenfalls auf mir ruhten. Ganz egal, wie ich sie betrachtete, sie blieb eine unheimliche Person. Zu gerne hätte ich die Welt unter uns beobachtet, doch durch die fensterlosen Wände war dies unmöglich. Also begnügte ich mich mit den Vorstellungen davon, wie die Welt, voller Farben, Formen und Leben, unter uns vorbeihuschte.

Ich wurde im Sitz geschüttelt. Dem Anschein nach war ich inmitten meiner Gedanken eingeschlafen. Das Geräusch der Rotoren war erloschen, wir hatten auf festem Boden aufgesetzt. Ich ließ den Kopf kreisen, um meinen steifen Nacken etwas zu entspannen. Nummer 5 war ebenfalls erwacht und wischte panisch Speichel von ihrem Bademantel. Ihre Nachbarin schaute ihr sichtlich belustigt dabei zu. Sie hatte sicherlich nicht geschlafen, da sie wissen wollte, was geschah und zudem nicht das geringste Vertrauen in die Forscher im vorderen Teil des Frachtraums besaß. Besagte kamen nun zu uns und während die große Klappe herunterfuhr, schnallten sie mich und 5 ab.

»Denk daran, dass wir dich jederzeit hiermit sprengen können. Es gibt zudem noch zwei weitere Schalter, also bemühe dich nicht, uns anzugreifen.«

»Das ist lieb von euch, danke für die Information«, erwiderte Nummer 3 und grinste breit. Beim Aufstehen sah ich den Schalter, über den gesprochen wurde. Es war ein schwarzer Kasten mit drei roten Knöpfen, die mit unseren Ziffern beschriftet waren. Die beiden Expeditionsleiter öffneten eine Luke in der Wand und zogen schwarze Overalls heraus. Dann befahlen sie uns, diese anzuziehen, weil unsere Beweglichkeit so nicht eingeschränkt werden würde und es einen minimalen weiteren Schutz gegen die Strahlung verleihe. Der Anzug passte perfekt, so als hätten sie ihn maßgefertigt. Höchstwahrscheinlich war er das auch. Zum Abschluss erhielten wir ein einseitiges Headset, das uns die Kommunikation untereinander erleichtern und mit unserem Überwacher ermöglichen würde. Außerdem erhielt

Nummer 5 einen Kompass und Nummer 3 ein Analysegerät für die Blackbox des Flugzeuges.

Ein paar Minuten später standen wir in einem Wald und sahen dem Hubschrauber nach, wie er sich in die Höhe begab. Nun, Nummer 5 sah ihm nach, da sie sofort wieder wegwollte und Nummer 3 blickte nach oben, um festzustellen, wann er endlich verschwand. Ich hingegen bewunderte die Bäume, die sanft im Wind rauschten, die Blätter auf dem Boden und die Vögel am Himmel.

»Hör auf zu zappeln!«, ermahnte mich Nummer 3 und packte meine Hand. Ich versuchte mich freizukämpfen, doch ihr Griff war zu stark.

»Elende Sklaven, alle beide. 5, bleib hier und hör mir zu. Wovor hast du Angst? Wehr dich! Und du 8, warum, warum lässt du das alles zu? Habt ihr denn keine Ehre? Seid ihr dumm?«

Verlegen scharrte ich mit meinem Fuß in der Erde. Ein Knacksen ertönte in meinem Kopfhörer.

»Alles klar, Systeme online. Nummern 3,5 und 8, hört ihr mich?«

Nach einer Bestätigung von mir und 5 fuhr die männliche Stimme fort: »Mein Name ist Keto, ich werde euch durch diese Mission leiten und euch überwachen. Euer Standort wird mir zu jedem Zeitpunkt auf meinem Bildschirm angezeigt. Zudem soll ich euch ausrichten, dass ich einen der Schalter besitze, um euch zu töten. Nachdem das geklärt wäre, geht nun nach Norden, bis ich es anders verkünde.«

Nummer 3 riss kurzerhand ihrer schreckhaften Mitstreiterin den Kompass aus der Hand und warf ihn mir zu. Ich wusste nicht, ob ich über den Funken Vertrauen glücklich sein sollte.

Nach einiger Strecke verschwanden die Geräusche um uns, bloß das gespenstische Heulen des Windes zwischen den abgestorbenen Bäumen war noch immer zu hören. Die Bäume lichteten sich, bis wir auf einer grau-braunen Ebene standen. Selbst das Gras konnte hier nicht überleben. Der nun ungebremste Wind machte uns zu schaffen, doch wir kämpften immer weiter dagegen an. Ich ging voran, da ich den Kompass hatte. Meine beiden Partner liefen hinter mir, eine dicht an mir, die andere einige Meter entfernt mit verschränkten Armen.

»Wollt ihr das wirklich ausführen?«, knurrte diese.

»Was bleibt uns schon übrig, wir sind hierzu geschaffen worden.«

»Mag sein, aber denkst du nicht, dass du etwas daran ändern kannst?«

»Es wäre schön, aber ich bin dem Professor schon deshalb dankbar, dass er mir überhaupt das Leben geschenkt hat. Es ist nicht immer schön, aber ich habe schon viel erlebt.«

»Lithis interessiert sich nicht für dein Leben, Hauptsache die Ergebnisse bringen Fortschritt und somit Geld. Sobald er alles hat, lässt er uns aufhängen und bei lebendigem Leibe sezieren.«

Nummer 5 drückte meinen linken Arm an ihre Brust und umschloss ihn. Ich konnte ihre Erleichterung spüren. Die Umgebung machte ihr ohnehin Angst und Nummer 3 machte es immer schlimmer. Als Ablenkung klopfte ich gegen das Mikrofon.

»Hallo, hier spricht das Expeditionsteam! Wir kämpfen gegen die Mächte der Natur an!«

Ich zuckte zusammen, als die Stimme in meinem Headset lachte.

»Kleine Info: Ich kann alles hören, das Mikro ist nie aus. Das gerade war ja echt niedlich, so verspielt.«

»Ich bin n-niedlich?«, stotterte ich. Ein Kompliment? Niemand hatte mich je wirklich gelobt. Bloß ein förmliches Lob für das durchführen eines Tests.

»Mir wurde erzählt, ihr seid künstliche, menschenähnliche Testobjekte. Hätte ich das nicht gewusst, hätte ich euch prompt für Menschen gehalten. Ich meine, ihr habt Persönlichkeiten, Meinungen und Gefühle. Ihr seid mehr als Testobjekte mit Seriennummern, weitaus mehr.«

Nummer 3 wurde langsamer und zog eine Augenbraue hoch. Mit mir verzögerte auch Nummer 5.

»Ich will euch nicht herabwürdigend mit Zahlen ansprechen. Ihr braucht Namen! Wartet, ich denke mir etwas aus.«

Schulterzuckend stieß 3 mich an und wir setzten unseren Weg fort. Wir trafen nach ein paar Minuten auf ein kleines, eingestürztes Dorf, aus dem eine Straße nach links und rechts hinausführte. Zwischen den Häusern verstärkte sich der Griff von Nummer 5 an meinem Arm, sodass ich spürte, wie das Blut sich staute. Die zerbrochenen Fenster gaben den Blick auf die gähnende Leere im inneren der Häuser frei. Von manchen Häusern war nicht viel mehr als ein Haufen Steine übrig, die nun auf dem Weg verteilt herumlagen.

»Alles klar. Ich habe eine Idee. Es ist nicht die beste, aber ich hoffe, es taugt etwas. Eure Nummern habe ich hierbei als Orientierung genutzt. Aus dem griechischen Alphabet übernommen: Nummer 3 heißt Gamma, Nummer 8 heißt Theta und Nummer 5 würde Epsilon heißen, aber das finde ich nicht- «

»Ist schon in Ordnung, ich heiße gerne Epsilon«, sagte Nummer 5 mit einem Lächeln auf den Lippen. Den inzwischen schmerzhaften Griff lockerte sie trotzdem nicht.

»Wie wär's mit Epsi? Das passt zu dir. Wie auch immer, wir müssen zurück zur Mission. Folgt nun der Straße nach Westen aus der Stadt heraus, ihr trefft dann auf einen großen Krater.«

Auf dem Weg redeten wir, größtenteils ich, mit Keto über unser Leben im Labor. Gamma war ihm gegenüber nun nichtmehr ganz so negativ eingestellt und auch Epsi wurde zutraulicher. Er erzählte von seiner Karriere in der Technikbranche und wie er dann bei LI-Tech gelandet war. Angefangen hatte er bei einem Radiosender, wo er schnell vom Kaffeejungen zum Moderator aufstieg, da er präzise Aussagen machen konnte und so eine super Nachrichtenshow moderieren konnte. Später ging er zum Militär. Dort koordinierte er nach Abschluss einer Medizinausbildung den Funkverkehr und verbesserte fortlaufend die Verbindung. Schließlich entwickelte er sein eigenes Empfangsgerät, das selbst schwache Wellen wieder in klaren Ton umwandeln konnte. Lithis, der auf der Suche nach einer guten Kommunikationsmöglichkeit war, fand ihn und bot ihm den Job bei seiner Firma an.

Ich hatte zwar keinerlei Ahnung von Geld, doch sein Lohn hörte sich nach sehr viel an.

»Theta, bleib stehen!«

Epsi riss mich aus meinem Gespräch und hinderte mich somit daran, in die große Grube direkt vor mir zu stürzen. Ich ignorierte Gammas gehässigen Kommentar dazu und folgte Ketos Anweisungen um das klaffende Loch herum.

»Was ist hier passiert?«

»LI-Tech hat hier den Prototyp einer neuen nuklearen Waffe getestet. Die Grube hat einen Durchmesser von 120 Metern und eine Tiefe von 13 Metern. Das umliegende Gebiet wurde weiträumig verseucht, sodass dort auch in vielen Jahren kein Leben möglich sein wird.«

»Das ist schrecklich.«

Zwischen meine Taille und meinen Unterarm drängte sich abermals die zarte Hand.

»Seht mal, was dein Helferlein und Vater so Schönes anstellt. Ist das nicht wundervoll? Wenn ihr ihnen weiterhin freiwillig helft, wird so etwas in Massen geschehen.«

Ich konnte gut verstehen, wieso Gamma jahrelang festgesperrt war. Ihre pessimistische Haltung konnte einen echt in den Wahnsinn treiben. Zudem war sie nicht kooperationsfähig. Wir verließen die Umlaufbahn des Kraters und wanderten weiter durch das offene Feld. Es folgte ein kurzer, toter Waldabschnitt, nach dem wir unser Ziel vor Augen hatten: das Flugzeugwrack. Die Spitze des Flugzeugs war beim Aufprall abgebrochen und lag ein Stück weiter entfernt. Der Rumpf war doppelt zerschmettert worden und sah aus, als wäre Luft aus ihm entwichen wie aus einem Ball.

»Theta und Epsi, klettert bitte durch den ersten Bruch in den hinteren Teil der Maschine. Haltet nach einem grauen Aktenkoffer Ausschau. Er war vor dem Sturz am Rumpf festgegurtet. Gamma, du suchst das Cockpit auf und sammelst die Blackbox ein. Analysieren wirst du sie nachdem du raus aus dem Ding bist.«

Augenblicklich trennte sie sich von uns. Ich streifte Epsis Hand von meinem Arm und bevor die wieder nach ihm greifen konnte, stieg ich durch den Riss im Rumpf des Flugzeugs. Fast schon panisch stürzte sie mir hinterher, verfing sich jedoch mit ihrem Fuß an der unteren Kante und fiel der Länge nach in das Wrack. Ich half ihr auf und sofort hing sie wieder an mir. Diesmal spürte ich ihren Puls deutlich. Sie war wirklich keine Hilfe, bloß ein überflüssiger Ballast. Trotzdem mochte ich sie.

Nach Ewigkeiten, in denen ich eine zertrümmerte Kiste nach der anderen zur Seite schob, bemerkte ich den silbernen Aktenkoffer in der hintersten Ecke. Ein schweres Paket war darauf gerutscht, sodass der Koffer seitlich betrachtet durch seinen Knick die Form des Buchstaben V annahm.

»Hilf mir mal!«

Zögernd löste sie ihre Umarmung und stemmte sich zaghaft gegen das Gewicht. Vereint gelang es uns, es vom Koffer herunter zu kippen. Triumphierend hob ich den verbeulten Koffer hoch.

»Keto, wir haben ihn!«

»Gut, begebt euch nun nach draußen, ich möchte, dass ihr Gamma bei der Analyse helft.«

Epsi nahm ihren Platz an meiner Seite ein und wir betraten das Freie.

Gamma ließ den Kopf in den Nacken fallen und stöhnte auf. Sie kniete vor der Blackbox, die durch ein Kabel mit dem Analysegerät verbunden war. Sie hatte erfolgreich die Daten auf das Gerät transferiert. Wir waren hierbei nicht zu gebrauchen gewesen.

»Übertrage nun bitte die Daten an die Zentrale.«

»Nein.«

Na toll, sie stellte sich schon wieder quer.

»Gamma, bitte. Wenn du die Befehle verweigerst, werde ich dich sprengen müssen.«

»Dazu hast du nicht den Mut.«

Sie stand auf und umklammerte das Gerät dicht vor ihrer Brust. Ohne ein Wort machte sie drei große Sätze, um eine Distanz zu uns beiden zu schaffen.

»Gamma, wir brauchen die Daten.«

Ketos Stimme zitterte. In diesem Moment wusste ich, dass er nicht in der Lage wäre, eine von uns zu töten.

»Ich weigere mich, für eine solch schreckliche Organisation einen Fortschritt zu erzielen. Die Daten auf der Blackbox sind verdorben, ihr werdet sie ohnehin nur schwer wiederherstellen können. An die anderen mit den Schaltern: Wenn ihr mich sprengt, zerstört ihr eure wertvollen Dateien! Somit habe ich meinen Traum erfüllt und euch mehr geschadet als genützt. Wollt ihr das?«

Sie bedeutete Epsi und mir, noch ein paar Schritte davon zu weichen.

»Du bist so klug, Gamma, lass es sein! Noch kannst du umkehren!«

»Nein.«

Die folgende Detonation war grauenhaft. In Sekundenbruchteilen zerschmetterte der Druck Gammas Körper und hinterließ nichts als Fetzen ihrer ehemaligen Existenz. Warmes Blut regnete auf mich, färbte meine Haare. Atemlos fiel ich auf die Knie und starrte auf die blutige Stelle, auf der sie eben noch gesprochen hatte. Es war nichts übriggeblieben. Epsis schrille Schreie konnten meinen Schrecken nicht übertönen.

Ich bekam kaum mit, wie der Helikopter in kurzer Entfernung zu mir landete. Der Wind war nicht kalt, ich fühlte nichts. Das zusammengekauerte Etwas vor mir schrie noch immer, doch ohne Ton. Maskierte und in dicke Anzüge gehüllte Männer griffen mich unter den Achseln und zerrten mich rücklings in den Hubschrauber. Mein Blick ruhte noch immer auf der Stelle, von der Gamma zu uns gesprochen hatte. Es war, als ob ihre Stimme und der darauffolgende Knall noch immer in meinem Ohr nachhallten und somit Ketos verzweifelte

Beruhigungsversuche blockierten. In meinen Gedanken kreiste nur eine Frage: Warum? Warum war so etwas geschehen? Es war als wäre ich aus einem langen Schlaf erwacht. Nun wusste ich, dass ich den Menschen nicht mehr wert war als ein Baum, der vernichtet wird, sobald ich ihnen im Weg war. Meine Trance wurde durch den stechenden Schmerz einer Nadel im Hals gebrochen. Ich hörte meinen Atem immer schwerer werden, sah, wie Epsi in sich zusammensackte.

4

Meine Knie knallten auf den Boden meines Behälters. Luft füllte meine Lungen. Wie lange hatte man mich hier hinein gesperrt? Ich ließ meinen Blick durch den Raum schweifen. In einem der vielen Behälter, auf der anderen Seite des Raums, schaute sich Epsi ebenfalls vollkommen verwirrt und ängstlich um. Ich stand auf, in der Erwartung, dass man mich gleich abholen würde. Als ich den Kopf nach links drehte, erblickte ich den Körper von Nummer 9, welcher scheinbar leblos in der schleimähnlichen Flüssigkeit schwebte. Ihr fehlte ein Bein und ihr gesamter Körper war über und über mit unzähligen Narben und auch frischen Schnittwunden übersäht. Es kam mir so vor, als bedecke eines ihrer Augenlider eine leere Höhle. Zudem war ihr Gesicht entstellt und ihr Kiefer hatte sich in eine schiefe Position begeben. Die Tür zu dem Raum schwang auf und Markus, zusammen mit Epsis Manager und dem Professor betraten den Raum. Wir wurden aus unseren Gefäßen befreit und bekamen unsere Bademäntel überreicht. Dankbar schlüpfte ich hinein. Es kam mir wie eine Ewigkeit vor, dass ich die fröhlichen Entchen zuletzt gesehen hatte. Plötzlich blitzten Bilder von Gammas Überresten durch meine Gedanken und ich zuckte zusammen. Das… Das hatten sie getan? Ohne mit der Wimper zu zucken hatten sie ein Lebewesen getötet. Ein fühlendes, denkendes, menschenähnliches Wesen.

»Warum?«, fragte ich vorsichtig. Ich wurde ignoriert.

»Warum habt ihr das getan?«

Keine Sekunde später schlug Markus mir mit der flachen Hand ins Gesicht. Der Professor drehte sich nicht einmal um und starrte auf ein Klemmbrett. Meine Artgenossin zitterte vor Angst, während wir schweigend voranschritten.

Die Gänge kamen mir so fremd, so eng vor. Es war, als ob sie mich erdrückten. Ich konnte nicht fassen, dass ich hier viele Jahre gelebt hatte, wo doch eine so wundervolle, große Welt draußen auf mich wartete. Noch eine Weile liefen wir durch die monotonen, leeren und leblosen Gänge. Unsanft stieß Markus eine Tür auf und wir betraten einen kleinen Raum, in dem zwei Stühle einem Sessel gegenüberstanden. Lithis setzte sich in den Sessel und schlug die Beine übereinander. Er zog einen Kugelschreiber aus der Brusttasche, tippte damit zweimal gegen das Klemmbrett und richtete ihn dann auf die Stühle. Bevor ich mich selbst bewegen konnte, spürte ich Markus' Ellenbogen im Rücken und stolperte vorwärts, wobei ich mein Schienbein gegen den Stuhl stieß. Ich ließ mir nichts anmerken und setzte mich auf den Stuhl. Epsi, die eine ähnlich grobe Behandlung erlitten hatte, nahm ebenfalls Platz. Sofort rückte sie ein kleines Stück näher an mich heran. Sie kämpfte eindeutig mit den Tränen. Markus platzierte sich nah hinter uns, während der andere Manager an der Tür wache stand.

»Wir haben sämtliche Daten über unseren ersten Außeneinsatz gesammelt und ausgewertet. Nun werde ich eure Sicht der Dinge aufnehmen, um das Programm fehlerfrei planen zu können. Tests in der realen Welt haben großes Potential.«

Der Professor sah uns mit einem durchdringenden Blick an.

»Denkt euch bloß nicht, dass ihr euch weigern könnt. Ihr gehört uns und ihr tut, was ich euch sage. Nun gut, fangen wir an. Habt ihr euch sicher gefühlt?«

»Wir wurden überwacht und ich wusste, dass man sich um uns kümmert«, sagte ich mit leerem Blick.

»Weiter.«

»Ich habe dem nichts hinzuzufügen«, meinte ich. Plötzlich zuckte ein stechender Schmerz durch meinen Oberarm. Ich sah, wie Markus ein Messer wieder aus meinem Fleisch zog und es an einem Tuch sauber wischte. Blut floss ungehindert an meinem Arm hinunter und tränkte meinen Bademantel. Ich fühlte, wie mir leicht schummrig wurde. Epsi zitterte, ihr Blick hatte jeden Fokus verloren. Schockzustand. Ich musste dieses Gespräch nun alleine führen.

»Ich frage noch einmal: habt ihr euch sicher gefühlt?«

»Wir haben uns sicher vor der Welt gefühlt, schließlich wurden wir überwacht und kontrolliert. Doch nachdem ihr Gamma in Stücke gesprengt habt, wart ihr die größte Gefahr für uns«, sagte ich langsam und blickte den Professor entschlossen ins Gesicht. Ich spürte einen Luftzug, als Markus sein Messer wieder bereitmachte, doch Lithis bedeutete ihm mit einer Geste, sich zurückzuhalten. Ein Grinsen huschte für einen kurzen Augenblick über sein Gesicht und er beugte sich vor.

»Erzähl mir von deinen Gedanken während der Reise, von Anfang an. Denk daran, ich habe dich geschaffen, bin also so etwas wie ein Gott für dich. Zeig mir bitte ein wenig Dankbarkeit, ja?«

Seine Worte kamen unerwartet. Ich spürte plötzlich Schuldgefühle in meinem Inneren. Dass ich am Leben war, all diese Erfahrungen, ob gut, ob schlecht, verdankte ich dennoch ihm. Außerdem war er doch nicht Gammas Mörder, oder?

»Die Welt faszinierte mich, der Wind, die Sonne, es war alles so unbeschreiblich anders als hier unten. Ich spüre eine Sehnsucht danach, es wieder zu sehen. Im Vergleich dazu ist mir alles hier unten zu eng und kalt. Es wirkt einfach nicht, als ob ich hier unten wirklich lebe. Dieses feste Ziel, das ihr uns gegeben habt, gab mir eine Chance, die Welt da draußen zu erkunden.«

Meine schöne Erinnerung verblasste, als ich an das plötzliche Ende der Reise denken musste. Der Mann vor mir machte unaufhörlich Notizen.

»Als Gamma dann von ihrem Hass sprach, musste ich darüber nachdenken, ob ich dieses Leben, so, wie es ist, überhaupt leben möchte. Ihre Überreste waren ein Einblick in die Brutalität, die gegen uns angewandt wird. Ich möchte das nicht. Warum seid ihr so unmenschlich, obwohl ihr echte Menschen seid? Warum seid ihr nicht wie Keto?«

Die letzten Worte brüllte ich lauter, als ich wollte. Ängstlich sah ich zum Professor. Ein undefinierbares Funkeln war in seinen Augen zu sehen. Wortlos stand er auf und verließ mit dem Klemmbrett unter dem Arm den Raum.

Einige Stunden später saß ich auf meinem alten Bett in meinem Zimmer und starrte zu Boden. Wann immer ich meinen linken Arm bewegte, riss die Kruste der Wunde ein Stück weit auf und ein wenig Blut sickerte heraus. Zudem war auch der Ärmel meines Bademantels durch das getrocknete Blut steif geworden. Was war Lithis durch den Kopf gegangen? Würde ich nun ausgemustert und untauglich eingestuft? Ich wollte nicht so enden wie Nummer 9, ausgeschlachtet und bis zum letzten Knochen nach und nach verwertet. Plötzlich hörte ich, wie die Tür geöffnet wurde. Zuerst sah ich in Markus' grimmiges Gesicht, doch dann drängte sich ein anderer Mann vorbei. Er hatte kurzes, gestyltes, braunes Haar, war etwas kleiner als Markus und trug eine große, eckige Brille. Er hatte sich eine braune Umhängetasche umgehängt und um seinen Hals baumelte ein Stethoskop. Als er vor mir stehen blieb, lächelte er mich aus seinem kantigen Gesicht an.

»Hallo, Theta. Freut mich, dich nun persönlich zu treffen. Mein Name ist Keto.«

Ich erkannte die Stimme der Person, die mir nun freundlich die Hand reichte. Markus schloss die Tür hinter sich, positionierte sich im Raum davor und begann, mit seinem Messer herumzuspielen. Vorsichtig griff ich Ketos Hand und ließ mich von ihm hochziehen. Überraschend zog er mich nah an sich heran und schlang seine Arme um mich.

»Du bist in Gefahr«, zischte er kaum hörbar in mein Ohr, bevor er mich losließ und seine Brille zurechtschob.

»Ich werde nun deinen Gesundheitszustand überprüfen. Es ist für den nächsten großen Versuch von großer Bedeutung. Bist du bereit, Theta?«

»Nummer 8 heißt das Vieh«, bemerkte Markus.

»Ich bitte alle Inbeteiligten um Stille. Schließlich bin ich nun für die Überwachung des Gesundheitszustands aller menschenähnlichen Prototypen zuständig. Ich glaube ein erfahrener Informatiker und studierter Mediziner ist dafür besser geeignet als du.«

Zähnefletschend starrte Markus zu Boden. Keto wandte sich wieder mir zu.

»Bitte lege deinen Mantel ab und setz dich.«

Ich entblößte meinen Körper und ließ mich wieder auf das Bett nieder. Keto kramte eine durchsichtige Box aus seiner Tasche hervor, kniete sich vor mir hin und öffnete sie. Ein kurzes Messer und eine lange Spritze kamen zum Vorschein.

»Das wird kurz wehtun. Ich entschuldige mich schonmal dafür.«

Verwirrt sah ich ihn an. Wieso entschuldigte er sich? Mir wurde ständig wehgetan, also würde es schon auszuhalten sein.

»Was ist das denn?«

Sanft packte er den blutigen Ärmel meines Bademantels und hob ihn ein wenig vom Boden hoch. Als er die Kruste erblickte, warf er mir einen fragenden Blick zu. Ich nickte bloß kurz in Markus' Richtung. Ketos Mundwinkel zuckte kaum merklich, bevor er dann das Messer griff und es an der getrockneten Wunde ansetzte. Schicht für Schicht schabte er den Schorf ab. Kurz bevor er ihn komplett entfernt hatte, umschloss er mit der anderen Hand meinen Arm, doch ohne mir wehzutun. Nun setzte er das Messer an und schnitt längs über den Schorf. Sofort quoll Blut heraus und begann, meinen Arm herunterzulaufen. Schnell ließ er das Messer fallen und schnappte sich mit der nun freien Hand die Spritze, die er in die offene Wunde schob. Ich sah zu, wie sich der Zylinder mit meinem Blut füllte. Keto wischte die Spritze ab und verstaute sie wieder.

»Oh verdammt!«, fluchte er.

»Halte bitte kurz still, ja?«

Ich befolgte seine Bitte. Es war ein anderes Gefühl, als einem Befehl folgte zu leisten. Er ließ mir die Wahl, obwohl alles abweichende wenig Sinn gemacht hätte.

Schon hatte er aus seiner Tasche eine weiße Rolle hervorgeholt, riss sie mit den Zähnen auf und legte mir einen Verband an. Die ersten Schichten färbten sich noch etwas rot, doch schon bald war nur noch das reinliche Weiß zu sehen. Ich hatte noch nie einen Verband oder auch nur ein Pflaster getragen. Mein Herz hüpfte vor Freude und Dankbarkeit. Meine Entchen würden nicht noch mehr Blut aufsaugen müssen.

»He, was wird denn das?«, brüllte Markus nun aus seiner Ecke.

»Ein Verband. Kennst du sowas?«, erwiderte Keto bloß, ohne sich von seiner Tätigkeit abbringen zu lassen.

»Die Viecher werden nicht verbunden. Der Professor sieht das als Verschwendung an. Die sind es nicht Wert.«

»Ich denke eher, dass der Professor etwas dagegen hätte, wenn wir durch unnötigen Aderlass zukünftige Versuchsergebnisse verfälschen würden. Außerdem soll dieses Exemplar für seinen nächsten Test in einer sehr guten Fassung sein. Wir wollen doch überflüssige Arbeit vermeiden, nicht wahr?«

Markus öffnete den Mund, um etwas Gemeines zu sagen, doch schloss ihn wieder, ohne einen Laut von sich zu geben. Wie ein Fisch. Keto verkündete, dass er fertig sei, und ließ von meinem Arm ab. Während ich den schönen Verband bewunderte, zog er sein Stethoskop höher und setzte es an seine Ohren.

»Ich werde nun deinen Herzschlag abhören, keine Angst.«

Seine Stimme beruhigte mich, doch gleichzeitig machte er mich nervös. Warum nur war er freundlich zu mir? War dies nur ein weiterer Test, wie ich reagieren würde? Ich schauderte kurz, als das kalte Metall meine nackte Brust berührte. Er tastete mich an ein paar Stellen ab, bevor er mit einer zufriedenen Miene das Gerät wieder absetzte.

»Probe der Haut, des Blutes und Herzschlagmessung habe ich nun. Als nächstes muss ich noch eine Ultraschalluntersuchung durchführen.«

Hierfür musste ich mich auf das Bett legen und ausstrecken. Keto schmierte mir eine glibberige Masse auf Bauch und Brust, die er dann mit einem seltsamen Sensor verrieb. Gleichzeitig starrte er sein Handy auf seinem Schoß an. Als er meinen neugierigen Blick bemerkte, hielt er es mir hin, sodass ich das Bild erkennen konnte. Fasziniert sah ich auf den Bildschirm, während Keto mir erklärte, welche Organe ich gerade auf dem Bild sah. Mein Herz schlug schnell.

»Hast du Angst?«

»Nein«, sagte ich wahrheitsgemäß.

Keto lächelte und begann dann, den Glibber wieder von meinem Körper zu wischen.

»So, damit wären wir fertig für heute. Danke für deine großartige Kooperation. Ich werde die nächsten Tage noch ein paar weitere Tests durchführen müssen, also sehen wir uns wieder.«

Er half mir auf und hielt mir den Bademantel hin, sodass ich problemlos hineinschlüpfen konnte.

»Danke.«

»Nichts zu danken Theta, du warst mir eine große Hilfe.«

Er streckte mir seine Zungenspitze entgegen, als er die Röte in meinem Gesicht bemerkte.

»Auf Wiedersehen, Theta«, lachte er und zog mich an sich. Seine Arme schlossen sich um meinen Körper. Ich spürte seine Wärme. Zum ersten Mal fühlte ich mich richtig sicher und beschützt.

»A-auf W-Wieders-sehen«, stammelte ich, unfähig, meine Arme ebenfalls, um ihn zu legen. Markus beäugte uns misstrauisch. Keto ließ mich wieder los und ging zur Tür. Ich plumpste auf mein Bett. Er drehte sich um und winkte mir. Ich wollte gerade zurückwinken, als Markus seine Faust in Ketos Bauchregion versenkte. Nach Luft ringend wurde er gepackt und gegen die Wand gedrückt. Kraftlos zappelte er in den starken Armen. Ängstlich zog ich meine Beine an und umklammerte sie.

»Tu ihm nichts, bitte«, flehte ich, doch meine Stimme war kraftlos. Markus schlug erneut zu, diesmal mitten ins Gesicht. Ketos Brille splitterte und fiel zu Boden. Noch ein Schlag. Noch einer. Tränen flossen über meine Wangen. Warum tat er das?

»Hör auf!«, schrie ich ängstlich. Markus' zorniger Blick traf mich und brachte mich dazu, in die hinterste Ecke meines Bettes zu flüchten.

»Hör zu, Nerd. Deine Aufgabe ist es nicht, den Freund dieser Gestalten zu spielen. Sie sind keine Menschen. Wenn sie könnten, würden sie jeden von uns töten. Sie spielen uns nur Gefühle vor, damit wir glauben, sie wären lebendig«

Aus Ketos Mund triefte bloß Blut. Er wurde losgelassen und brach zu Boden. Zitternd rappelte er sich auf, setzte seine verbogene Brille mit nur einem Glas schief ins Gesicht und huschte durch die nun offene Tür. Markus warf mir noch einen Blick zu, zückte sein Messer und vollführte eine Kehlenschnitt-Geste. Die Tür knallte und ich blieb allein mit meiner Angst im Raum zurück. Wie konnte er einem so liebenswerten Menschen solche Verletzungen zufügen? Ich hatte noch nie gesehen, dass Menschen sich auch gegenseitig schlecht behandelten. Bloß ich und meine Artgenossen mussten leiden, schließlich waren wir keine Menschen. Aber Keto sah es anders. Er war schon seltsam, aber doch fühlte ich mich bei ihm wohl. Bei ihm hatte ich das Gefühl, dass mein Leben einen höheren Wert hat, als nur für den Nutzen der Menschen meinen Körper nach und nach aufzuopfern. Nachdem ich mich beruhigt hatte, wurde ich schläfrig und beschloss zu schlafen. Ich wusste ohnehin nicht, ob es nun Tag oder Nacht war.

Ich erwachte unsanft, als ich mit einem Knie auf der Brust rücklings gegen das Bett gedrückt wurde und eine starke Person an meinem Arm zerrte. Markus kniete auf mir und riss an dem Verband herum. Ich schrie vor Schmerzen, doch er drückte sein Knie tiefer in meine Brust, sodass ich röchelnd um Luft rang. Letzten Endes entschied mein Manager, das Verband mit dem

Messer zu zerschneiden und verschwand mit den weiß-roten Fetzen in der Hand. Bevor er die Tür hinter sich schloss, brüllte er mich noch an, dass ich mir ja keine Hoffnungen machen sollte. Traurig sah ich hinab auf den nun wieder blutenden Arm. Ketos Werk wurde einfach zerstört. Er und Markus waren so verschieden. Für den einen war ich ein Tier – nein, ein Gegenstand – und für den anderen war ich fast schon ein Mensch. Ich richtete mich langsam auf und schlurfte in meinem Zimmer hin und her, wobei ich immer wieder kleine Bluttropfen hinterließ. Plötzlich fiel mein Blick auf einen glänzenden Gegenstand am Boden nahe der Tür. Ich ging in die Knie und griff danach. Ein stechender Schmerz zuckte durch meinen Finger und ich zog meine Hand ruckartig zurück. Es war die Hälfte eines Brillenglases, das Markus zerbrochen hatte. Vorsichtig hob ich es hoch und hielt es so vor mein Gesicht, dass ich meine eigene Reflexion erkennen konnte. Keto musste das Glas zurückbekommen, sonst konnte er doch sicher nichts sehen. Die Entchen auf meinem Bademantel stimmten mir zu und hatten auch gleich einen Vorschlag. Zwar hatte ich keine Ahnung, wie sich eine echte Ente anhörte, doch in meinem Kopf kommunizierten sie immer mit schleifenden, stoßartigen Geräuschen, die sich anhörten, als ob Metall gegen Metall rieb. Da mir kein besseres Versteck einfiel, schlitzte ich mit der spitzen Kante des Glases den blutverkrusteten Ärmel meines Mantels auf und schob die Scherbe hinein. Außenstehende konnten nichts davon sehen. Gut.

Tage vergingen, in denen Keto nicht wiederkehrte. Markus brachte mir geschmacklosen Brei hinein, ansonsten saß ich gemeinsam mit den Entchen auf dem Bett. Immer wieder versank ich in den wundervollen Vorstellungen, was mich eines Tages alles in der sonnenüberfluteten Welt dort draußen erwarten würde. Wäre ich als Mensch geboren, hätte ich mich bestimmt für die Natur eingesetzt. Gewohnt hätte ich in einem schönen Holzhaus an einem Teich, in dem viele Enten lebten. Tränen liefen mir über die Wangen. Warum hatte man mir dieses Leben nur nicht gegönnt? Wieso fühlte ich wie ein Mensch, wenn ich doch keiner war?

5

Irgendwann, wahrscheinlich einige Tage später, öffnete Markus die Tür und Ketos unscheinbare Gestalt schlüpfte hindurch. Von seinen Verletzungen fehlte jede Spur, außerdem trug er eine neue Brille. Markus trat einen Schritt zur Seite, um so einer weiteren Person den Weg freizuräumen. Professor Lithis betrat mit einem Klemmbrett unter dem Arm mein Zimmer.

»Guten Abend, Nummer 8«, grüßte er.

»Hallo, Herr Professor«, antwortete ich leise.

Lithis überreichte Keto sein Klemmbrett und bedeutete ihm anzufangen. Dieser trat einen Schritt vor und richtete seine Brille.

»Ich lese nun erneut die Testergebnisse vor.

Nummer 5: Vor den Tests aufgrund ihres instabilen mentalen Zustands und wiederholter Selbstverletzung als unbrauchbar empfunden. Gez. Keto Kryz.

Nummer 8: Stabile Werte in Blut und Haut, obwohl ein eindeutiger Mangel an Mineralien und Vitaminen zu sehen ist. Mentaler Zustand ruhig. Gez. Keto Kryz.

Nummer 9: Hohe Entzündungswerte im Blut, stabile Werte in der Haut. Regelmäßige Aggressionsausbrüche. Gez. Ann Sailor.

Nummer 12: Enormer, ungeklärter Sauerstoffmangel im Blut, Folgeschäden an der Haut und Knochen. Sauerstoffmangel führt zu rasant zunehmendem Wahnsinn. Gez. Ann Sailor.

Nummer 14 wurde nicht geprüft, da ihr Herz von ihrer Schöpfung an zu Aussetzern neigt und oftmals Reanimationsmaßnahmen nötig sind.«

»Kurzer Einwurf. Hört auf, Nummer 14 zu reanimieren. Der Zuschuss an Testosteron während ihrer Entstehung hat ihren Körper äußerlich zwar robust, aber die Organe schwach gemacht. Es ist nur eine Frage der Zeit, bis andere Probleme auftreten«, meinte der Professor trocken.

Markus grinste bei den letzten Worten.

»Alles klar«, sagte Keto, nickte dem Professor zu und machte eine Notiz. Daraufhin fuhr er mit seinem Bericht fort.

»Demnach haben Frau Sailor und ich beschlossen, dass Nummer 8 die am besten geeignete Kandidatin für das nächste große Experiment sei. Jedoch sollte sie vor Beginn und während des Experiments nährreiches Essen bekommen und sollte unter hygienischen Bedingungen leben. Somit ist eine stabile Ausführung gewährleistet. Start des Experiments „Zucht: Männliches Testsubjekt" wird in einer Woche empfohlen.«

Der Professor nickte zufrieden.

»So sei es. Gute Arbeit, Überwachungsteamleiter Kryz. Hiermit erteile ich Ihnen für die Dauer des Versuchs das volle Management über Nummer 8, ihre Ernährung, ihren Zeitplan und ihre Unterbringung. Ich möchte über jede Änderung oder Untersuchung schriftlich informiert werden. Die Überwachung wird in Zukunft Frau Sailor leiten. Markus Kessler, sie werden temporär von ihren Aufgaben befreit, sollen jedoch stets in Bereitschaft sein, um Herrn Kryz zu assistieren. Sie erhalten Zutritt zu der Unterkunft. Verlassen sie bitte den Raum.«

Markus fletschte mit den Zähnen, verließ jedoch leise murrend das Zimmer. Lithis übergab Keto einen weiteren Schlüssel für meine Zelle.

»Erläutern sie nun bitte den kommenden Versuch so, dass Nummer 8 es versteht.«

Keto blätterte auf seinem Klemmbrett und begann zu erklären.

»Nummer 8, deine Lebensbedingungen werden deshalb erhöht, da es für das nächste Experiment von großer Bedeutung ist, dass es dir vor allem körperlich gut geht. Nach einer Woche Eingewöhnungsphase wird man in deinem Körper die monatlichen Prozesse einer menschlichen Frau versuchen zu aktivieren. Mit anderen Worten, danach kannst du selbst Kinder erzeugen und falls dies nicht der Fall ist, wirst du monatlich ein paar Tage bluten. Es ist jedoch nicht kritisch. Falls dieser Versuch Erfolg hat, werden wir dir dann eine künstlich erzeugte männliche DNS einsetzen, sodass das nächste Testsubjekt nicht in einem Wachstumsgefäß, sondern in dir heranwächst. Es wird jedoch nie zu einer Geburt kommen, da wir zwei Wochen nach der Einsetzung das unfertige Kind mit einer Operation entnehmen und in einer Wachstumsröhre innerhalb von drei Monaten bis zu einem Alter von 19 Jahren heranwachsen lassen. Sollte alles wie geplant verlaufen, so wird Testsubjekt Nummer 15 in einem Monat als Mann fertiggestellt sein.«

Ich starrte Keto an. Wieso sollte ich eine menschliche Funktion durchführen? Es war doch sicherlich mit Schmerzen verbunden? Scheinbar waren sie daran verzweifelt, einen Mann künstlich zu erschaffen. Doch was unterschied mich abgesehen von der Herkunft dann noch von einem echten Menschen? Wollten sie das Kind deshalb nicht von mir großziehen lassen, damit es eben kein Mensch werden würde, sondern nur eine weitere künstliche Lebensform? Wollte Keto aus mir einen vollwertigen Menschen machen? Er verhielt sich sonderbar distanziert, seitdem er mein Zimmer betreten hatte und nannte mich nicht mehr bei dem Namen, den er mir gab. Meine chaotischen, gemischten Gefühle erlaubten mir nicht, Rückmeldung zu geben.

Der Professor verließ nach einer kurzen Anweisung an Keto, sich schnellstmöglich um alles zu kümmern, das Zimmer. Kaum war die Tür zugefallen, setzte sich der Brillenträger auch schon neben mich, setzte seine Brille ab und rieb sich die Augen.

»Hör zu, Theta! Ich kann verstehen, wenn du mir nun wütend bist. Schließlich habe ich diesen Versuch zu großen Teilen mitgeplant und wir missbrauchen deinen Körper als Geburtsmaschine. Es wird sicher kein schönes Erlebnis sein, dieser ganze Zwang, die Schmerzen, ein ungewolltes Kind, das dir auch noch gestohlen wird. Es tut mir wirklich leid, aber ich sah keinen anderen Weg, um dir ein wenig zu helfen.«

Wortlos drehte ich mich zu ihm und legte meine Arme um seinen Hals. Mit glasigen Augen sah er mich an.

»D-Du bist mir nicht böse?«

Ich schüttelte knapp den Kopf. Er seufzte erleichtert.

»Ich hatte schon die Sorge, dass du mich als einen Typen wie Markus abstempeln würdest. Wie dem auch sei, ich habe aktuell noch nicht die Zeit, um mit dir zu quatschen. Muss viele Vorbereitungen treffen. Schon bald hast du ein schönes Zimmer und leckeres Essen. Ich bekomme auch bestimmt ein paar Sachen durchgeschmuggelt, die eigentlich nicht nötig wären. Freu dich schonmal. Gibst du mir deinen Bademantel? Er bräuchte dringend eine Wäsche bei all dem Blut.«

»Danke dir. Hier.«

Ich schlüpfte aus meinem Bademantel heraus und übergab ihn an Keto. Er nahm ihn an sich, umarmte mich und verschwand mit dem Versprechen, bald wieder aufzutauchen. Meine Gedanken schwirrten wirr durch meinen Kopf. Seufzend stützte ich meinen Kopf auf meine Hände.

Nach einiger Zeit schloss Keto wieder die Tür zu meinem Zimmer auf und stellte sich vor mir auf.

»Hier, frisch gewaschen.«

Dankend nahm ich den Bademantel entgegen, während Keto sein Klemmbrett unter dem Arm hervorholte. Ich stellte überrascht fest, dass er nun so weich war, wie ich es nur aus den Erinnerungen an meinen ersten Lebtag kannte. Als ich ihn anzog, spürte ich ein leichtes Gewicht im Ärmel meines Mantels. Ich tastete ihn ab und stieß auf eine versteckte Tasche, in der sich die Glasscherbe aus Ketos Brille befand. Bevor ich etwas dazu sagen konnte, hielt er mir einen Finger vor den Mund.

»Du weißt nie, wann du sie gebrauchen könntest. Dich irgendwo freischneiden oder zum Verteidigen.«

Er lachte auf.

»Oder um Markus die Kehle durchzuschneiden, wenn er wieder angriffslustig drauf ist.«

Ich sah ihn mit großen Augen an und nickte knapp.

»Nimm das nicht so ernst, wir schaffen das. Lächeln!«, meinte er, wuschelte durch mein Haar und setzte sich auf mein Bett.

»Komm zu mir, wir besprechen den Ablauf ein wenig.«

Ich ging zu ihm und ließ mich sanft neben ihn aufs Bett fallen. Keto drehte das Klemmbrett in meine Richtung, sodass ich ebenfalls einen Blick draufwerfen konnte. Das Deckblatt trug die Aufschrift „Züchtung humanoide Lebensform Nr. 15 ♂ durch Nr. 8".

»Tut mir leid, Theta, aber in den offiziellen Unterlagen kann ich deinen Namen nicht verwenden.«

»Schon in Ordnung.«

Keto begann mir zu erzählen, was ab dem heutigen Tag alles auf mich zukommen würde und blätterte dabei immer weiter die Seiten seines Klemmbretts um.

»Aktuell laufen die Umbauarbeiten noch, doch heute Abend solltest du in dein temporäres Zuhause zwei Gänge von hier entfernt ziehen können. Es befindet sich bei den Laborräumen für Pflanzliche Versuche. Früher hatte man dort wohl Bambus gezüchtet. Jedenfalls wirst du dort eine Woche verweilen. Alles, was ich tun werde, ist regelmäßig deinen Gesundheitszustand zu überprüfen. Ansonsten kannst du dich beschäftigen womit du möchtest. Nach dieser Phase werden wir, wie schon erwähnt, deine Körperfunktionen entriegeln und falls dies eine Woche später Erfolg – und abgesehen davon keine kritischen Nebenwirkungen – aufweist, wird dir die künstliche, männliche DNS eingesetzt, woraufhin du weitere zwei Wochen in Entspannung verbringen kannst. Gewöhn dich bitte nicht zu sehr an dein Kind, denn sonst wird es schmerzhaft für dich, wenn es dir nach dieser Phase entnommen und künstlich großgezogen wird. Ob und wann du es wiedersiehst, ist leider unbekannt. Tut mir leid, Theta, ich konnte nichts aus Lithis herausbekommen. Nach Ende dieses Experiments wird alles wieder in den Ursprungszustand zurückkehren. Wir sehen uns dann später, bis dann Theta. Du kannst dich auf dein neues Zuhause freuen.«

Ich erwiderte seine Umarmung, welche mich mit einer schönen, inneren Wärme fühlte. Dies war der Moment, in dem ich mir sicher war, eine schöne Zeit vor mir zu haben. Vor Aufregung begann ich mit den Entchen auf meinem Bademantel zu reden und ihnen von meiner Vorfreude zu berichten oder davon zu schwärmen, was für ein guter Mensch Keto doch war.

6

Später am Tag entsperrte Keto die Tür zu meinem Zimmer und streckte mir die Hand von draußen entgegen. Ich versuchte, meine Aufregung zu verbergen und stand übertrieben langsam auf, bevor ich ebenso viel zu langsam zur Tür ging und ihm meine Hand reichte. Plötzlich zog er an meiner Hand, ich stolperte die letzten Schritte aus dem Raum und fand mich in seinen Armen wieder. Er ließ mich wieder los und meinte: »Du musst dich vor mir nicht verstellen. Und um ehrlich zu sein, kannst du es auch nicht sonderlich gut.«

Dass Keto in einem so freundlichen Ton sprach, überraschte mich. Schließlich gab es doch immer eine bewaffnete Eskorte, sobald ich mein Zimmer verließ. Verwundert schaute ich mich um.

»Mach dir keine Sorgen, hier ist sonst niemand. Ich habe denen erzählt, dass der Druck von Waffen im Rücken nicht gut für deinen Geisteszustand ist. Versprich mir nur, dass du mir nicht davonläufst, sonst töten die uns noch beide.«

Keto grinste mich schief an und schob seine Brille hoch.

»Versprochen«, sagte ich entschlossen und nickte ihm zu. Seite an Seite gingen wir durch die langen, mit einem Mal einladenden Gänge. Mein Herz schlug schneller. Ich würde die nächsten Wochen wie ein Mensch leben dürfen! Da ich so sehr in meinen Gedanken vertieft war, bemerkte ich gar nicht, dass wir bereits ankamen und Keto mir eine Tür aufhielt, die genauso aussah, wie die meines Zimmers.

»Theta, wir sind da.«

Ich schüttelte den Kopf, riss mich aus den Gedanken und betrat staunend an Keto vorbei das Zimmer. Sofort fiel mein Blick auf das hölzerne Bett mit himmelblauer Bettwäsche, die geradezu im warmen Licht einer Stehlampe strahlte. Darauf lag zusammengefaltet ein gesamtes Set Kleidung. Von Unterwäsche über eine Jeanshose bis zu einem dunkelblauen T-Shirt und Socken war alles vorhanden und unter dem Bett standen ein Paar blaue, flauschige Hausschuhe.

»Ich habe vieles in blau gewählt, da dein Bademantel, an dem du ja sehr hängst, ebenfalls blau ist und-«, begann der Mann hinter mir, doch ich hörte ihm nicht weiter zu. Mit funkelnden Augen betrachtete ich das ehemalige Regal für Reagenzien, welches nun mit einigen Büchern ausgestattet war. Ich freute mich, endlich etwas anderes lesen zu können, als das alte Buch, welches noch immer in meinem alten Zimmer lag. Dicht beim Eingang stand ein kleiner Schreibtisch aus Metall, auf dem einige Bögen blankes Papier und Stifte lagen. Darüber hing eine alte Plastikuhr an der Wand. Es war 17:47 Uhr. Eine schöne Uhrzeit. Alles war schön.

Glücklich ließ ich mich auf den klapprigen Holzstuhl am Tisch fallen und starrte auf meinen Bademantel.

»... gefällt es dir?«, beendete Keto seine Rede und sah mich an. Ich sagte nichts. Selbst, wenn ich die richtigen Worte für meine Freude gefunden hätte, so hätte ich es nicht geschafft, die über meine Lippen zu bringen.

Nach einer ganzen Weile schaffte ich es, mich aufzurichten und ging näher an Keto heran, der noch immer im Türrahmen lehnte. Ich schmiegte mich von der Seite an ihn und vergrub mein Gesicht in seiner Brust. Tränen traten aus meinen Augen hervor und befeuchteten seine Kleidung.

»Danke«, nuschelte ich. Keto legte einen Arm um mich und drückte mich an sich.

»Ich tue was ich kann. Aber ich muss jetzt die Bestätigung für den Umzug ausfüllen gehen und habe generell noch viel Papierkram vor mir. Eigentlich hatte dich nämlich ein Pharmakonzern gebucht, um ihre neue Medizin gegen Müdigkeit zu testen. Ich werde die Versuche wohl oder übel auf Epsi übertragen müssen.«

»Wie ist es ihr eigentlich seit dem letzten Vorfall ergangen?« Ich erntete einen ratlosen Blick.

»Das kann ich dir nicht sagen, aber ich sehe mal, ob ich an ihre Akte drankomme. Wir sehen uns dann morgen wieder. Lerne du solange dein Zimmer kennen.«

Keto winkte mir zum Abschied und verschloss die Tür hinter sich. Nach einer kurzen Pause, in der ich einfach nur im Raum herumstand, ging ich zu meinem Bett und zog meinen Bademantel aus. Eine ganze Weile hantierte ich mit meiner frischen Unterwäsche herum, bevor ich sie endlich richtigherum angezogen hatte. Die Jeans und die Socken waren schnell angezogen und ich wollte gerade das Shirt anziehen, als mir ein Bild auf der Vorderseite auffiel. Dort war ein gelbes Badeentchen abgebildet, welches fröhlich aus einer Badewanne voller Schaum heraushüpfte. Die Abbildung wurde von dem Spruch „Gib alles!" begleitet. So schnell ich konnte schlüpfte ich hinein und sah an mir herab. Die Ärmel waren viel zu lang, sodass etwa 10cm leer in der Luft hingen, aber das störte mich nicht im Geringsten. Mit einem Freudenschrei fiel ich rückwärts auf das Bett und starrte die Decke an. Ich ließ langsam und zischend die Luft aus meinen Lungen weichen. Zum ersten Mal in meinem Leben fühlte ich mich so richtig wohl in meiner Haut. Freudig warf ich mir noch zusätzlich meinen Entenbademantel um, schnappte ich mir eines der Bücher aus dem Regal, legte mich auf das weiche Bett und versank in der Geschichte.

Als ich meine Augen kaum noch aufhalten konnte, legte ich das Buch offen mit dem Buchrücken nach oben auf den Boden und streckte mich. 0:12 Uhr. Beim Schlafen hoffte ich noch, dass Keto nicht zu früh morgens auftauchen würde und somit meinen Schlaf unterbrechen würde.

»Theta, du solltest den Mund beim Schlafen lieber schließen.«

Blinzelnd öffnete ich die Augen und blickte Keto an. Genauer gesagt seine Knie. Ich schloss meinen Mund und zog daraufhin eine Haarsträhne heraus. Nachdem ich mich aufgesetzt und meine Kleidung zurechtgezupft hatte, sah ich an Keto vorbei auf die Uhr. 8:24 Uhr.

»Keine Sorge, außer deiner Untersuchung steht heute nichts an, du kannst also schlafen wann und so lange du willst«, meinte Keto freundlich, während er seine Utensilien und das blaue Klemmbrett hervorzog. Ich nickte bloß schlaftrunken.

Auf seine Bitte hin begann ich mich für die Untersuchung auszuziehen. Als ich nur noch in Unterwäsche vor ihm saß, bedeutete er mir aufzuhören.

Während Keto mir Blut entnahm, fragte ich: »Hast du eigentlich eine Familie?«

Er fuhr mit seiner Tätigkeit fort, während wir miteinander sprachen.

»Natürlich habe ich eine Familie, die hat doch jeder. Zwar habe ich … Oh, tut mir leid, das war keine Absicht. Vergiss, was ich gesagt habe.«

Seine Wangen erröteten und er schob seine Brille zurecht.

»Was ich sagen wollte, ist, dass ich zwar Eltern habe, jedoch schon lange keinen guten Kontakt mehr zu ihnen pflege. Seitdem ich hier in Lithis' Labor arbeite, habe ich kein einziges Mal mit ihnen Kontakt gehabt. Mein Onkel arbeitet ebenfalls hier und hat eine Stelle im engsten Zirkel, deshalb hat man mich auch hier aufgenommen. Deshalb, und weil ich herausragende Qualifikationen aufzuweisen habe. Ansonsten habe ich keine Geschwister, keine Kinder und führe zurzeit keine Beziehung.«

Eine seltsame Stille trat ein, da Keto nun meine Brust abhörte. Nachdem er die Ergebnisse notiert hatte, stellte ich eine weitere Frage.

»Hattest du schonmal eine Beziehung?«

»Nein, die ganzen Mädchen wollen nur die Typen, die sich wie der letzte Dreck aufführen. So jemanden wie Markus. Ich wurde bloß zurückgewiesen und falls jemand doch an mir Interesse hatte, dann wegen meiner guten Qualifikationen, die ich immer erhielt. Sie riechen das Geld in meiner Zukunft.«

Keto redete scheinbar gerne über sich selbst und wusste fast schon zu gut, was er gut konnte.

»Jedenfalls bin ich überzeugt, mich nicht verstellen zu wollen. Ich werde schon irgendwann die richtige finden. Es gibt auch andere Frauen.«

»Also ich habe dich wirklich lieb.«

Augenblicklich starrte Keto auf den Boden, als sei dort das interessanteste Objekt, dass er je gesehen hatte. Ich wurde panisch. Das hätte ich nicht sagen dürfen, schließlich bin ich doch bloß ein Testobjekt und kein Mensch. Vielleicht war Keto gar nicht anders, sondern nur netter als die restlichen Menschen.

»Tut mir leid, wirklich. Bitte erzähle es niemanden. Ich-«

Ich ruderte wild mit den Armen herum, bis er den Kopf schüttelte, ohne seinen Blick zu heben.

»Nein, das ist es nicht.«

Mein Herzschlag beruhigte sich und ich wurde nachdenklich. Auf einmal kam mir ein Gedanke.

»Oh, ich weiß! Du stehst gar nicht auf Frauen!«

»Was? Nein! Ich meine … doch!«

Er starrte mich nun schockiert an. Ich warf ihm ein schuldiges Lächeln zu.

»Mach' dir keinen Kopf darüber. Ich weiß doch, dass du fühlen und denken kannst. Es kam nur … etwas plötzlich«, unterbrach er das Schweigen. Er stopfte seine Sachen in die Tasche und verschwand mit einem leisen „Tschüss" aus der Tür. Das vertraute Klicken aus der Tür ertönte nicht. Keto hatte nicht abgeschlossen.

»Tschüss …«, murmelte ich leise. Wieso hatte ich ihn damit verschreckt? War es falsch, wenn ich ihn mochte? Ich mochte ihn sogar mehr als Epsi und spürte in meinem Inneren die Freude, ihn am nächsten Tag wiederzusehen. Doch an diesem Tag, nach Ketos plötzlicher Flucht, erwischte ich mich immer wieder dabei, wie ich mir ausmalte, mit Keto zusammenzuleben wie ein Liebespaar aus dem Roman, den ich gerade las. Außerdem spielte ich mit dem Gedanken, das Zimmer zu verlassen und nach ihm zu suchen.

Am nächsten Morgen wartete ich ungeduldig vor der Tür. Es war bereits später als gestern. Wo blieb er nur? Inzwischen stand ich schon zwei Stunden vor der geschlossenen Tür in der Hoffnung, Keto zu sehen. Ungeduldig trommelte ich mit dem Fuß auf dem Boden herum. Die Warterei reichte mir nun endgültig. Ich drückte langsam die Klinke der Tür hinunter und öffnete die Tür einen Spalt breit. Ja, sie war noch immer nicht abgeschlossen.

Vorsichtig lugte ich hinaus, doch da mein Sichtfeld eingeschränkt war, schob ich nach einer kurzen Pause meinen Kopf hindurch. Der Gang war leer und das kalte Licht erhellte jeden Winkel. Kurzerhand trat ich komplett in den Gang und tapste leise nach rechts. Ich passierte eine Tür mit Fenster und ging neugierig zurück, um hineinzuspähen. Eine dicke Frau im Kittel schnitt umringt von eingetopften Pflanzen ein paar grüne Halme klein und gab sie in einen Glaskolben, der mit einer Flamme von unten beheizt wurde. Ich war so fasziniert, dass ich zu spät bemerkte, wie sie ihren Blick hob und auf mich richtete. Ängstlich duckte ich mich, sodass sie mich nicht mehr sehen konnte. Dann hörte ich die Schritte. Immer näher, immer näher. Die Tür öffnete sich nach innen.

»Wer bist du und warum lungerst du hier herum?«, ertönte die kräftige Stimme der Frau. Zitternd sah ich nach oben und stotterte: »I-Ich w-wollte d-d-doch nur -«

»Jaja, das sagen sie alle. Familien der Wissenschaftler haben ohne ihre Begleitpersonen in den Laboren nichts verloren. Wir gehen jetzt zur Sicherheitszentrale und lassen dich nach Hause eskortieren. Hoffentlich bekommt dein Freund oder Mann dann ordentlich Ärger und du somit weniger Geld.«

Sie packte mich brutal am Handgelenk und zog mich hoch. Dann begann sie ohne Vorwarnung, mich hinter sich herzuzerren. Wir kamen an meinem Zimmer vorbei.

»Lass mich los!«

Ich versuchte mich aus ihrem eisernen Griff zu befreien, was mir jedoch nicht gelang. Mit meiner freien Hand tastete ich nach dem Glassplitter in meinem Bademantel. Die Frau schnaufte vor sich hin und beachtete mich gar nicht. Ich schnitt mich an meinem Zeigefinger, doch konnte ihn ergreifen. Bevor ich ihn hervorziehen konnte, ertönte von hinten eine bekannte Stimme.

»Gute Frau, würden Sie bitte meine Patientin loslassen?«, brüllte Keto den Gang entlang und kam mit schnellen Schritten auf uns zu gestapft. Die Frau wirbelte herum und schleuderte mich dabei fast von sich, sodass ich in die Knie ging.

»Wer sind Sie denn bitte?«, sagte die Frau in einem sehr unfreundlichen Ton. Keto holte sein Portemonnaie hervor und zückte eine Karte, mit der er ihr vor dem Gesicht herumwedelte.

»Leiter des Überwachungsteams, Keto Kryz mein Name. Sie haben dort eine der Patienten, die wir überwachen.«

Sein Blick hielt dem der Frau mühelos stand.

»Was überwacht ihr denn? Schlecht erzogene Kinder?«

»Ich denke nicht, dass Sie in der Position sind, diese Informationen zu erhalten, Gnädigste.«

Keto schob die Brille nach oben, welche beim Rennen verrutscht war.

»So viel kann ich sagen, dass diese Person dort -«

Er nickte in meine Richtung.

»- sich in einem kritischen Zustand befindet, in dem sie Phasen von geistiger Verwirrung und Orientierungslosigkeit aufweist. Wir hoffen sehr, dass es nicht ansteckend ist.«

Sofort ließ sie meine Hand los und wich zwei Schritte zur Seite.

»Bitte kehren Sie umgehend zu ihrer Tätigkeit zurück, bevor ich sie aufgrund von massiver Störung melden muss.«

Kleinlaut huschte die massige Gestalt an ihm vorbei und verschwand hinter der Tür ihres Zimmers, während Keto mir auf die Beine half. Sanft klopfte er mir den Staub von der Kleidung und führte mich wortlos zurück in mein Zimmer.

»Was hast du dir dabei gedacht?«, fuhr er mich an, kaum, dass die Tür zugefallen war.

»Nur weil ich vergesse, die Tür zu verriegeln, spazierst du direkt draußen auf den Gängen herum? Das hätte dir das Leben kosten können!«

»Tut mir leid«, sagte ich niedergeschlagen.

»Schon gut.«

Keto war erstaunlich schnell wieder beruhigt.

»Es ist ja auch eigentlich meine Schuld, wenn ich meinen Job nicht hinbekomme. Nur war ich gestern wirklich neben der Spur. Aber jetzt habe ich alles im Griff!«

»Ich habe mich auf dich gefreut, Keto«, meinte ich lächelnd.

»Ähm, ja ich-«

Soviel zum Thema „Alles im Griff". Um vom Thema abzulenken, zog er sein Klemmbrett hervor, welches er in seiner Hektik jedoch fallenließ. Beim Aufsammeln fing er an zu reden.

»Ich habe einige Sachen über Epsi herausgefunden, da du ja interessiert warst. Nach eurem missglückten Außeneinsatz wurde sie genauso wie du in einen Lebenserhaltungsbehälter gesperrt und zu eurem Verhör herausgelassen. Dort hat sie, wie du bestimmt weißt, kein Wort aus sich herausbekommen, weshalb sie im Nachbarzimmer erneut unter vier Augen von Lithis verhört wurde. Von diesem Gespräch konnte ich keine Aufzeichnungen finden, es scheint, dass der Professor sie für sich behielt. Ihr Manager hat jedoch in seinen Aufzeichnungen einen Vermerk gemacht, dass Epsi nach diesem Gespräch kurzzeitig keine Angstsymptome aufwies und einen leeren Blick hatte. Generell scheint sie seit dem Vorfall beim Außeneinsatz und dem Gespräch mit Lithis ständig in Panikattacken zu verfallen, bei denen sie wirr schreit und versucht, sich panisch in ihrem Zimmer zu verkriechen, wobei sie sich immer wieder selbst verletzt. Dieses Verhalten habe ich auch festgestellt, als ich sie für die Züchtung von Nummer 15 untersuchen sollte. Nachdem ich meinen

Testbericht eingereicht habe, wurde sie bis jetzt wieder in ihr Gefäß gesperrt. Sie ist eindeutig traumatisiert und ich weiß nicht, ob sie sich erholen wird.«

Keto blätterte um.

»Ach so, bevor ich es vergesse, der Leiter eines namhaften Pharmakonzerns ist sehr interessiert daran, die zwei Exemplare zu sehen, die an dem Außeneinsatz beteiligt waren. Das heißt, dass du morgen für ein paar Stunden in ein anderes Zimmer gehen musst. Ich hoffe es macht dir nichts, denn Lithis wird sicherlich keine Bitte seiner größten Geldquelle ablehnen.«

Ketos Blick wurde ernster und er beugte sich näher du mir.

»Bitte gib etwas auf Epsi acht, in deiner Nähe fühlt sie sich wohl. Wenn sie vor dem Mann austickt, dann war's das für sie. Pass auf sie auf.«

»Mach ich«, versprach ich.

Früh am nächsten Morgen rüttelte Keto sanft an meiner Schulter. Ich schlug die Augen auf und blinzelte ihn müde an.

»Der Herr vom Pharmakonzern ist bereits früher da. Er und Lithis warten bereits auf dich und Epsi.«

Bereits nach kurzer Zeit tapste ich in meinen Hausschuhen hinter Keto her. Er wirkte heute wieder nicht so freundlich, wie er sich die letzten Tage verhalten hatte. Bestimmt hatte er Angst, wieder von Markus oder sonst wem angegriffen zu werden. Als wir den Trakt betraten, in denen sich auch mein altes Zimmer befand, begrüßten uns zwei bewaffnete Wachen und Markus.

»Hallo Keto«, zischte dieser. Keto ging nicht darauf ein und ließ sich seine Angst nicht ansehen. Sofort fühlte ich mich wieder unwohl. Das Gefühl, etwas wert zu sein, welches Keto mir gegeben hatte, wurde von Markus kalten Verhalten verdrängt. Ich war für all diese Menschen nichts weiter als ein Stück

Fleisch, mit dem man alles anstellen durfte. Epsis Manager stieß zu uns und gemeinsam liefen wir weiter zu den Gefäßen. Ich erschrak bei dem Anblick, der sich mir bot, doch raffte mich zusammen, als eine der Schusswaffen auf mich gerichtet wurde. Sie sollten keine Angst in meinen Augen sehen.

Nummer 9 sah noch schlimmer aus als beim letzten Mal, als ich sie sah. Viele ihrer Schnittwunden am ganzen Körper waren nun blutig aufgequollen und färbten sich gelbgrün. Ihr Kiefer schien nicht mehr verankert zu sein, sodass der Mund aufragte und einen Blick auf die letzten verbliebenen Zähne bot. Ihr linkes Augenlid hing in Fetzen über der leeren Augenhöhle, sodass sie nur noch spärlich verdeckt war. Ich ließ meinen Blick zu Epsis Gefäß schweifen. Ihr Körper war mit unzähligen blauen Flecken übersäht und an ihrer Stirn befand sich eine notdürftig versorgte Platzwunde. Epsis Manager aktivierte den Abfluss-Mechanismus, der Schleim floss ab und Epsi schlug mit den Knien auf den Boden. Während sich das Glas wegbewegte, richtete unsere Eskorte ihre Waffen auf das schleimgetränkte Mädchen. Sie schlug die Augen auf und rutschte panisch um sich schauend sofort ein Stück zurück. Ihr Blick ruhte kurz auf mir und ihre Atmung verlangsamte sich merklich. Obwohl ich mich alles andere als wohl fühlte, warf ich ihr ein Lächeln zu.

»Theta!«, rief sie plötzlich, stand auf und stolperte zu mir. Ungeachtet von den Wachen ging ich einen Schritt vor, um sie aufzufangen. Kaum hatte Epsi ihr Gesicht in meinem Bademantel vergraben, ruhten schon die Mündungen der Schusswaffen auf uns. Aus dem Augenwinkel sah ich, wie Keto mühevoll Markus' Hand zurückhielt, die er nach uns ausgestreckt hatte. Die andere Hand meines Ex-Managers lag auf dem Knauf seines Messers. Aus Angst davor, dass er Keto etwas antun würde, schob ich meine Artgenossin ein Stück von mir und half ihr, gerade zu stehen. Keto ließ die Hand los und Markus ließ das Messer stecken. Erleichtert atmete ich auf und sah zu, wie Epsi ihren Bademantel umlegte. Bevor wir loszogen, wischte ich eine nasse Haarsträhne aus ihrem Gesicht. Ein leichtes Lächeln umspielte ihren Mund.

»Ich habe dich vermisst«, flüsterte sie, während wir unseren Weg fortsetzten. Ich nickte ihr bloß zu, da ich es für keine gute Idee hielt, wenn wir nun anfangen würden zu reden. Kaum, dass ich mich wieder von ihr abgewendet und nach vorne gerichtet hatte, spürte ich, wie ihre zarte Hand sich in meine drängte.

Einige Minuten später und zwei Stockwerke höher betraten wir zwischen lauter schönen, mit Pflanzen dekorierten, Büros das größte von ihnen. Das Namensschild am Türrahmen bestätigte bloß, was ich bereits gedacht hatte. Es war das Büro von Professor Lithis. Die bewaffnete Eskorte ging vor dem Raum in Stellung, sodass nur die beiden Manager und Keto mitkamen. Sobald wir den Raum betraten, erblickte ich den in weiß gekleideten Professor und einen dicken, in einen zu engen Anzug gehüllten Mann mit Glatze, buschigen Augenbrauen und einem langen Schnurrbart, welcher wohl das Fehlen seines Haupthaares kompensieren sollte. Keiner von beiden stand von den weich aussehenden Sesseln auf, als beide Manager und Keto dem Dicken die Hand schüttelten. Dann ergriff Lithis das Wort: »Das hier ist Andreas Norsson, Geschäftsführer unseres besten Partnerunternehmens. Herr Norsson, hier sehen sie zwei unserer ausgebildeten Humangestalter, Markus Kessler und Jens Turmalin. Ihre Aufgabe besteht darin, unsere humanoiden Lebensformen zu überwachen und ihre Funktion sicherzustellen. Ebenfalls anwesend ist Keto Kryz, welcher auf dem Gebiet der Technik und der Evolution der humanoiden Geschöpfe zurzeit eine tragende Rolle spielt. Er leitet das Großprojekt, letztendlich einen Mann zu erschaffen.«

Seine Augen leuchteten förmlich vor Begeisterung, als er von dem Projekt sprach. Markus und Jens hatten Epsi und mich getrennt und sich nun hinter uns aufgebaut. Keto versuchte, selbstbewusst auszusehen, während er ein Stück neben uns stand.

»Kommen wir zum wichtigsten Teil des Gesprächs. Diese beiden menschenähnlichen Weibchen sind unsere Geschöpfe Nummer 5 und 8. Sie sind ein gutes Bespiel dafür, wie sehr eine kleine Änderung in der Zusammensetzung bei der Schöpfung einen Unterschied ausmacht. Nicht nur ist ihre Körpergröße verschieden, sie besitzen auch verschiedene Eigenschaften. So verhält sich Nummer 5 oft schreckhaft, was in letzter Zeit unerklärlich schlimmer geworden ist. Es scheint eine Persönlichkeitsstörung vorzuliegen. Nummer 8 hingegen hat einen milden Charakter. Sie ist gelassen und macht kaum Ärger.«

Der Dicke unterbrach den Professor, indem er seine Hand hob.

»Sie reden hier von Persönlichkeiten, aber ich hoffe doch, dass sie keine Menschen sind.«

»Keinesfalls. Sie sind aus 100% nicht-menschlichen Stoffen geschaffen und es liegt keine Art von Geburt zugrunde. Des Weiteren besitzen sie keine Persönlichkeit wie wir. Ich würde es eher mit der Persönlichkeit einer Laborratte, vielleicht eines Hundes vergleichen, bloß mit der Möglichkeit zu sprechen.«

Norsson begann zu lachen. Es klang als würde er jeden Moment von einer Dampfwalze zerquetscht werden. Die Manager stimmten auf Lithis Zeichen hin in das Lachen ein.

Lithis verkaufte uns für dumm und willenlos, wenn nicht sogar gefühlslos. Zorn kochte in mir, ich atmete scharf ein. Bevor ich etwas sagen konnte, strich Keto mir sanft über den Handrücken. Ich blickte zu ihm und sah, wie er seinen Kopf schüttelte und dann in Markus' Richtung nickte. Ein kaum hörbarer Seufzer entwich mir und ich sah wieder zu den beiden Männern am Tisch.

»Nummer 8 hat ebenfalls Ihr Serum für schnellere Muskelbewegungen in die Beine injiziert bekommen, aber die Testergebnisse haben sie ja bereits gesehen. Außerdem-«

Ich merkte, wie Epsi unaufhörlich neben mir zitterte, sah zu ihr und stellte fest, dass sie weinte. Da ich nicht wusste, was ihr durch den Kopf ging, streckte ich bloß meinen Arm aus und streichelte ihren Rücken. Mich wunderte, dass die Manager nicht einschritten, doch dann hörte ich, wie Keto hinter meinem Rücken leise erklärte, dass es notwendig sein könne, um einen weiteren Zwischenfall mit Nummer 5 zu vermeiden. Epsis Schluchzen wurde weniger und sie sah mich mit großen, tränenunterlaufenen Augen an. Gerne hätte ich sie in den Arm genommen, doch dann hätten wir die Aufmerksamkeit der beiden Männer am Tisch auf uns gezogen. Da sie gerade begeistert auf einen Stapel Blätter starrten, war ihnen Epsis Tränenflut nicht aufgefallen. Ein wenig später stand Lithis auf.

»Mich freut es, ihr Interesse an unseren Leistungen weiter gesteigert zu haben, Herr Norsson. Sie können sich gerne noch die beiden humanoiden Geschöpfe genauer ansehen, wie sie sich gewünscht haben.«

Der Stuhl knarrte, als der fette Mann sich mühselig erhob und auf uns zu trampelte. Markus und Jens traten ein wenig zurück. Er ging um uns herum, betrachtete uns wie ein Raubtier seine Beute.

»Ausziehen!«, sabberte er. Ich zögerte einen Moment, doch als Markus sich in Bewegung setzte, streifte ich meine Kleidung zähneknirschend nach und nach ab. Neben mir wurde Epsis Bademantel brutal heruntergerissen. Ich war es gewohnt, dass ich vor allen möglichen Leuten für die Tests nackt sein musste, doch etwas an diesem Fettkloß widerte mich an. Anders als der prüfende Blick von Lithis, der fürsorgliche Blick von Keto, der hasserfüllte Blick von Markus und der objektive Blick der Wissenschaftlergruppen war der Blick des Pharmakonzern-Geschäftsführers erfüllt mit Gier und Lust. Tief in mir verspürte ich das Bedürfnis, meinen Körper zu bedecken oder dem Mann eine reinzuhauen. Schwer atmend stand er vor mir und sah mich an. Ich rechnete schon mit der Frage, ob er mich kaufen könne.

»Nummer 8 hat noch einiges an Ruhe von Vorbereitung nötig, daher bitte ich darum, dass wir die beiden Geschöpfe nun zurück in die jeweilige Unterkunft bringen.«, sagte Keto trocken. Ich wusste, dass er wütend war, doch er ließ sich nichts anmerken. Der Professor segnete den Plan ab und ich konnte mich endlich wieder anziehen.

»Der Typ war ekelhaft«, beschwerte ich mich bei Keto. Wir befanden uns zurück in meinem Raum, Epsi war in ihrer Unterkunft. Ich war froh, dass sie nicht sofort wieder in den Behälter gesperrt wurde. Der Rückweg war ohne Probleme verlaufen, Epsi war still geblieben und ich war zu sehr mit meiner eigenen Wut beschäftigt gewesen.

Keto strich mir durch das Haar.

»Da stimme ich dir zu. Wie er dich angesehen hat, als wollte er …«

Er ballte die Hände.

»Du bist ja wütender als ich darüber, obwohl es mein Körper war«, stellte ich fest.

»Weil er nicht sieht oder nicht sehen will, dass du, dass alle von euch ebenso Menschen sind, die man mit Respekt behandeln soll.«

»Aber das tut doch keiner hier, dich ausgenommen.«

»Das heiße ich ebenso wenig gut. Aber er hat dich überhaupt nicht als Lebewesen gesehen, sondern als Objekt seiner Lust. Wenn ich nur daran denke, wie dieser fremde, ekelhafte Mann deinen Körper so anstarrt, steigt die Wut in mir auf.«

Ich legte den Kopf schief.

»Bei Epsi hat es dich aber weniger gestört.«

Nervös rückte Keto seine Brille zurecht.

»Nun ja, mit ihr habe ich auch weniger zu tun.«

»Ich find's süß.«

Keto hob die Augenbrauen.

»Was denn?«

»Dass du dich so um mich sorgst und mich beschützen möchtest. Du bist süß, Keto.«

Er lief knallrot an und drehte sich um.

»A-Also, i-ich muss d-dann mal zu d-den … äh … Papieren. Ja, Papiere!«

Bevor er mir verschwinden konnte, zerrte ich an seinem Kittel.

»Bleib doch noch ein wenig, bitte.«

Kaum hatte er sich umgedreht, schlang ich meine Arme um ihn und drücke mich an seine Brust. Ich hörte, wie sein Herz wie wild schlug.

»Es tut mir leid, ich –«, begann er, doch ich unterbrach ihn.

»Keine Sorge, mein Herz schlägt auch schneller, wenn du bei mir bist.«

Wortlos umarmte er mich nun auch und ich spürte, wie er sein Kinn vorsichtig auf meinen Kopf legte.

7

Zu schnell war die Woche vergangen. Ich hatte die Zeit genossen, in der mich niemand herumkommandierte oder meinen Körper aufschlitzte. Es gab nur mich, das Zimmer, meine Entchen und Keto, der täglich die Routineuntersuchung machte. Von Tag zu Tag blieb er immer länger. Teilweise redeten wir eine ganze Weile einfach nur. Ich liebte es, mich auf dem Bett sitzend an ihn zu lehnen, während er mir alle möglichen wundersamen Dinge erklärte, die in der Welt da draußen vor sich gingen. Früher als sonst schwang die Tür auf und Keto kam herein.

»Heute ist der große Tag, was? Du wirst nun alle Körperfunktionen einer Frau besitzen«, sagte er unentschlossen. Wir beide wussten nicht, was wir von dem Versuch halten sollten.

»Ich hoffe, du hast nicht zu große Schmerzen oder gehst dabei drauf. Es handelt sich immerhin um den allerersten Versuch. Stirb mir nicht, Theta.«

Was zuerst klang wie ein Witz, wurde durch seinen besorgten Blick als die Wahrheit entlarvt.

»Du bist doch auch danach noch für mich da?«, fragte ich leise.

»Ja. Ich werde weiterhin die Untersuchungen durchführen. Lithis ist sehr zufrieden mit meiner Arbeit. Nur … Ich weiß nicht, wie es damit steht, wenn Nummer 15 eingepflanzt wurde und dann aus dir herausgeholt wird. So wie es aussieht, kehrt danach alles zum Normalzustand zurück. Mal sehen, wo ich dann lande.«

»Ich will nicht von dir getrennt sein. Du bist der einzige, der mich versteht und mich so mag, wie ich bin.«

»Ich mag dich nicht nur, dass sollte dir klar sein.«

Verwundert sah ich ihn an. Keto biss sich auf die Lippe.

»Ein besserer Zeitpunkt oder Weg das zu sagen ist dir nicht eingefallen?«, lachte ich.

Keto lächelte mich an, kam näher und ich machte mich bereit ihn zu küssen, so wie ich in dem Liebesroman gelesen hatte, der sich aktuell unter meinem Kopfkissen befand. Plötzlich wendete er seinen Kopf ab.

»Nein. Es darf aber nicht sein. Wir … Es geht nicht. Es würde mich wahrscheinlich das Leben kosten und ich will echt noch nicht sterben. Theta, du bist eine tolle Frau, daher möchte ich das Beste für dich. Doch DAS hier bringt nur Ärger. Tut mir leid.«

Ich atmete tief ein und aus, unterdrückte die Tränen. Ich verstand. Immerhin wollte ich auch nicht, dass er in große Gefahr gerat.

In Stille untersuchte mich Keto, notierte seine Ergebnisse und verließ den Raum. Emotionslos saß ich auf meinem Bett und starrte die eiserne Tür an. Ich war kein Mensch, also würde man nie akzeptieren, wenn ich menschliche Dinge tun und menschliche Gefühle entwickeln würde. Selbst wenn es jemanden gab, der mich nicht als das sah, was ich wirklich war, nämlich ein Versuchskaninchen, war es unmöglich etwas zu unternehmen, da alle anderen dann auch gegen diese Person gehen würden. Ich wünschte mir so sehr, als normales Mädchen in einer ruhigen Stadt an einem Ententeich geboren zu sein. Mir ständen so unendlich viele Möglichkeiten offen, mit genug Mut und Kraft könnte ich überall hin und alles tun. Wieso änderten der Ort und die Art der Geburt so viel an meiner „Menschlichkeit"?

Einige Zeit später kehrte Keto in Markus' Begleitung zurück. Wortlos nahmen sie mich mit und führten mich zu einem weiteren Raum, in dem sich eine Liege mit Fesseln befand. Ich wurde entkleidet und auf der Liege gefesselt, sodass ich nur noch meinen Kopf drehen konnte. Es waren drei weitere Wissenschaftler anwesend, von denen einer unaufhörlich etwas auf sein Klemmbrett schrieb. Die einzige Frau im Raum kam auf mich zu. Sie stellte sich als Ann Sailor aus der Überwachungsabteilung vor. Ihre freundliche Art schien mir nicht gespielt und erinnerte mich daher an Keto.

»Keto, kannst du dich bitte mit Herrn Kessler für die Dauer der OP vor die Tür begeben?«, rief sie durch den Raum zu den beiden, die ohnehin den Raum verlassen wollten. Sie kannten die Vorschrift, auch wenn Markus ein wirklich großes Problem mit Vorschriften hatte. Als sie draußen waren, sprach sie mich erneut an.

»Ich erkläre dir mal kurz den Ablauf, sodass du dich möglichst wohl fühlst, Theta.«

Sie hatte mich bei meinem Namen genannt. Ich konnte nicht anders, als sie anzugrinsen.

»Wenn man dir einen Namen gegeben hat, so benutze ich ihn auch«, meinte sie und streckte die Zunge raus. Eine braune, gelockte Haarsträhne rutschte unter der Schutzhaube auf ihrem Kopf hervor, die sie demonstrativ genervt zurückstopfte.

»Wie dem auch sei, zunächst möchte ich mich dafür entschuldigen, dass ich es nicht geschafft habe, Betäubungsmittel zu beantragen. Es sei eine „Verschwendung" dich für so eine kleine OP zu betäuben. Beim nächsten Mal bekomme ich es hin, versprochen. Heute wirst du drei Spritzen mit verschiedenen Substanzen in deinen Körper bekommen. Vermutete Nebenwirkungen sind Schwindel, Übelkeit und Verwirrung. Außerdem denke ich, dass es zu einem Gedächtnisverlust kommt. Hoffentlich vergisst du nur ein paar Stunden. Die beiden Kerle da hinten sind für das Protokoll und die Stoffmischung für die Spritzen zuständig. Um ehrlich zu sein, weiß ich nicht mehr, wie sie heißen.«

Ann kicherte wie ein Kind. Als ich ihr sagte, dass ich bereit wäre, gab sie den Befehl zum Mischen. Ich hörte, wie es hinter mir gluckerte, zischte und brannte, bevor Ann mit einer Spritze in der Größe meines Unterarms zu mir trat. Die eiskalte Spitze berührte meine Bauchdecke.

Alles drehte sich. Ich versuchte, die Augen aufzumachen, doch es klappte einfach nicht. Ein unsichtbarer Wellengang schleuderte mich auf und ab. Endlich sah ich wieder Licht. Es war meine Zimmerdecke, doch mir kam es noch immer so vor, als tobe ein Wirbelsturm in meinem Kopf. Mein Bauch schmerzte. Ich konnte mich nicht erinnern, meine Kleidung wieder angezogen zu haben. Die Uhr verriet mir nach minutenlangem Entziffern, dass es vier Uhr nachts war. Warum war das Licht an? Einige Zeit später hatte sich der Schwindel ein wenig gelegt, sodass ich mich aufsetzte. Sofort stieg mir etwas im Hals hoch und ich übergab mich auf den Boden neben mein Bett. Schnell legte ich mich wieder hin und schloss die Augen. Der bittere Geschmack von Galle in meinem Mund half mir ein wenig dabei, nicht wieder das Gefühl zu bekommen, herumgewirbelt zu werden.

Nach einer weiteren halben Nacht voller Wachphasen, Schwindel und Übelkeit fand ich mich letztendlich auf dem Boden in einer Pfütze aus Erbrochenem wieder. Es war zehn Uhr. Langsam und äußerst vorsichtig stand ich auf und setzte mich auf das Bett. Mein Oberteil und meine Haare waren verklebt und in einem Grünton verfärbt. Ein leichter Anflug von Schwindel überkam mich, doch trotz des Gestanks war mir nicht mehr übel. Immerhin etwas. Plötzlich klopfte es an der Tür.

»Theta, bist du wach? Ich habe Geräusche von da drinnen gehört!«

Es war Ann, die scheinbar direkt vor der Tür stand. Wie lange hatte sie denn dort gewartet?

»Ja«, antwortete ich, überrascht, wie schwach meine eigene Stimme klang. Die Tür wurde entsperrt und Ann trat ein. Ein schockierter Gesichtsausdruck entstand, sobald sie mich entdeckte.

»Wie siehst du denn aus? Du Arme!«

Sofort war sie bei mir und betrachtete mich.

»War wohl 'ne grausame Nacht.«

»Kann man so sagen«, meinte ich leise.

»Eigentlich wollte ich deine Routineuntersuchung durchführen, aber erst müssen wir diesen Saustall hier in Ordnung bringen.«

Ich wollte sie fragen, warum Keto nicht für die übliche Untersuchung kam, doch ich war zu schwach, um die Frage zu stellen. Ann half mir professionell aus meiner Kleidung und verschwand mit ihr unterm Arm und dem Versprechen, bald zurückzukehren. Ich hatte mich gerade erneut auf das Bett gelegt, als sie mit einem großen, blauen Eimer hereinkam. Ihre sonst schulterlangen, gelockten Haare hatte sie zusammengebunden und begann ohne zu zögern, den Boden mit einem Lappen zu wischen. Binnen kürzester Zeit hatte sie den Boden gereinigt. Fasziniert über die Tatkraft dieser Frau sah ich bloß zu. Gerne hätte ich ihr geholfen, doch es ging nicht.

»Theta, ich weiß, es geht dir nicht gut, aber ich muss dich jetzt trotzdem untersuchen. Die Leute von oben erwarten Ergebnisse.«

Diesmal war die Untersuchung ein wenig anders gestaltet. Nicht nur meine Vitalwerte wurden überprüft, sondern Ann untersuchte auch meinen Unterleib mit einem Ultraschallgerät.

»Wo ist Keto?«, fragte ich währenddessen.

»Er hat sich heute Morgen krankgemeldet und meinte, er könne sich ein paar Tage nicht um dich kümmern, da eine Erkrankung den Versuch gefährden würde. Außerdem hat er mir seine Aufgabe übertragen. Wenn du mich fragst, ist er nicht krank. Hier unten in Lithis' Forschungsanstalt wird man nicht ohne weiteres krank, dafür ist hier alles zu steril. Entweder man war draußen oder man hat etwas Unpassendes, Experimentelles zu sich genommen oder verabreicht bekommen«, meinte sie, ohne den Blick von dem kleinen Bildschirm auf einer Art Koffer abzuwenden.

Da ich nichts mehr sagte, fügte sie ein paar Minuten später hinzu: »Ist zwischen euch etwas vorgefallen?«

»N-Nein.«

»Mich kannst du nicht hinters Licht führen.«

Wissend grinste sie mich an. Ich schwieg. Sie hatte mich vollends aus der Fassung gebracht.

»Du kannst mir vertrauen. Ich habe keinen Grund, dich an irgendjemanden zu verraten. Außerdem kenne ich Keto seit seiner Zeit beim Radiosender. Ich war seine Co-Moderatorin. Er hat mir auch zu meiner Stelle hier unten verholfen. Also, sei nicht so schüchtern und lass uns über Jungs lästern!«

Sie legte die Gerätschaften beiseite und setzte sich neben meine Füße. Ich blieb liegen, da es mir so besser ging. Anfangs erzählte ich überlegt und vorsichtig, doch schon bald schüttete ich Ann mein Herz aus.

»Keto war schon immer so. Er kann sehr schlau und gerissen sein, solange keine Gefühle im Spiel sind. Damals musste ich als Kummerkasten herhalten, als ihm das Herz gebrochen wurde. Ich denke, er ist nicht krank, sondern brauchte ein wenig Zeit für sich, da er sich bewusst ist, dir wehgetan zu haben.«

»Was soll ich jetzt tun?«, fragte ich mit Tränen in den Augen.

»Warte es ab. Keto gibt nicht so schnell auf. Zur Not bin ich auch noch für dich da.«

Sie zwinkerte mir zu, streckte sich und verkündete, dass sie nun meine Kleidung aus der Reinigung holen würde.

Beinahe eine Woche verging, in der ich viel mit Ann redete, während sie mich untersuchte. Schon bald teilte sie mir mit, dass die OP ein voller Erfolg gewesen sei, sodass Lithis den zweiten Schritt genehmigt habe. Am Tag vor der Einpflanzung der männlichen Gene saß ich nervös auf meinem Bett und versuchte ein Buch zu lesen, doch ich verrutschte immer wieder in der Zeile. Ann hatte mich am Vormittag untersucht und das letzte OK für den kommenden Tag gegeben. Es war bereits Abend, doch ich wusste, dass ich vor Aufregung und Angst kaum schlafen würde. Plötzlich knarrte es im Schloss und die Tür wurde schnell geöffnet und wieder geschlossen. Ein schweißnasser Keto stand nun vor mir und schob seine Brille zurecht. Er keuchte, als habe er einen Marathon hinter sich. Ich machte den Mund auf, um etwas zu sagen, doch Keto drückte seinen Zeigefinger auf meinen Mund.

»Ich weiß, dass ich mich grauenvoll verhalten habe und es tut mir leid. Ich war einfach verzweifelt über unsere Lage. Es hat mir keine Ruhe gelassen. Es gibt nur einen Weg, der uns ein gemeinsames Leben ermöglicht. Wir werden fliehen. Gleich morgen früh.«

»Aber …«, protestierte ich. Ohne auf mich zu achten, holte er ein gerolltes Plakat hervor und breitete es aus. Es zeigte einen Grundriss aller drei Stockwerke. Mein Zimmer war mit einem roten Herz umrandet und ein roter Strich führte von dort weg. Auf der ganzen Karte waren zudem noch blaue Linien und Punkte verteilt. Im obersten Stockwerk hatte er ein großes X eingezeichnet. Keto blickte mir tief in die Augen und erklärte dann hastig: »Hör mir gut zu, Theta. Ich kann nicht lange hierbleiben, denn ich habe so spät nichts mehr in diesem Abschnitt verloren. Außerdem muss ich noch ein paar Vorbereitungen treffen. Also: Ich werde morgen früh um 5:30 Uhr dein Zimmer aufschließen. Nach Lithis' Planung sollen Markus und ich dich um 7:00 Uhr abholen und zum Labor geleiten. Dann sind wir hoffentlich schon verschwunden. Auf der Karte habe ich den bestmöglichen Fluchtweg in Rot eingezeichnet. Dort, wo sich die Linie spaltet, werden wir spontan und situationsbedingt entscheiden. All die blauen Markierungen kennzeichnen Positionen der Sicherheitsleute und deren Patrouillenwege, welche ich mit Hilfe von Beobachtungen und Archivdokumenten bestimmt habe. Solange keine Verzögerung zustande kommt, bleiben wir auf der roten Linie unentdeckt. Des Weiteren habe ich Ann eingeweiht und sie half mir den Tag über, kleine, fernzündbare Sprengsätze an Überwachungskameras entlang des Weges anzubringen, sodass wir morgen lautlos die Kabel durchbrennen können. Natürlich haben wir auch eine Reihe anderer Kameras mit Sprengsätzen versehen, da wir sonst unseren Pfad preisgeben würden. Während ich dich also hier durchführe, schließt Ann an der Oberfläche einen Helikopter kurz, sodass wir nach Verlassen des Aufzugs einsteigen und abhauen können. Keine Sorge, in meiner Zeit bei der Armee habe ich gelernt, wie man so etwas fliegt.«

»Was passiert mit Epsi?«

Keto schüttelte traurig den Kopf.

»Es wäre zu riskant, sie auch noch mitzunehmen. Außerdem weiß man leider nie, wann sie in vollkommene Panik ausbricht. Unsere Flucht wäre sofort gescheitert.«

Eine kurze Stille trat ein.

»W-Wieso macht ihr beide das für mich? Du verlierst deinen Job!«

»Du bist mir wichtiger als dieser dämliche Job. Ann ist es ebenfalls ein Dorn im Auge, wie Menschen, so wie du, hier behandelt werden.«

Ich blickte zu Boden.

»Keto, ich bin kein Mensch.«

»Doch! Du bist ein Mensch. Wie und wo du geboren wurdest, spielt doch keine Rolle dafür, was du daraus machst! All diese Wissenschaftler, die ihr Geld mit Quälerei verdienen, sind weniger menschlich als du.«

Ich atmete schwer. Diese Worte bedeuteten mir mehr als Keto ahnte.

»Ich muss los, Theta. Bis bald.«

Ich wollte ihn umarmen, doch als ich näherkam, drückte er mir einen schnellen Kuss auf die Lippen und stürmte aus dem Zimmer.

8

»Theta, wach sofort auf!«, zischte Keto energisch in mein Ohr. Panisch schreckte ich auf und sah ihn an. Ich hatte trotz meines unruhigen Herumwälzens letzten Endes tief geschlafen. Es war 5:28 Uhr.

»Komm schon, wir müssen los! Die Kameras sind deaktiviert, daher wird es nicht allzu lange dauern, bis die Wachposten nach den Kameras sehen werden«, hetzte er, während ich mich aufrichtete und zur Tür ging. Keto rückte seine Brille zurecht und stieß die Tür auf. Bevor ich ihm nach draußen folgen konnte, wurde er von einem starken Arm gepackt und aus meinem Sichtfeld gezogen. Ängstlich stürzte ich durch den Türrahmen und erstarrte, als ich sah, wie Markus Keto abermals gegen die Wand drückte. Hilflos strampelte dieser gegen den eisernen Griff an.

»Ist es nicht ein wenig zu früh?«, blaffte Markus Keto an.

»Wo sollte es denn hingehen?«

Keto konnte nicht antworten, denn sein Hals wurde zugedrückt. Triumphierend grinste mein Manager und meinte: »Du dachtest echt, du könntest mich hinters Licht führen? Ich wusste von Anfang an, dass du viel zu sehr an diesen Kreaturen hängst. Du bist wohl einfach zu dumm, sonst würdest du sehen, dass es einfach nur wilde Tiere sind. Man hätte dich schon früher entsorgen müssen, aber Lithis scheint ganz schön an dir zu hängen. Sieh doch, deine ach so tolle Freundin, mit der du fliehen wolltest, hält es nicht annähernd für nötig, irgendetwas zu tun. Nutzloses Vieh.«

Er hob die Faust und schlug Keto geradewegs ins Gesicht. Dann warf er ihn zu Boden und prügelte weiter auf ihn ein. Keto versuchte zwar, sich zu wehren, war dem muskulösen Mann schlichtweg gnadenlos unterlegen. Zorn stieg in mir auf und ich ballte meine Fäuste. Er würde uns nicht aufhalten.

»Hör auf, Keto wehzutun, du Monster!«, schrie ich. Markus hielt für einen kurzen Moment inne, bevor er den Brillenträger zu Boden presste und seinen Kopf zu mir drehte.

»Was willst du schwaches Mistvieh denn jetzt? Du bist es eigentlich nicht einmal wert, diese Kleidung zu tragen. Laborratte!«

Er spie nach mir, lachte und schlug erneut zu. Mit entflammter Wut riss ich den Glassplitter aus meinem Bademantel heraus, rannte auf meinen Manager zu und stach das spitze Objekt direkt in seinen Nacken. Blut rann heraus. Markus wirbelte herum, doch der Anflug von Angst lähmte ihn für einen Moment, sodass ich ein zweites Mal zustach. Bis zur Hälfte versank der Splitter seitlich in seinem Hals. Pure Angst spiegelte sich in seinen Augen wider, bevor er röchelnd auf die Knie brach. Schnell sprintete ich zu Keto, zerrte ihn hoch, griff ihn am Handgelenk und begann zu rennen. Eindeutig litt er bei jedem Schritt unter den zugeführten Verletzungen, außerdem schoss das Blut förmlich aus seiner Nase, sodass alles an ihm eine rote Farbe annahm. Als wir in den nächsten Gang bogen, hörten wir ein dumpfes Aufprallen eines Körpers auf den Boden hinter uns.

»Theta, stopp!«, rief Keto mir zu. Ich hielt an.

»Wir müssen uns viel überlegter bewegen, daher lass mich vorangehen. Außerdem, erinnerst du dich nicht an das Serum in deinen Beinen? Du bist mehr als doppelt so schnell wie ich. Ich kann nicht mithalten.«

Ich entschuldigte mich und er übernahm die Führung. Zügig und ohne auf seine Schmerzen zu achten, ging er voran. Da wir doch einiges an Krach gemacht hatten, waren nun viel mehr Menschen unterwegs als wir in unserer Planung vorgesehen hatten. Dies führte dazu, dass wir immer wieder in Deckung gehen mussten.

»Wir sind ganz schön hinter unserem Zeitplan!«, fluchte Keto leise, als wir die Treppe in das dritte Stockwerk hochstürmten. Kaum waren wir oben angelangt, zog Keto mich am Handgelenk hinter eine Wand. Kaum hörbare Stimmen drangen von überall zu uns und ein unaufhörliches Getrappel bewies, dass viel mehr Leute in diesem Stockwerk und um diese Uhrzeit unterwegs waren, als wir es geplant hatten. Leute, die in der Büroebene nichts verloren hatten. Als eine Gruppe von Sicherheitspersonal an uns vorbei war, huschten wir aus dem Versteck heraus. Plötzlich stoppte Keto, holte einen Schlüssel hervor und stieß eine der Türen auf, die sich auf dem langen Gang befanden. Ohne Worte folgte ich ihm. Als die Tür hinter mir zurück ins Schloss fiel, sah ich in der Dunkelheit des Raumes die Hand vor Augen nicht. Endlich fand Keto seine Taschenlampe und schaltete sie ein. Schützend nahm ich die Hände vor die Augen. Nachdem ich sie wieder heruntergenommen hatte, sah ich, dass wir uns in einem weiteren, verstaubten und halb mit Gegenständen vollgestellten Gang befanden.

»Wie du siehst wird dieser Gang eigentlich nicht benutzt. Hier sollten wir ungestört sein. Bevor du mich fragst, weshalb er nicht Teil der ursprünglichen Planung war: Ich wusste nicht, ob der Schlüssel funktionieren würde. Wir haben einfach Glück gehabt.«

Er versuchte zu lächeln, was jedoch wegen den ausgeschlagenen Zähnen gruselig aussah. Seine Nase blutete noch immer.

Wir verlangsamten unsere Schritte ein wenig, da wir uns sicher fühlten.

»Warum hast du ihn eigentlich abgestochen? Das hätte ich nicht von dir erwartet«, fragte er.

»Ich konnte nicht länger mitansehen, wie er dich schlug. Er hätte dich bestimmt getötet! Außerdem hast du mir doch gesagt, ich solle die Scherbe das nächste Mal benutzen.«

»Was ich viel schlimmer finde als die Tötung, ist, dass es dir scheinbar überhaupt nichts ausmacht.«

Eingeschüchtert durch Ketos scharfen Ton erwiderte ich nur knapp: »Er hat es nicht anders verdient. Jetzt gibt es einen weniger, der so ist.«

»Dir wurde es wohl einfach nicht anders vorgelebt.«

Schweigend gingen wir voran und erreichten das Ende des Ganges. Er schloss die Tür auf und wir traten wieder auf den Hauptflur. Auf der rechten Seite entdeckte ich den großen Aufzug, der mich damals für meine Außenmission ins Freie befördert hatte.

»Keto, dort!«, rief ich aufgeregt und fuchtelte mit meiner rechten Hand in die Richtung. Ich packte Ketos Hand und wollte losgehen, doch er hielt mich zurück. Ein Blick nach hinten zeigte mir den Grund dafür. Eine Reihe mit Maschinengewehren bewaffneter Männer hatte sich dort aufgebaut, allesamt in eine schwarze Ausrüstung gehüllt. Mein Verbündeter stand beim Anblick der Mündungen wie versteinert da.

»Wirklich interessant«, erklang Lithis' Stimme durch die Truppe hindurch. Geschmeidig schlängelte er sich durch die Männer hindurch und blieb vor uns stehen.

»Nummer 8 und Keto Kryz wollen zusammen fliehen.«

Mir entging der Glanz in seinen Augen nicht, welcher seine angespannte Stimmlage unterstrich.

»Aber keine Sorge, ich bin keinesfalls wütend, bloß enttäuscht. Keto, dir habe ich einen wirklich guten und fortschrittlichen Job verschafft und das, obwohl du bei der Außenmission gnadenlos versagt hast. Aber noch schlimmer: Nummer 8, wie kannst du nur den Mann, der dir dein Leben, deine gesamte Existenz auf diesen Planeten geschenkt hat, so hintergehen?«

Betroffen sah ich auf den Boden, schüttelte den Kopf und sah dem Professor ins Gesicht.

»Du hast mir kein Leben geschenkt, sondern ein Leiden, dass dein Leben besser machen sollte!«, schrie ich und schlug mit meiner Faust zu. Lithis strauchelte nach hinten.

»Undankbares Miststück! Erschießt sie!«

Ohne groß nachzudenken, packte ich Ketos Arm und begann, mit ganzer Kraft zu rennen. Irgendwie schaffte er es, auf meinen Rücken zu springen und festzuhalten, da er sonst nie hätte mithalten können und gestürzt wäre. Erst jetzt wurde ich der Kraft meiner Beine so richtig bewusst, denn trotz dem zusätzlichen Gewicht auf meinem Rücken konnte ich mich enorm schnell und flink bewegen. Die Soldaten schossen aus ihren Gewehren immer wieder in Salven auf uns und ich versuchte, Haken zu schlagen, was mir auch gut gelang. Keto stöhnte und schrie mehrmals auf, doch jedes Mal biss ich meine Zähne bloß zusammen und konzentrierte mich auf den Sprint. Kurz bevor ich den Lift erreichte, schob sich die Tür zur Seite. Ich sammelte meine letzte Kraft und … spürte einen stechenden Schmerz in meiner linken Wade. Den Schmerzen folgte eine kleine Detonation, sodass mein Muskel in Fetzen gerissen wurde und ich mit einem Überschlag an der Rückwand des Lifts liegen blieb. Dies war eine andere Art von Geschoss gewesen. Sofort schlossen sich die Türen und der Lift setzte sich in Bewegung. Ann kam aus ihrer Deckung bei den Liftknöpfen hervor und fuchtelte aufgeregt mit den Armen.

»Du meine Güte! Geht es euch gut?«

Keto hatte meinen Rücken längst losgelassen und stöhnte in seiner eigenen Blutlache liegend auf. Meine Wade war non-existent, jedoch sickerte kaum Blut heraus, da das umliegende Fleisch und somit auch die Blutadern verschmort waren. Der Schmerz pochte durch meinen ganzen Körper und führte zu Schwindel. Ann drehte Keto auf den Bauch und eine Menge Einschussverletzungen im Rücken kamen zum Vorschein. Sie hatten ihn insgesamt drei Mal auf Hüfthöhe und doppelt an den Beinen erwischt.

»Ich … spüre meine Beine … nicht«, brachte er unter Schmerzen hervor.

»Halt still!«, brüllte Ann, »Du blutest sonst noch mehr!«

Zittrig holte sie einen Erste-Hilfe-Koffer aus der Ecke, schob Ketos Hemd hoch, träufelte eine Flüssigkeit auf die Wunden und legte professionell und schnell Verbände an. Der Lift stoppte und die Tür ging auf. Der frische, salzige Wind fegte durch meine Haare, während ich noch auf dem Boden des Lifts saß. Ich entdeckte einen blauen Hubschrauber, dessen Rotoren langsam kreisten.

»Keto, kannst du fliegen? Nein… du musst fliegen, sonst sind wir tot!«, sprach Ann mehr zu sich selbst als zu einem von uns. Sie stellte kurzerhand den kleinen, roten Koffer in die Tür des Lifts, sodass dieser nicht schließen konnte, hievte Keto auf ihren Rücken und stürmte zum Hubschrauber, wo sie ihn auf den Pilotensitz absetzte. Der Lift schloss sich, doch die Türen prallten gegen den Koffer und öffneten sich erneut. Sie kehrte zurück, half mir auf und begleitete mich stützend zum Hubschrauber, wo sie mich auf die Hinterbank verfrachtete.

Nachdem sie sich selbst neben Keto geschwungen hatte, griff Keto langsam das Steuer. Er sah mehr tot als lebendig aus, so bleich, wie er war. Wie durch ein Wunder oder aufgrund seines Talents und seiner Ausbildung schaffte er es dennoch, den Hubschrauber in die Höhe zu treiben. Ich blickte ein letztes Mal in meinem Leben zurück auf die Forschungsanstalt des Professor James Lithis.

Epilog

»Ein wenig Brot für dich, hier noch was für dich …«, sang ich fröhlich. Die Enten im Teich schnatterten mir gierig zu, bis ich ihnen raschelnd meine leere Tüte zeigte. Ich erhob mich von der Bank und ging leicht humpelnd den Pfad durch den Wald zurück. Obwohl meine Wade schwere Schäden genommen hatte, ermöglichten meine verstärkten Beine ein relativ normales Voranschreiten. Ich bog vom Pfad ab und stieg über einen braunen Holzzaun. Nachdem ich den Garten mit lauter schönen Blumen durchquert hatte, holte ich einen Schlüssel hervor und entsperrte die Hintertür.

»Hallo Theta!«, begrüßte Ann mich freundlich aus der Küche. Ein leckerer Duft von Spargel erfüllte die Luft. Sie musste soeben von der Arbeit zurückgekommen sein. Die Badtür schwang auf und Keto kam in seinem Rollstuhl herausgefahren. Zwar hatte sich ein guter Arzt, ein alter Freund aus den Zeiten beim Militär, der nicht zu viele Fragen stellte, um unsere Wunden gekümmert, doch Ketos Rücken hatte so großen Schaden genommen, sodass er unterhalb der Brust komplett gelähmt war.

Ann und Keto hatten schnell Arbeit beim ortsansässigen Radiosender gefunden. Ich hörte sie jeden Tag beim Frühstück über die unterschiedlichsten Themen quatschen. Mir hatten sie verboten, eine Arbeit zu suchen, ich solle mich erst an die Umstände im städtischen Leben gewöhnen. Selbst nun, nach über einem Jahr, bekam ich nur dasselbe zu hören.

»Na, mein Entchen? Wie geht es den anderen Enten da draußen?«, fragte Keto mich lächelnd.

»Die können gar nicht genug zu essen bekommen«, lachte ich, ging zu ihm und küsste ihn.

»Gut siehst du aus! Konntest du endlich wieder ordentlich schlafen?«

Ich nickte. Es kam zu oft vor, dass ich nachts unruhig schlief oder gar aufschreckte, da ich von der Angst gepackt wurde, aufgespürt zu werden. Dies war auch der Grund, weshalb wir uns entschieden hatten, unsere Geschichte geheim zu halten. Wenn ich eins dort unten gelernt hatte, dann, dass Menschen grausam sein können und mich viel zu schnell aufgrund meiner Herkunft verurteilten. Ebenso dachte ich oft daran, wie es Epsi ging, wenn sie denn noch lebte. War sie nun bei Gamma, der Frau, die mir auf ihre eigene, grimmige Art die Augen geöffnet hatte?

»Herr und Frau Kryz, das Essen wäre soweit!«, rief Ann aus der Küche. Wir hatten noch nicht geheiratet, aber da ich keinen Nachnamen besaß, hatte ich seinen bereits angenommen.

Ehe ich mich versah, raste Keto an mir vorbei. Ich ließ mich nicht unterkriegen und rannte so gut es ging hinterher, sodass wir letztendlich gleichzeitig am Tisch ankamen. Ann schüttelte den Kopf.

»Denk dran, dass du morgen mit Kochen dran bist, Theta.«

Ich grinste nervös zurück. Das hatte ich total vergessen.

Zusammenarbeit

Die folgende Kurzgeschichte wurde von mehreren Personen, die jeweils die Arbeit ihres Vorgängers weiterführten, geschrieben. Somit schrieb jede/r eine Seite in dieser Geschichte.

Zu befolgende Regeln:

1. Die Geschichte soll fortgesetzt werden. Achtet auf Kontinuität. **ALLES** wird gelesen vor dem Schreiben!

2. Was jemand anderes geschrieben hat, wird nicht zunichte gemacht!

3. Kein Wechsel in der Erzählform (Ich → Sie).

4. Die Geschichte nicht zu Ende bringen! Das übernehme ich. Immer genug für die anderen offenlassen.

5. Der jeweilige Abschnitt darf ein wenig kürzer als eine Seite sein, jedoch keinesfalls länger.

6. „Ich habe aber kein Word und Open Office macht alles kaputt" Die Formatierung übernehme ich dann. Textlänge entspricht meinem Abschnitt

Nachdem ich aufgestanden war, stöhnte ich auf. Warum schmerzte mein linker Fuß? Es war, als stachen unzählige Nadeln in meine Ferse. Nadeln mit Widerhaken. Steckte dort noch immer etwas drin? Ich bückte mich und rieb über die schmerzende Stelle, was den Schmerz jedoch nur schlimmer machte.

Als ich versuchte darüber nachzudenken, wie ich mich verletzt haben könnte, kam nichts dabei heraus. Der gestrige Tag war aus meinen Erinnerungen gelöscht. Kopfschüttelnd humpelte ich in die Küche, wo ich mich zunächst hinsetzte und auf meinen Teller starrte. Ein Milchbrötchen lag darauf und daneben ein Zettel mit einer Nachricht. Ich strich mir eine blonde Strähne aus dem Gesicht und begann zu lesen:

„Liebe Kianna, ich habe dich heute aus der Schule krankgemeldet. Ich weiß, dass die gestrigen Erlebnisse grausam waren und hoffe, dass du zu einem normalen Alltag zurückfindest. Frühstücke in aller Ruhe und du wirst sehen, es wird alles wieder gut. Liebe Grüße und Küsschen, Mama."

Was war vorgefallen? Warum konnte ich mich nicht erinnern? Schützte mein Gehirn sich selbst vor einem traumatischen Erlebnis? Ich würde meine Mutter fragen, sobald sie von der Arbeit heimkehrte. Mit einem schnellen Blick auf unsere Multifunktions-Digitaluhr stellte ich fest, dass wir Mittwoch hatten, es 13 Uhr war und die Sonne mit 31°C draußen niederbrannte.

»Was soll's, ich werde es schon noch erfahren«, sagte ich laut und musste eingestehen, dass ich dies nur tat, um mich ein wenig zu beruhigen. Ich hatte Angst. Mein Herz schlug mir nun bis zum Hals, als wollte es mir sagen: „Kianna, das willst du nicht wissen! Du stellst zu viele Fragen!"

Ich schüttelte meinen Kopf, in der Hoffnung, ich könnte danach wieder einen klaren Gedanken fassen. Negativ. Ich blickte wieder auf das Brötchen, aber so wirklich Lust es zu essen, hatte ich nicht. Ich stand auf und humpelte ins Bad.

»Eine kühle Erfrischung würde mir bestimmt guttun«, dachte ich und stieg vorsichtig in die Dusche. Als ich das Wasser anstellte, fühlte sich jeder einzelne Tropfen wie eine Befreiung an. Entspannt seufzte ich und schaute auf meinen Körper herab. Ich erschrak dabei, denn meine Beine waren übersät mit Kratzern und dunklen Flecken. Tausend Fragen schossen mir durch den Kopf, doch für keine hatte ich eine Antwort. Meine Atmung wurde schneller und ich begann, zu zittern. Ich wollte eigentlich nur noch raus aus der Dusche und mich anziehen, doch dabei machte ich die Rechnung ohne meinen verletzten linken Fuß. Ich blieb am Rand der Dusche hängen und fiel vorne über, mein Kopf knallte dabei auf die Fliesen auf. Ich verlor das Bewusstsein.

Plötzlich hörte ich eine männliche Stimme meinen Namen rufen. Diese Stimme war sehr tief und unheimlich, aber doch so vertraut. Ich konnte nicht genau deuten woher diese Stimme kam und ob sie nun real war oder nicht. Ich versuchte, die Augen zu öffnen oder mich zu bewegen, doch beides wurde mir von meinem Körper verweigert. Die Stimme kam immer näher, bis sie schließlich mein linkes Ohr erreichte: »Vergessen ist oft leichter als sich zu erinnern.«

Ich öffnete die Augen und schreckte hoch. Erleichtert stellte ich fest, dass ich mich immer noch in meinem Badezimmer befand, jedoch nun nicht nur mit Fußschmerzen, sondern auch noch mit Kopfschmerzen. »Wer war diese Stimme?«, fragte ich mich, während es mir eiskalt den Rücken runter lief.

Immer noch vom Sturz benommen, tastete ich nach der Stelle am Kopf, mit der ich auf den Fliesen aufgeschlagen war. Warmes Blut floss mir über meine Finger und schließlich meine Handfläche und meinen Handrücken hinunter.

»Verflucht«, dachte ich, »mein Körper ist ja nicht bereits genug geschändet. Geschändet? Eine männliche Stimme? Nein, das kann sicher nicht der Fall sein. Absolut nicht.«

Langsam stemmte ich mich auf die Beine, während ich mir mit der anderen Hand den Kopf hielt. Wieder durchzuckten meine Ferse dieselben Nadeln wie schon am Morgen und ich taumelte ein Stück nach vorn. Morgen? War es denn überhaupt noch morgens? Wie lange hatte ich überhaupt dort gelegen? Dem Sonnenschein, der durch das Fenster glitt, nach zu urteilen, jedenfalls nicht länger als bis zum Mittag. Ich spürte, wie das Blut meines Kopfes über mein Gesicht meinen nackten Körper herunter rann. Ein vertrautes Gefühl und zugleich auf eine bestimmte Weise beruhigend.

»Beruhigend? Was zur Hölle ist los mit dir, Kianna? Sag mir, was passiert ist! Wie soll ich denn dein Chaos hier beseitigen, wenn du mir nicht einmal das sagen kannst!«, schrie ich mich selbst an, ob aus Verzweiflung, Schock oder Wahnsinn konnte ich zu diesem Zeitpunkt nicht wissen. Ich begann damit, meine Wunde am Kopf notdürftig zu verbinden, indem ich Verbandszeug aus dem Schrank nahm und es großzügig, solange um meinen Kopf wickelte, bis es halbwegs sicher saß. Dann versuchte ich mir mit einem Waschlappen das Blut aus dem Gesicht und von meinem Körper zu wischen, mit mäßigem Erfolg. In die Dusche würden mich aber kein Dutzend männlicher Stimmen mehr bringen.

Ich huschte in meinen Bademantel und sofort überströmte mich ein wohliges Gefühl der Geborgenheit. Nur kurz.

»Keine Zeit dich hier einzukuscheln«, dachte ich mir. Erstmal muss ich herausfinden, was geschehen ist, und was zur Hölle das für eine Stimme in meinem Kopf war. Sie war fast schon zu real, um sie mir einbilden zu können und wenn doch, wäre das eine gute Leistung meinerseits. Wieder schüttelte ich meinen Kopf, um bei klaren Gedanken zu bleiben. Vielleicht ein bisschen zu viel. Ich stütze mich mit meinen Händen am Waschbeckenrand ab, da mein Kreislauf das nicht mitmachte.

Als ich mich wieder gefangen hatte, beschloss ich, mir erstmal frische Sachen zum Anziehen zu holen. Ich öffnete die Badezimmertür, doch dann glaubte ich, vollkommen den Verstand verloren zu haben. Hinter der Tür befand sich nicht etwa der Flur, der mich zu meinem Zimmer geleiten sollte, sondern ein weiterer Raum, einer, den ich nicht kannte. Er war ganz in weiß gestrichen, ohne jeden Makel. Selbst der Boden war aus weißen Fliesen, die keinen Fehler in ihrem System erlaubten. Des Weiteren befand sich ein Fenster in diesem Raum, durch das so helles Licht strömte, dass ich meinen Blick aus Angst zu erblinden in eine andere Richtung lenken musste. Es wirkte alles so unnatürlich, dass es für mich nur zwei Möglichkeiten geben konnte. Entweder träumte ich grade in Seelenruhe in meinem Bett und wachte bald wieder auf oder ... ich war tot. Ich hoffte persönlich für ersteres, es passte mir nicht ganz in den Kram, schon tot zu sein.

»Haha! Nein, tot bist du nicht«, sagte diese mittlerweile nervige männliche Stimme zu mir. Mir schwirrten so viele Fragen durch meinen Kopf, dass mir mal wieder schummrig wurde.

»Wer bist du?«, fragte ich laut in den Raum. Ich machte eine kurze Pause, doch es kam keine Antwort. »Wo bin ich?«, versuchte ich es noch einmal.

»Beruhige dich« sagte ich mir, während ich mich vor den Spiegel im Badezimmer stellte. Ich schaute mir tief in meine blaugrauen Augen und überlegte, was ich tun soll. „Kopfschmerzen" war mein erster Gedanke. Aus dem Badeschrank nahm ich mir eine Schmerztablette, füllte ein Glas mit Wasser und warf mir beides in den Rachen. Ich ging vorsichtig ans Fenster und schaute nach draußen. Mein Herz blieb stehen. In der „Natur" war keine Sonne. Es war alles hell und weiß, genau wie der Raum. So perfekt und ohne Ende. Nach 20 Minuten in die Leere starren, fühlte ich mich plötzlich von diesem Raum angezogen.

»War das überhaupt ein Raum, wenn auch alles außerhalb dieses Badezimmers nichts ist? Ich stand unter Schmerzen auf und humpelte zurück zu diesem unheimlich perfekten Raum. Dort angekommen, setzte ich mich in die Mitte auf den Boden und schaute an die Decke. Was ist gestern passiert? Wieso habe ich derartige Verletzungen? Wimmernd griff ich mir instinktiv an meine Halskette, ein Kreuz:

»Wer bist du? Wieso sagst du, ich sei nicht tot?«.

Da antwortete die männliche Stimme wieder, dieses Mal direkt in meinem Kopf, nicht nur in der Nähe, und ich stand ohne Schmerz erschrocken auf. Moment mal – ohne Schmerz?

»Nun, tot bist du nicht. Vielmehr bist du am Leben.«

Die Stimme lachte feierlich.

»Was du gestern getan hast, war eine Heldentat und ich habe dich belohnt!«

Ich öffnete den Bademantel und schaute auf meinen Körper.

Die Schrammen waren weg, der Schmerz im Fuß und die Kopfschmerzen waren wie weggeblasen. Und dann erinnerte ich mich.

Die Erinnerung kam nicht schlagartig, sondern sie tröpfelte langsam wie schmelzendes Eis in mein Bewusstsein und füllte die weißen Wände des Raumes. Ein Bild von einem Bus. Panik und lautes Stimmengewirr. Der stechende Geruch von Rauch und diese sengende Hitze. Ein zerbrochenes Fenster. Ich hatte es zerbrochen. Ein weiteres Mal spürte ich, wie die Scherben meine Beine zerschnitten, als ich mehr stürzend als springend aus dem Fenster entkam. Mein ganzer Körper fing an, erbärmlich zu zittern, als würde mir meine Erschöpfung erst mit meiner wiederkehrenden Erinnerung bewusst. Mit einem Mal liefen mir die Tränen über die Wangen und ich wollte nur noch nach Hause.

»Lass mich gehen«, flehte ich, ungeachtet dessen, dass ich augenscheinlich die einzige in dem mit meinen Erinnerungen gefüllten Raum war.

»Was willst du überhaupt von mir?«

Die Stimme lachte heiser.

»Seltsam, dabei dachte ich, *du* wolltest etwas von *mir*«, erwiderte sie in meinem Kopf. Aus irgendeinem Grund erweckte ihr Klang eine unsagbare Wut in mir. Doch meine Wut galt nicht dem Sprecher, sondern jemand anderem. Wenn ich bloß wüsste, wem.

»Ich biete dir Vergessen. Das ist der Grund, weshalb du hier bist.«

Ich schüttelte den Kopf.

»Wieso sollte ich vergessen wollen? Was ist gestern passiert?« Die Stimme hatte mich einen Helden genannt. Hatte ich jemanden gerettet? Aber die Rückkehr der Erinnerung ließ sich nicht beschleunigen. Quälend langsam bloß lichtete sich der Nebel in meinen Gedanken. Doch dann war da plötzlich noch ein weiteres Bild vor meinem inneren Auge. Das Bild von einem Feuerzeug. In meiner eigenen Hand.

»Ich muss verrückt sein«, schoss es mir durch den Kopf. Eine andere Erklärung gab es gar nicht. »Irrenhaus«, war der nächste Begriff. Wurden Verrückte denn nicht auch immer in trostlosen Räumen eingesperrt? Doch noch während ich diese Worte dachte, überrannte mich die nächste Flut von Bildern, die aus meiner eigenen Vergangenheit zu kommen schienen. Das Feuerzeug. Der Bus. Das Weinen eines kleinen Kindes, das panische Kreischen vieler Menschen. Und mittendrin: ich. Seelenruhig und mit diesem verfluchten Feuerzeug in der Hand, stand ich in der Mitte des Ganges. Aber das war nicht das Schlimmste: Das Schlimmste war die Explosion, die darauffolgte, die Explosion, die durch einen kleinen Funken ausgelöst worden war, durch eine winzige Flamme, die sich zuvor in meiner Hand befunden und die ich ganz einfach fallen gelassen hatte.

»Du lügst!«, schrie ich. Ich wusste nicht einmal, an wen diese Worte gerichtet waren. An mich selbst, meine Erinnerung oder den Mann, der zu mir sprach? Diese Stimme, die mich dazu zwang, die Erlebnisse erneut durchzumachen und nochmals zu durchleben, was gestern passiert war.

»Du bist ein Held, Kianna«, säuselte jene Stimme mir honigsüß zu.

»Du bist ein Held, nur willst du es nicht wahrhaben. Du hast mich stolz gemacht.«

»Du lügst!«, wiederholte ich, nun fast panisch. »Ich hätte niemals, *niemals* so eine Tat vollbracht!«

Er lachte heiser.

»Noch nie wolltest du es mir glauben. Aber keine Angst, deswegen bist du hier. Ich kann dich vergessen lassen, was passiert ist. Dann wird die einzige Überlebende des Unglücks nicht mehr als ein unschuldiges, traumatisiertes Mädchen sein ...«

Langsam drehte sich alles nur noch und ich war kurz davor, komplett in den Wahnsinn zu verfallen.

»Ich will einfach nur weg«, dachte ich mir. Weg von meinen Gedanken! Weg von dieser Stimme! Weg von diesem fürchterlich perfekten Raum.

»Lügen! Lügen! Lügen!«, schrie ich immer und immer wieder.

Meine Panik entwickelte sich langsam zu Hass. Hass auf diese Stimme, die mich nicht in Ruhe lassen wollte. Wer weiß, ob ich dieser Stimme überhaupt trauen konnte. Ich riss mich zusammen und mit der allerletzten Kraft in meinen Beinen, zwang ich mich aus dem Zimmer zu fliehen.

»Wohin fliehst du denn, meine kleine Heldin?«, fragte die Stimme lachend.

Ich ignorierte ihn. Es war mir egal wohin, Hauptsache ich konnte meiner absurden Lage entkommen. Panisch und verzweifelt rannte ich den endlos langen Flur entlang bis ich nicht mal mehr den Boden unter meinen Füßen spüren konnte.

Nach gefühlt einer halben Stunde Gerenne, völlig außer Atem, war es mir unmöglich, irgendein Glied meines Körpers nur einen Millimeter zu bewegen. Ich schaute mich um. Tatsächlich war ich nicht mehr im Raum oder dem endlos langen Flur gefangen. Nein! Noch viel schlimmer! Ich stand vor einem in Flammen stehenden Bus.

»Das ist doch ein Witz«, stammelte ich.

Ich sackte in mich zusammen.

Völlig erschöpft starrte ich auf den brennenden Bus vor mir. Resigniert ließ ich den Kopf sinken und starrte auf den Asphalt zu meinen Füßen. Warum befand ich mich eigentlich nicht im Bus? Dann bemerkte ich, wie neben mir ein Löschfahrzeug zum Stehen kam. »Hallo? Machen Sie schnell! Die Leute brauchen ihre Hilfe!« Niemand beachtete mich. »Entschuldigung? Können Sie mir sagen, warum ich hier bin?«, versuchte ich es erneut, diesmal an einen Feuerwehrmann gewandt, der unmittelbar neben mir einen Feuerwehrschlauch ausrollte, doch auch er ignorierte mich. Er konnte nicht einfach ein Mädchen übersehen, dass direkt neben ihm kniete und zu ihm emporschaute. Stöhnend raffte ich mich auf und stemmte mich an einem parkenden Auto neben mir hoch. Schließlich machte ich einen mühsamen Schritt nach vorne und ließ mich auf den mittlerweile ausgerollten Schlauch fallen. Mein Vorhaben erzielte meine erhoffte Wirkung: das Wasser kam unter meinem Gewicht nur mühsam hervor. Verwirrt drehte der Mann sich um, doch es war, als sähe er durch mich hindurch, als würde er mich gar nicht wahr nehmen. Fluchend stapfte er auf mich zu und ging dann einfach an mir vorbei zu dem nächsten Hydranten, an welchen der Schlauch angeschlossen war. »Der Arme, er denkt, dass der Hydrant das Problem ist!« Da war sie wieder, diese unheimliche Männerstimme. »Er sieht dich ja gar nicht, er nimmt dich nicht wahr…aber wer tut das schon?«, säuselte er in mein Ohr. »Lass... mich… in…Ruhe!«, presste ich mit knirschenden Zähnen hervor. Die Stimme lachte provozierend, bis es mich wie ein Schlag traf: Ich hatte diesen Bus nicht nur angezündet, ich verhinderte soeben außerdem, dass er gelöscht werden konnte! Ruckartig rollte ich mich von dem Schlauch runter, mit Erfolg: ein Schwall Wasser schoss vorne heraus. Der Feuerwehrmann wirkte verdutzt, rannte allerdings sofort wieder zurück, griff den Schlauch und zielte auf den Bus. Doch es war bereits zu spät: der Bus war komplett ausgebrannt und es war alles meine Schuld.

Angst und Schuldgefühle lieferten sich einen erbitterten Kampf in meinem Bewusstsein und zerrissen mich förmlich. »Ich kann nichts dafür«, redete ich mir ein. »Dieses Etwas, das den Bus angezündet hat, war nicht ich.« Ich konnte mir selbst nicht glauben. Natürlich war es meine Schuld. Und jetzt stand ich da. Hilflos und verwirrt. Und vollkommen nutzlos. »Wolltest du nicht etwas Besonderes sein?«, lachte die Stimme in meinem Kopf. »Und jetzt bist du dir zu besonders, was?«

»Wer bist du?«, schrie ich die Stimme an.

»Erinnerst du dich noch immer nicht?«, fragte sie zurück. Vor meinem geistigen Auge blitzte das Bild eines kleinen Jungen auf. Tränen rannen an seinem Gesicht hinab und durchnässten den Saum seines weißen T-Shirts. Er starrte mich unverwandt an. Ein Gemisch aus Verwirrung und Erkenntnis wirbelte in meinem Bewusstsein umher. »Wer ist das?«, schrie ich verzweifelt. Als die Stimme antwortete, schien der Klang von überall zu kommen. »Tue nicht so, als wüsstest du es nicht.« Nun schwang Bitterkeit in der Antwort mit. Er hatte Recht. Ich wusste es schon. Die ganze Zeit war es da und doch unerreichbar gewesen. Ich versuchte, die Wolke zu vertreiben, die Stimme aus meinem Kopf zu verbannen, doch ihr Klang brannte sich stechend in mein Bewusstsein, gemeinsam mit dem schmerzhaft klaren Bild von grellen Flammen und grauer Asche. »Hör auf!«, schrie ich die Stimme an. »Ich habe nichts getan!« »Nichts getan?«, hallte die knurrende Antwort in meinem Kopf. »Und die Menschen, die im Bus saßen? Denen hast du auch nichts getan? Weißt du überhaupt, wieviel das Leben bedeutet, wenn man es verliert?« Ein neues Bild blitzte auf. Wasser. Luftblasen. Meine Hand. Sie zerrte an einem blauem Band an einem kleinen Fuß. Der Junge. Seine Augen waren trotz des beißenden Wassers weit aufgerissen und starrten mich Panik erfüllt an. Mein Bruder. Und schon damals war es meine Schuld gewesen.

»Kianna!«, rief die vertraute Stimme meiner Mutter und riss mich zurück in die Realität. Ich kauerte noch immer auf dem Boden im Bad meines Zuhauses. Kein Bus, kein Bruder. Sie hatte die Tür aufgerissen und sah erschrocken auf mich und meinen notdürftig verbundenen Kopf herab.

»Was ist denn passiert? Du solltest es doch ruhig angehen lassen!« Meine Mutter streckte die Hand nach meiner Kopfwunde aus, doch ich wich der Berührung aus.

»Mama, hatte ich einen Bruder?«, fragte ich wie in einer Trance. Ihre Augen weiteten sich, doch aus ihrem Mund kam kein Wort. »Mama, habe ich einen Bus voller Leute angezündet?«

Nun flammte Zorn in ihren Augen auf. Sie packte mich unter den Achseln, zog mich auf die Beine und brüllte mich an: »Wieso kannst du einfach nicht vergessen? Willst du dich an sowas erinnern? DAS IST ALLES NIE PASSIERT!« Ihr Kreischen hallte noch immer nach, als sie mich losließ und ich wie ein Sandsack zu Boden fiel. Wieder blutete mein Kopf. Auch egal. »Warum?«, sagte ich bloß. Voller Verachtung starrte meine Mutter auf mich herab. So kannte ich sie gar nicht.

»Du sollst vergessen, damit dich keiner hier wegholt! Damals, als du deinen Bruder aus Versehen ertränkt hast, war es mir egal. Diese Leute im Bus sind mir auch egal, Hauptsache dir geht es gut, mein Kind. Bisher hast du immer so brav vergessen.«

»Ich ... kann das nicht gewesen sein!«, flüsterte ich.

»Du warst es, aber keine Sorge, Mama ist da. Dein Vater ließ dich ja einfach im Stich, aber ich mach das nicht. Zweifel nicht daran, oder ich muss wieder das Messer ansetzen, okay? Vergiss ruhig alles, du brauchst nichts zu fürchten.« Sie verließ den Raum. Die Erinnerungen an meine Taten begannen erneut zu schwinden. Die Stimme in meinem Kopf hatte mich verlassen. Hilfe von außerhalb war die letzte Lösung. Doch was, wenn ich doch Schuld an allem hatte?

Fantasie hat doch jeder, oder?

Als ich diese Geschichte zunächst an meine Freundin und dann quer durch meinen Freundeskreis reichte, wusste ich aber nicht, wohin die Fantasie dieser Leute führen würde. Klar, manche von ihnen schreiben ohnehin an ihren eigenen Werken (Jonathan, Marlene, Leonie, Pauline), aber viele tun es eben auch nicht.

Es ist interessant zu sehen, wie die Geschichte ihren Lauf nahm, auch wenn jeder Autor seinen eigenen Plan hatte. Dies merkt man auch, aber trotzdem konnte der nächste Autor die Geschichte in seiner ganz eigenen Gedankenwelt fortführen. Das hat was.

Nie ging es mir darum, zu beweisen, dass jeder seine eigene Geschichte entwerfen kann, sondern zu zeigen, dass die Fantasie stets arbeitet, auch wenn man nur liest und die Bilder im eigenen Kopf entstehen. Was wäre, wenn ein Buch plötzlich abbräche? Man könnte die Geschichte sicher weiterführen, wenn man es wollte.

All die Autoren dieser Geschichte sind zwischen 12 und 21 Jahre alt. Ja, wir sind die „Generation Internet", aber dies bedeutet sicher nicht, dass die Fantasie ausstirbt. Man kann Fantasie lernen, falls man sie nach dem Kindesalter verlernt hat, der Wille muss bloß da sein. Neugier und Erfindungskraft liegen auch in der sonst so kalten Natur des Menschen. Dream on.

Danke für die Teilnahme und das Einbringen eurer Fantasie, Selina, Jonathan, Joshua, Dennis, Clara, Marlene, Lulia, Leonie und Pauline!

Über den Autor

Robin Band wurde 1998 geboren und begann 2008 mit dem Schreiben. Nach ein paar Kurzgeschichten, die in Anthologien der Schreibwerkstatt Tintenfleck veröffentlicht wurden, begann er 2010 mit dem Schreiben seines Debütromans „Vermächtnis der Dämonen", welcher den ersten Teil einer Trilogie darstellt. Bereits während der Fertigstellung seines ersten Werkes begann er mit dem Schreiben des zweiten Teils der „Dämonen" Trilogie. Während dem Schreiben der Hauptwerke verfasst er immer wieder kurze Geschichten, welche einen düsteren Stil haben. Er erzählte schon immer gerne Geschichten und ist überzeugt, dass die Fantasie nie aussterben kann.

Robin Band im Internet

www.robin-band.de

Hier gibt es vertiefende Infos zu meinen aktuellen und zukünftigen Werken.

Instagram: @rband_

Twitter: @rband_

Ebenfalls anzutreffen auf Lovelybooks.de als Robin Band

Ich freue mich über eine ehrliche Rezension!

Bereits erschienen

Der erste Teil der Dämonen-Trilogie

Robin Band
Das Vermächtnis der Dämonen
BoD – Books on Demand, Norderstedt
ISBN: 9783746011356
Preis: 9,99€ (D)
Erscheinungsjahr: 2017

Bereits erschienen

Der zweite Teil – lesbar ohne Kenntnisse des ersten Bands!

Robin Band
Der Untergang der Dämonen
BoD – Books on Demand, Norderstedt
ISBN: 9783752862379
Preis: 9,99€ (D)
Erscheinungsjahr: 2018

Danke!

…an **Selina** für das neugierige Probelesen, sobald ich eine Geschichte fertiggestellt hatte.

…an meine Mutter **Ulla** für das Korrigieren und Lektorieren der Texte.

…an **Joshua** für die wunderbar düstere Covergestaltung.

…an **Selina, Jonathan, Joshua, Dennis, Clara, Marlene, Lulia, Leonie** und **Pauline** für die Teilnahme an „Zusammenarbeit".

Ihr alle habt mitgeholfen, dieses Buch, so, wie es nun gedruckt (oder als eBook) vorliegt, zu ermöglichen!